천년의
전쟁

# 천년의 전쟁 1

평생 바보로 살지언정 어설픈 문자승은 되지 않으리

**초판 1쇄 발행** | 2016년 7월 26일

**지은이** 신지견
**발행인** 이대식

**주간** 이지형
**편집** 나은심 손성원
**마케팅** 김혜진 배성진 박중혁  **관리** 홍필례
**디자인** 모리스

**주소** 서울시 종로구 평창길 329(우편번호 03003)
**문의전화** 02-394-1037(편집)  02-394-1047(마케팅)
**팩스** 02-394-1029
**전자우편** saeum98@hanmail.net
**블로그** blog.naver.com/saeumpub
**페이스북** facebook.com/saeumbooks

**발행처** (주)새움출판사
**출판등록** 1998년 8월 28일(제10-1633호)

ⓒ 신지견, 2016
ISBN 979-11-87192-15-2  04810
     979-11-87192-14-5 (세트)

- 잘못된 책은 바꾸어 드립니다.
- 책값은 뒤표지에 있습니다.

신지견 역사소설

# 천년의 전쟁

**1**

평생 바보로 살지언정
어설픈 문자승은 되지 않으리

새흚

    나는 앞서 제22교구 본사 대흥사 주지를 역임한 범각 큰스님의 아낌없는 배려로 서산대사를 소재로 한 소설 열 권을 탈고한 바 있다. 서산대사의 유품이 모셔져 있는 전남 해남의 대흥사에 글 감옥을 만들어 칠 년을 틀고앉은 결과였다. 2014년 탈고하여 출간 후 많은 찬사도 받았지만, 가슴 한편에 아쉬움이 컸다. 시간에 쫓기다 보니 어려운 불교 용어는 물론 특히 도교와 유학의 용어를 가슴속 깊이 삭히고 소화해 소설 문장으로 재생산해내지 못했다는 점이 두고두고 마음에 걸렸다. 이 훌륭한 이야기를 더 쉬운 문장으로 더 많은 독자들과 폭넓게 소통하지 못한다는 점이 아쉽다는 지인들의 진심 어린 조언도 한몫했다.

    결국 출판사의 양해를 구해, 그간 간행된 책을 모두 거둬들이고 폐기시켰다. 그리고 원점으로 돌아가 다시 이 소설을 쓰기 시작했다. 결국 나는 내 인생의 후반부를 이 소설에 매달린 셈이다.

그렇다면 지금의 이 소설이 앞서 간행된 소설과 얼마나 다를까?

처음 '서산'을 쓰려고 할 당시, 나는 가장 먼저 서산대사가 어떤 분인지 알기 위해 자료 수집에 나섰다. 서산대사는 조선불교사의 한 중심에 서 있는 분이니, 도서관에 가면 틀림없이 그에 관한 자료가 지천으로 널렸을 것이라 예상했다. 그러나 동국대학교 도서관에 석 달 넘게 출퇴근하면서 자료를 검색했으나 서산대사에 관한 자료는 많지 않았다. 서산대사께서 직접 저술하신 『선가귀감(禪家龜鑑)』과 『청허당집(淸虛堂集)』, 김영태 교수가 쓴 『서산대사의 생애와 사상』이라는 260여 페이지짜리 문고판이 그에 관한 자료의 전부라 해도 과언이 아니었다.

그렇게 처음 소설 '서산'을 시작할 당시, 나는 타인들이 번역한 『선가귀감』과 『청허당집』을 중심으로 소설의 얼개를 짜는 수준이었다면, 이 소설 『천년의 전쟁』을 쓰고 있는 지금은 『선가귀감』을 내 방식으로 번역해 책을 펴낼 만큼 '서산'에 대한 이해가 깊어졌다고 할 수 있겠다.

나는 이 소설이 임진왜란 당시 나라를 구한 한 영웅의 일대기나, 단순한 역사 소설로 읽히는 걸 원치 않는다. 실제로 인간의 역사가 계속되는 한 그치지 않을 종교 간의 다툼일 수도 있고, 인간의 욕심이 불러온 국가 간의 전쟁과 도를 이루려는 수행자들의 끊임없는 육도만행의 실천수행으로 읽혔으면 하는 바람이다.

이 점이 책 제목을 『천년의 전쟁』으로 명명한 이유이기도 하다.

2016년 7월

신지견

# 지엄아, 법 받아라!

성종 22년 5월, 허종을 따라 북방정벌에 큰 공을 세운 별전(宋別傳)이 어느 날 깊은 회한에 빠져 상투를 잘랐다.

"사내대장부가 세상에 나와 내가 무엇이고, 또 내가 누구인지 그것도 모르고 허덕이며 살다 가는 게 세상살이 전부란 말인가?"

깊은 고뇌를 떨치지 못하고 계룡산 상초암으로 간 그는 조징대사 앞에 나아가 머리를 깎고 참예해, 지엄이라는 이름을 받았다. 그때 그의 나이 스물여덟이었다.

지엄은 자신의 내부에서 꿈틀거리는 태초 생명의 본성이 우주 속에 똑같이 간직되어 존재한다는 사실에 놀랐다. 내가 '너'라고 생각했던 것이 실은 '나', 그것이 바로 현존이고 우주임을 알았다.

별전은 우주의 현존을 찾기 위해 스승의 가르침을 받아야 한다고 생각했다. 그래서 교학에 밝기로 소문난 연희교사를 찾아갔다. 연희교사에게서 능엄경을 배운 뒤 화엄학의 교의까지 세세히 물어 요지를 습득했다.

스스로 이루어진 모든 존재, 눈에 보이는 모든 것들, 눈에 보이지 않는 어떤 것들, 그것들의 체성(體性)은 체성 없는 것의 체성이다. 근본적으로 없는 것은 없다고 하는 그것까지 없다. 넓고 오랜 것은 우주의 처음과 끝에 가 닿는 것이 없고, 좁고 작은 것은 분진(소립자)조차 들어갈 틈이 없다. 거기에는 의식만 있다. 의식이 일어나면, 도리에 따라 남과 나를 이익 되게 하기보다 이치를 거슬러 남을 힘들게 해 본성을 더럽힌다.


지엄은, 명나라로 유학을 가 선학(禪學)을 참구해 임제종 총통화상으로부터 인가를 받고 귀국한 벽계 정심선사를 찾아갔다.

벽계 정심선사는 직지사에 머물렀다. 황악산 직지사는 신라 시대에 세워진 사찰로 인류의 앞선 문화를 이 땅에 배태시켰고, 맑고 투철한 민족의 정신을 성숙시켜 나라의 안녕을 기원해 왔다.

벽계 정심선사는 조선조 최고의 엘리트 승려였다. 한데 명나라를 상국으로 섬기는 조선왕조 유생들이 생선가게에서 고양이를 내몰듯 직지사에서 정심선사를 쫓아냈다.

정심선사는 황악산 너머 물한리로 쫓겨나 오두막을 짓고 살았다. 조정에서 중들도 장가를 들라고 설쳐대는 통에 직지사에서 공양간 일을 보던 신도를 아내로 위장하고 나무를 해 장에 내다 팔면서 생계를 꾸려나갔다. 그러고는 선교(禪敎)의 맥을 이을 제자를 기다렸다.

그때 지엄이 나타났다. 지엄은 정심선사의 오두막에 눌러앉아 함께 나무를 해 장에 내다 팔면서 내리 3년 동안 선지(禪旨)를 물었으나, 선사는 번번이 딴전이었다.

"지금은 바쁘다. 더 익혀라."

번쩍하는 선의 지해(知解)가 이쪽에서 저쪽으로 옮겨지려면 위아래 맷돌이 들어맞는 축착합착(築着磕着)의 기연이 일어나야 한다. 한데 정심이 보니 지엄은 아직 항아리 속에 그대로 갇혀 있었다. 인연은 화살과 화살이 맞닿듯 딱 부딪쳐야 이루어진다. 그래야 항아리가 깨지든 그릇이 깨지든 박살이 날 터인즉, 지엄은 아직 그릇이 덜 닦여 있었다.

하지만 지엄은 이제나저제나 했다. 마음을 졸여 정심선사에게 법을 물었으나, 그럴 때마다 아직 멀었으니 더 정진만 하라고 하면서 나무를 해 장에 내다 파는 일만 시켰다. 조마조마,

안절부절못함이 극도에 달한 지엄은 그곳을 떠나기로 했다. 그리고 정심선사의 아내 노릇을 하는 공양주 보살에게 그간의 사정을 이야기하고 집을 나섰다.

내 안의 공간을 보는 것이 저 바깥의 광활함이다. 빛으로 눈이 부셔 무변광대함이 내 안의 한순간으로, 바람을 가르고 하늘을 나는 소리개의 날갯짓에 봄볕이 쏟아짐과 같다.

오고 있으나 그대로 있고 가고 있으나 그 자리에 멈추어 바람도 흔들지 못한 그것이 내 안의 고요함이다. 까마득히 멀리 있어 보아도 보이지 않고 들어도 들리지 않는 그것이 내 안의 실재의 틀이다. 어지럽지도 조용하지도 않으면서 자로 잴 수 없이 크고, 끝이 없이 작아 날아갈 듯 시야에서 끊어져 기다림으로 살아 있는, 내 허수로운 숨결을 콕 찍어 무엇이라 해야 하는가?

지엄은 깜깜한 함정에 빠진 사람처럼 온몸이 의단 덩어리가 되어 그림자도 볼 수 없고, 발소리도 들을 수 없었다.

그렇게 마을을 등지고 터벅터벅 걸어 내려갔다. 내가 무엇으로 산과 바다를 움직여 내게로 돌아오게 하겠다는 것인가? 없다. 사방을 돌아보아도 그런 것은 없다.

지엄의 속사정을 속속들이 알고 있던 정심선사가 집을 떠난 지엄의 뒤를 따라갔다. 저만큼 지엄이 내려가는 마을 어귀 바위 위로 올라가 큰소리로 불렀다.

"지엄아, 법 받아라!"

이게 무슨 소린가? 느닷없는 한소리에 발걸음을 멈추고 뒤를 돌아보았다. 정심선사가 길가 바위 위로 올라가 이놈아, 엿이나 먹어! 야유를 하듯 주먹총을 놓고 있었다. 한데 그 소리가 번개와 같이 번쩍, 우레를 머금은 폭풍이 되어 빠르게 튕겨져 나가 한순간에 꽝! 소리를 내며 지축을 흔들더니, 황악산이 두 조각으로 쫙! 쪼개져 버렸다. 지엄은 그 자리에 무릎을 꿇고 엎드려 눈물을 흘렸다.

인생살이 최하 밑바닥에서 구차하고 빈한하게 나무장사를 하던 스승 정심과 제자 지엄 사이에 하늘이 알고 땅이 아는 이심전심, 그 두 사람만 아는 마음과 마음이 하나로 교합된 교외별전의 교감이 이루어졌다. 충청도 황간현 물한리 길바닥에서 두 승려 사이에 일어난 이 사건이 조선조 억불숭유의 환경 속에서 조계선종의 법통 계승이었다.

# 사라진 신위판

순라군의 딱따기 소리도 멀어진 야삼경(夜三更), 문소전 동쪽 담장 아래에서 검은 그림자가 움직였다. 그림자 하나가 담장 밖으로 뻗어 나온 나뭇가지에 밧줄을 걸고 매달리자 다른 두 그림자가 발밑을 어깨로 받쳐 줄을 타고 오르기 쉽게 도와주었다.

낡은 동개(활과 화살집)를 어깨에 메고 나무 위로 올라간 그림자는 가지를 타고 안으로 잠입했다. 궁궐은 불이 꺼지고 고즈넉이 잠이 들어 있었다.

그림자는 담장에 몸을 붙이고 담 밖에서 기다리던 두 일행이 가르쳐준 방향으로 살금살금 접근해 들어갔다. 익숙한 몸놀림으로 문소전 앞에 다다라 허리춤에 찔러 넣고 온 쇠꼬챙이로 자물쇠를 비틀고 안으로 들어갔다. 신주가 든 궤는 담 밖 두 일행이 말해 준 대로 맞은편 벽, 단 위에 모셔져 있었다.

그림자는 신주가 든 궤 하나를 재빨리 보자기에 싸들고 밖을 살폈다. 어둠에 묻힌 궁 안은 밤의 침묵에 짓눌려 모든 것이 정지되어 버린 듯했다. 그는 발소리를 죽여 재빨리 문소전을 나와 어둠에 몸을 숨기고 궁궐을 바라보았다.

침묵으로 정지된 궁궐은 바람조차 없었다. 그림자는 게걸음으로 문소전 아래로 내려가 담장 밖 두 일행이 사헌부라고 지목해 준 전각을 마주 보고 섰다. 곧 동개에서 화살을 뽑아 시위에 걸고 힘을 넣어 당겼다.

"요놈들, 이거나 먹어라!"

잡아당긴 활시위를 놓자 핑! 소리를 내며 어둠을 가르고 날아간 화살이 건너편 전각에 탁! 하고 꽂히는 소리가 들렸다.

검은 그림자는 화살 하나를 다시 시위에 걸었다. 힘껏 잡아당긴 활시위를 놓자 아까처럼 화살이 핑! 소리를 내며 날아가 탁! 하고 문짝에 꽂히는 소리가 들렸다.

화살 두 대를 날린 그림자는 신위판(神位版) 상자를 들고 담을 넘어왔던 곳으로 가 재빨리 나무를 타고 올라갔다. 다시 담밖으로 뻗은 가지를 타고 내려가자 담 밖에서 기다리고 있던 두 그림자가 아까처럼 어깨를 받쳐 땅바닥에 내려주었다.

두 그림자는 수풀을 헤치고 앞서가면서 빨리 뛰라는 손짓을 보냈다. 검은 그림자 셋은 창의문이 있는 곳으로 뛰었다. 얼마쯤 달렸을까. 창의문이 내려다보이는 건너편 숲속에 숨어서 숨을 돌렸다. 담을 넘어갔던 그림자는 활과 화살을 잘게 부숴 흔적을 없앤 뒤 문이 열리기를 기다려 성 밖으로 빠져나왔다.

병자년, 더위가 한창 기승을 부리던 6월 27일이었다.

문소전 신위판 도난으로 감옥에 갇힌 사람이 80명에 이르러 대형 옥사가 예고되었다. 국왕은 문소전에서 장순왕후의 신주를 옮겨 모시는 제사를 거행하면서, 마치 전쟁이나 난 것처럼 조정의 대소신료들에게 총출동 명령을 내렸다.

나라에 기강이 서 있으면 어떻게 이런 일이 일어나겠는가? 어서 상금을 걸어 범인을 잡아들이는 절목을 만들라! 그리고 우의정 신용개, 우부승지 김안국을 좌포도청으로 삼고 우참찬 남곤, 좌승지 윤세호를 우포도청으로 삼아 장번내관(長番內官)과 위장(衛將) 등 군사를 거느리고 도성 안의 모든 곳을 샅샅이 뒤져 장순왕후 신위판을 찾으라는 어명을 내렸다.

중종이 장순왕후 신위판 도난사건의 가장 유력한 용의자로 의금부에 갇힌 숙석과 명견을 직접 친국했으나 별다른 혐의점을 찾지 못한 그날이었다. 울산에서는 태풍이 불어 나무가 뿌리째 뽑히고 민가 17채가 물에 떠내려가 사람이 죽고 소가 실종되었다.

나라가 이 지경에 이르렀는데, 조정에서는 새로 신위판을 만드는 것은 불가하다는 여론이 지배적인 가운데 친제(親祭)가 벌어졌다. 그런데 친제 행사에서 악기를 연주해야 한다, 해서는 안 된다는 생뚱맞은 의견이 분분히 일어 그 행사마저 지리멸렬해져 버렸다.

의금부에서는 문소전 신위판 도난사건과 관련이 있다고 하여 잡아들인 104명을 일일이 추국했고, 결국 유력한 용의자로 지목된 숙석이 옥중에서 숨을 거두었다.

일이 여기에 이르자 문소전과 같은 엄숙한 곳에 도둑이 든 것은 조정의 기강이 서지 않아 하늘이 재변을 보인 것이라는 의견이 제기되면서, 불가와 도가에 혐의점이 짙다는 말들이 오가는 사이, 잠시 잠잠해 있던 '사헌부 문짝에 화살이 날아와 박힌 사건'이 다시 고개를 들었다.

하루는 국왕이 화살사건의 논핵(죄를 꾸짖음)에서 비켜나 있는 사헌부 관료 집의인 김양진과 독대해 앉았다. 집의란 조정의 정치, 행정상의 통제를 담당한 관료였다.

사헌부 화살사건은 불가를 폐허로 만든 데 대한 울분을 참지 못해 광기가 뻗친 중이 날렸을 수도 있고, 조정의 하는 일에 불만을 품은 도가의 누군가가 국왕의 목을 겨냥해 화살을 날렸다는 상징일 수도 있었다. 어쨌거나 문소전 신위판을 도난당

한 날 사헌부 문짝에 날아와 박힌 화살이 조선왕조에 들어와 최초로 궁중에 날아든 화살이었다.

김양진은 국왕과 독대한 자리에서 사헌부에 화살을 날린 용의자로 20여 명의 명단을 작성해 올렸다. 명단 밑에는 그들의 죄상이 조목조목 그럴듯하게 열거되어 있었다.

결국 궁중으로 날아든 화살이 정치적 음모로 얼굴을 바꿔 가기 시작했다. 그로부터 해를 거듭해 사헌부 문짝에 화살이 날아와 꽂히는 사례가 빈번히 일어났다. 나중에는 정치적 표적이 된 권신의 집에 쪽지가 매달린 화살이 날아와 꽂히는 일이 비일비재로 나타났다.

# 방외지사 운선선인

구월산 낙산암에는 패엽사 조실 학소대사가 머물고 있었다. 그는 생각이 많은 사람이라 쉬고 싶다는 핑계를 대고 부러 패엽사에서 멀리 떨어진 투구봉 아래 낙산암으로 와 머물렀다. 하나 수시로 패엽사에 들러 구월산 인근 모든 절과 암자의 일을 관장했다.

학소대사는 유점사와 해인사 대장경 판당을 중창한 학조대사의 절집 아우 되는 사람이었다. 그는 한문경전을 훈민정음으로 옮기는 일에 공헌이 많고 조정은 물론 지방 관아의 수장들과도 교분이 많아 '권승(權僧)'이라 불리는 학조대사와 달리 조선조 억불정책으로 스님들이 처한 어려움을 타개하기 위해 그 누구보다도 생각을 많이 해온 사람이었다.

낙산암 왼편에는 천연의 굴법당이 있었다. 더운 여름철이라 대사는 시원한 굴법당에서 진객(珍客)을 맞아 담소를 나누고 있었다. 그때 하얀 모시 도포에 방갓을 눌러쓴 사나이가 시자의 안내를 받아 굴법당 안으로 들어섰다.

"사숙님 문안드립니다."

방갓을 벗고 머리에 두른 수건을 풀어낸 모습을 보니 놈은 학조대사의 상좌 법준이었다.

"네 행색이 어찌 그 모양인고?"

중이 웬 도포 차림이냐는 힐난의 의미였다.

"황망중에 이리 되었사옵니다."

법준이 학소대사와 담소를 나누던 진객을 바라보았다. 청색 도포를 입은 그는 길게 자란 반백의 머리를 상투로 틀지 않고 정수리에 돌려 묶어 유건을 쓰고 있었고, 하얀 수염이 배꼽 아래에까지 내려온 사람이었다. 절집에서 흔히 만날 수 있는 그런 사람이 아니었다. 저런 행색의 사람을 수진득도(修眞得道)라 하여 선인, 또는 진인이라 불렀다. 흔히 방외지사라고도 하는 저런 사람들이 도가 쪽에 많았으나 조선왕조가 유가의 세상이 되었다 해도 불가를 내왕할 만큼 교감이 있는 것은 아니었다.

곁에는 채 열 살도 안 되어 보이는, 방외지사가 데리고 다니는 듯한 동자가 무릎을 꿇고 단정히 앉아 있었다. 아이의 눈빛이 유난히 반짝였다.

"황망중이라니, 화두가 백척간두에 이르렀더냐?"

"따로 틈을 내 여쭙고 싶은 말씀이 있어 찾아왔사옵니다."

법준이 방외지사를 의식해 대답을 피하자, 학소대사가 그것을 알아차리고 고갯짓으로 초로의 진객을 가리키면서 말했다.

"인사 올리거라. 운선선인이시다."

법준이 자리에서 일어나 선인이라 칭한 방외지사를 바라보았다. 절집에서 독각(獨覺)이라 부르는 나반존자를 연상시키는 진객은 노인답지 않게 몸뚱이에 탄력이 있어 보였다.

"나하고는 형 동생하고 지내는 사이니라. 선도를 닦는 분이나 불도 또한 모르는 것이 없는 큰 스승이시니 찾아뵈면 배울 것이 많을 것이니라."

법준이 절을 하고 자리에 앉자 학소대사가 법준을 소개했다.

"법준이라고 제 조카상좌올시다."

방외의 진객이 법준을 바라보았다.

"원각사에 계셨던 학조대사님 말씀입니까?"

"그렇습니다."

방외지사가 학조대사를 아는 듯 고개를 끄덕였다.

운선선인이라는 방외지사의 날카로운 눈빛이 찌를 듯 법준의 얼굴을 스치고 지나갔다. 길게 솟구친 눈썹 아래 눈빛이 얼마나 강렬한지 백미 몇 가닥이 파르르 떠는 듯했다.

"황망중이란 유가에서 부모상이나 당했을 때 쓰는 말인즉,

무루무위(無漏無爲)해야 할 네가 황망중이라니, 그래 무슨 까닭이더냐?"

법준은 말씀 드리려 했던 내용이 워낙 중대한 사안이라 이야기를 꺼내기가 망설여졌다. 그래서 방외지사를 한 번 더 곁눈질해 보았다.

"괜찮다. 운선노사께서 들어도 너에게 도움이 되었으면 되었지 해는 없을 것이니라."

선인이라 칭하던 방외지사를 이번에는 '노사'로 칭하면서 별로 개의치 않는 눈치였다. 그래서 법준은 저고리 안섶에 손을 넣었다. 그래도 망설여졌다. 대사가 법준을 한 번 더 눈여겨보더니 괜찮다면서 껄껄 웃었다.

"이놈아, 백척간두에 진일보란 천 길 낭떠러지 아래로 떨어져야 참으로 죽지 않고 사는 법이다."

그나저나 엎질러진 물, 법준은 그런 생각을 하면서 저고리 안섶에 숨겨가지고 온 신위판을 학소대사 무릎 앞에 꺼내놓았다. 뜻밖의 물건에 대사와 운선선인의 시선이 신위판에 꽂히듯가 멎었다. 두 사람은 곧 예종내왕비 장순왕후의 신주임을 알아보고 서로 눈빛을 부딪쳤다.

"제가 문소전으로 들어가 훔쳐 왔사옵니다."

학소대사 역시 의외의 물건인지라 다소 당황한 빛을 감추지 못했다.

"궁 안 문소전 말이더냐?"

"그렇습니다. 저희 등곡(학조대사의 호) 큰스님께서는 웅문거필(雄文巨筆)로 세조 임금님의 신임을 얻어 부처님 경전을 훈민정음으로 옮겼고, 유점사를 중창하셨으며, 다 쓰러져 가는 해인사 팔만장경 판당을 중수하셨습니다. 그리고 장경 3부를 간인하여 발문을 지으신 분이신데, 유생 따위들이 입만 열면 학조는 간사하고 교만한 중이며, 큰 사찰까지 개인 소유로 만들어 거만의 재산을 챙겨 왕후에 비길 만한 요승으로 아녀자들이나 농락하고 사치를 일삼는다고 떠들어대고 있사옵니다."

"그래서?"

학소대사의 물음에 긴장감이 묻어 있었다.

"건듯하면 부처님을 모신 당우에 불을 지르고 불우(佛宇)에 기생들을 불러 술판 벌이는 일을 예사로 하옵니다. 지난 성종조에는 유생 정광정과 김수경, 그리고 윤시형이 원각사 연못에 들어가 멱을 감으면서 아무 데나 오줌을 누는 것을 저희 스님께서 나무라자 부채로 머리를 때려 피를 흘리게 해 나졸들이 그 사실을 내전에 알렸는데, 그 신속함이 귀신같다고 비아냥거렸습니다. 어디 그것뿐이겠습니까? 사숙님께서도 아시다시피 등곡 큰스님께서는 연로하셔서 지금은 거의 활동을 하시지 않고 계십니다. 그러함에도 참람한 술법으로 대궐 안의 하인들을 움직여 영웅대군의 부인 송씨와 간통을 하였고, 광평대군의 아내 신씨와의 사이도 의심이 간다는 둥, 어릴 때 양모를 사통하고 도망쳐 나와 중이 된 광숭이라고 하면서 있는 악담 없는 악담을 다 늘어놓아 더는 참을 수 없었습니다. 더구나 지난 연산조에는 고려조 이래로 나라의 안녕을 기원해 온 원각사를 기방으로 만들더니, 금상에 이르러 아예 헐어 절을 없애버렸사옵니다."

"그렇기는 하나, 지금은 유자들 세상 아니더냐?"

"아무런들 유자들이 다스린 나라라 하여 불문을 이렇게 욕되게 해서는 안 된다고 생각합니다. 이런 일이 계속된다면 이런 나라는 빨리 망해 없어져야 마땅한 나라일 것이옵니다."

"허허, 말조심을 해야겠구나……."

"전에 성균관 생원 이경이란 자가 제 입맛에 맞춰 '편의십조'라는 것을 만들어 조정에 올렸는데, 장안의 폐찰(廢刹)을 다시는 수리 못하게 조치하여 이단을 철저히 배척하라 하였사옵니다. 만일 천당이 있다면 군자가 올라갈 곳이고, 지옥이 있다면 소인들이 들어갈 곳인데, 지금 사람들이 어버이가 죽으면 부처에게 비는 것이 마치 그의 어버이를 군자로 여기지 않고 악을 쌓은 죄인으로 여기는 짓이라고 혓바닥을 놀렸사옵니다. 그자는 어버이를 대우함이 왜 이리 야박하느냐? 하면서 혹 어버이가 악을 쌓아 죄가 있다면 어찌 부처에게 뇌물을 주어 죄를 면할 수 있겠느냐는 황탄한 소리를 늘어놓았사옵니다. 조선조의 선왕들이 무슨 죄가 있어서 괴로움을 받는다고 부처에게 뇌물을 주어 면하기를 바라냐는 것이지요. 석씨(釋氏) 교(教)의 헛된 소리는 천년 뒤에도 부처를 받드는 자들에게 경계가 되어야 하겠기에, 편의십조를 올린다면서 유생들이 모두 한패가 되어 의기양양해 하는 꼴이 참으로 가관이었사옵니다. 그런 좁은 소견머리로 어떻게 도학정치를 운운하며 주자학을 편답시고 하는 짓들이 가례는 복잡할수록 좋고 번거로울수록 훌륭하다 하여, 부모가 살아 계실 적에 모시고 해드려야 할 일보다는 죽은 뒤의 상례를 더욱 귀중하게 여겨, 삼 년씩이나 시묘살이를 하게 해 삼년상을 치르고 나면 온 나라 백성들이 병이 들어 죽어가는 실정이옵니다. 거기에다 젊은 과부를 재가조차 못하게 하니, 그것이 무슨 성즉리(性卽理)며 격물치지(格物致知)의 본뜻이라 하겠사옵니까?"

"그래서 장순왕후의 신주를 훔쳤더란 말이더냐?"

"유가에서는 저희들이 부처님을 받들어 모시듯 신주를 극진히 모십니다. 그 점 궁중에서 더한데, 저들은 그러하면서 우리 산문의 사찰을 불태워 부도(부처나 불교를 뜻함)를 예참조차 할 수 없게 만드는 것이 작금의 현실 아니옵니까? 그렇다면 너희들도 신위판이 없어져 제사조차 지낼 수 없는 속 쓰림이 어떤 것인지 맛을 좀 보아라. 그런 생각에서 신위판을 훔쳤사옵니다."

법준이 바닥에 놓인 신위판을 내려다보면서 말을 이었다.

"저 까맣게 옻칠을 먹인 나뭇조각에 글자 몇 자 새겨 넣은 것이 과연 무엇이옵니까? 저것이 자기네들 조상이 들어 있는 귀신이옵니까? 저것이 무엇이관데 술과 고기를 상다리가 부러지도록 차려놓고 거추장스럽게 예복을 입고 대소신료들까지 상 앞에 엎드려 목을 늘여 슬프지도 않은 곡을 한답시고 꺼이꺼이 우는 시늉이라니. 그것이 현금 주자가례(朱子家禮)가 으뜸으로 쳐주는 효성 아니옵니까? 그런 얼굴들이 제사상에서 돌아서기만 하면 언제 그랬냐는 듯 마른 입술로 파당을 지어 맨날 싸움질로 모함을 일삼으면서 뇌물을 받고 벼슬을 팔며, 백성들을 손톱 밑에 때만큼도 여기지 않고 있사옵니다. 이처럼 속 다르고 겉 다른 유자들이 무슨 수신이고 제가이겠으며, 치국이고 평천하가 어디 있겠사옵니까?"

흥분한 법준의 이야기를 조용히 듣고 있던 학소대사가 장순왕후 신주를 눈으로 가리키면서 물었다.

"그렇다고 문소전 신위판이 그것을 말려준다 하더냐?"

"문소전 신위판이 중요한 것은 아니오나, 더는 참고 볼 수가 없었기에 이제 저라도 한목숨 버려 나서야겠다는 생각이 사무쳐 이렇게 일을 저질렀사옵니다."

"목숨을 버리겠다고?"

"저는 검술을 연마해 왔사옵니다. 포졸 두엇은 단칼에 벨 수 있사옵니다. 검술을 연마한 연유인즉, 사문을 욕되게 하고 사원을 부숴 불을 지르는 유생들을 기어이 징치하겠다는 생각에서 그리하였던 것이옵니다."

법준의 그 말에 학소대사가 운선선인의 얼굴을 바라보았다. 운선선인은 입술을 다물고 굴법당 천장을 응시하고 있었으나, 사실은 눈을 감고 묵묵히 듣고만 있었다.

"그래, 인욕이라는 것이 뭐더냐?"

"참고 수행하라는 것 아니겠사옵니까?"

대사가 대답했다.

"옛날에 찬제라는 선인이 있었느니. 왕이 사냥을 나왔는데 사슴 발자국을 따라가다가 산에 선인이 있는 것을 보고 물었어. 사슴이 어디로 갔느냐고. 선인이 보니 사슴이 달아난 곳을 가르쳐주면 잡혀 죽게 생겼거든. 그래서 입을 꾹 다물고 대답을 하지 않았더니, 왕이 대번 선인의 귀를 잘라. 그래도 대답을 안 하니까 코를 잘라. 그래도 대답을 안 하니까 팔, 다리를 차례로 잘라. 한데 선인께서는 얼굴 하나 달라지지 않으셨다. 이걸 참는 것이라고 한다. 그래, 인욕이 뭘 하자던 것이더냐?"

"온 나라 유생들이 저 한 사람한테만 그렇게 한다면 저도 기꺼이 인욕을 하겠사옵니다. 제 한목숨 버림으로 해서 석존의 가르침이 세상에 온전히 남아 누구든 연이 있는 사람이 수행할 수 있는 풍토가 이루어진다면 기꺼이 그리할 각오가 되어 있사옵니다. 하나 지금 유가들 행태는 그것을 기대할 수가 없사옵니다. 유가들은 불가를 훼손하는 것이 목표가 아니라 석존의 씨를 말리려 하옵니다. 나라 안에 불도가 없어지면 수행의 길도 함께 없어질 것이고, 그렇게 되면 당연히 견성도 없을 것 아니겠사옵니까?"

"그렇다고 불씨 종자가 없어지지는 않을 터……. 한데 산에서만 산 네가 문소전이 궁궐 어디에 붙어 있는 줄 어떻게 알고 저것을 가지고 나왔더냐?"

이야기의 흐름이 달라졌다. 네가 문소전이 어느 곳에 있는 줄 어떻게 알았느냐는 말은, 네 혼자의 소행은 아닐 테고 같이 신위판을 훔친 사람이 또 있지 않느냐는 간접화법이었다.

"사숙님, 그거는……."

말할 수 없는 내용이었다. 법준은 운선노자 앞에서 효인 형제의 제보로 문소전에 들어갔다는 말까지는 하고 싶지 않았다. 차후 신위판을 훔친 범인으로 잡혀 능지처사를 당하는 일이 생긴다 할지라도 법준은 신위판에 대한 모든 대가를 자신 한 사람 몫으로 끝낼 생각이었다. 배후에 효인, 옥석 형제가 있다는 사실은 혼자만 아는 일로 무덤에까지 가지고 갈 작정이었다.

그때 운선선인이 배후를 털어놓지 않으려 하는 것을 자기가 자리를 함께하고 있는 탓으로 여겼던지, 해우소라도 다녀오려는 듯 합죽선을 들고 일어섰다. 운선노사가 밖으로 나가자 곁에 앉아 있던 동자도 같이 따라 나갔다.

법준은 대사와 단둘이 되자 내자시(內資寺)의 종 효인과 옥석이라는 두 협력자가 있음을 알려주었다.

"이거는 사숙님만 알고 계셔야 합니다. 이 일로 제게 협력한 그들에게 피해가 가서는 아니 되옵니다."

그렇게 단호함을 보이자, 대사의 얼굴에 분명 웃음은 아니나 엷은 미소 같은 것이 떠올랐다 사라졌다. 그리고 잠시 침묵이 흘렀다. 법준이 침묵을 깨기라도 하려는 듯 다시 이야기를 꺼냈다.

"연산조 이후 폐사가 된 원각사를 금상이 당우를 뜯어 사람들에게 나누어주었고, 원각사 땅을 재상에게 떼어주었사옵니다. 거기서 끝나지 않고 불자들이 시주한 땅을 제 떡이나 된 듯 조정 신료들에게까지 떼어주는 것을 보고, 저는 치밀어 오르는 통분을 금할 길 없었사옵니다. 그래서 원각사 땅을 떼어주자는 말을 꺼낸 홍경림과 윤은필, 고안정을 죽이려고 이들의 집을 찾아냈으나 정작 얼굴을 몰랐고, 만나기는 더욱 어려웠사옵니다. 그래서 이자들의 문 앞을 지켜 서 있기로 한 달여 보냈으나 더욱 울분만 쌓였사옵니다."

대사는 조용히 듣고만 있었다.

"그래 창의문 밖 장의사에 머물면서 울분을 삭이지 못하고 나날을 보냈사온데…… 사숙님 앞이니 감히 말씀 드리옵니다만, 병자년 봄에 내자시의 종 효인과 옥석 형제가 죄를 저지르고 쫓겨나 장의사로 올라와 말동무가 되었습지요. 그들이 내자시에 있었기에 문소전의 위치를 잘 알고 있었사옵니다."

"그래, 그들이 문소전 신위판을 훔치자 하더냐?"

법준이 고개를 들고 말없이 대사의 얼굴을 쳐다보았다.

"그들이 신위판을 훔치자 한 사연이 무엇이더냐?"

대사가 다시 물었다.

"두 형제가 내자시에 있을 때 생선 두 토막을 무심히 가져왔다는데 그것이 도둑으로 몰려 쫓겨나 도망을 다닌다고 했사옵니다. 그래서 문소전 신위판을 훔치면 그 변고로 사면이 내리게 될 것이고, 사헌부 문짝에 화살을 쏘아 꽂아놓으면 뒤가 구린 대간들이 겁을 먹고 대사면을 주장하게 될 것이라 했습니다. 그렇게 되어 사면이 내려지면 자기들이 은전을 입을 수 있다고 하기에 그들 형제를 살려주는 셈 치고 일을 치르게 된 것입니다."

대사가 고개를 살래살래 흔들었다.

"참으로 어리석은 짓을 했구나. 지금 이 일로 의금부에서 옥사가 일어나 80명 넘게 추국을 당해 사람들이 죽어나가고 있느니라."

"네?"

법준은 깜짝 놀랐다.

"그게 누구 탓이겠느냐?"

때마침 해우소를 다녀온 듯 운선선인이 굴법당 안으로 들어왔다. 대사가 운선선인의 얼굴을 바라보면서 말을 이었다.

"운선선자께서 지금 도성을 들러 오시는 길이다. 지금 도성에선 장순왕후 신위판 도난으로 죄 없는 사람들이 의금부에 잡혀 추국을 당하고 있고, 또 이 일로 얼마나 많은 사람들이 목숨을 상하게 될지 아무도 모를 일이니라."

일이 그렇게 되었다면 예상과는 정반대가 된 셈이었다. 이거야말로 장님이 장님을 인도해 둘 다 개천에 빠진 꼴이 된 셈이었다.

학소대사가 한참 동안 침묵을 지키고 있다가 입을 열었다.

"일이 더 커지기 전에 장순왕후 신주를 제자리에 도로 갖다 놓아야겠다. 우리에게 부처님이 소중하듯이 왕실에서는 이 신위판이 소중한 신물일 터……"

조선왕조가 망하는 일이라면 앞장을 설 각오가 되어 있었지만, 신위판을 훔친 것이 무고한 사람들에게 고초를 겪게 한 일이 되었다면 그것은 애초 법준의 생각이 아니었다. 따지고 보면 사헌부 문짝에 화살을 날린 것도 조선왕실에 원한이 맺혀 그리했지만 그 원한으로 무고한 목숨을 상하게 하자는 뜻은 아니었다.

"사숙님 말씀을 듣고 생각해 보니 제가 어리석은 짓을 한 것 같사옵니다."

법준은 곧 책임을 순순히 시인하고 나왔다.

"효인, 옥석 형제가 죄 없이 쫓겨난 것만 생각하고, 사면이 내리면 은전을 입기 바란 짧은 생각에서 시작된 일인데, 그것이 도리어 부처님의 십중금계(十中禁戒)의 첫 번에 해당한 일이라니 그것은 제 본뜻이 아니옵니다."

법준의 대답은 무거웠다. 그러나 단호했다.

"신위판을 제자리에 갖다 놓음으로써 무고한 목숨이 다치는 일이 없다면 그리하겠사옵니다."

학소대사가 이번엔 매우 염려스러워하는 얼굴로 법준에게 말했다.

"조정의 경계가 그 어느 때보다 삼엄해 있을 것이니라. 그러한데 네가 신위판을 도로 제자리에 갖다 놓을 수 있겠느냐?"

"사태가 그리되었다니 오늘 밤 안으로 떠나겠사옵니다."

"도성으로 말이더냐?"

"예!"

법준은 사정이 여의치 않으면 유생 몇 놈 목을 베고 그 자리에서 산화해 버릴 작정이었다. 그런데 학소대사의 얼굴에 다시 미소와 같은 묘한 표정이 나타났다가 사라지면서 혼잣말처럼 중얼거렸다.

"산모난산(産母難産)이 불가해불가지(不可解不可知)로다."

이건 법준 들으라고 한 말이 아닌 듯했다. 그 말이 떨어지기가 바쁘게 운선선인의 입술에 묘한 미소 같은 것이 떠올랐다. 이윽고 법준을 한참 동안 바라보고 있던 학소대사가 결정을 내린 듯 입을 열었다.

"그럼 곧바로 장수산 자환수좌를 찾아가거라. 묘음사로 가 자환수좌를 찾아왔다고 하고, 잠시 기다리고 있으면 자환이 올 터인즉, 내가 보내서 왔다고 하고 같이 의논해 함께 도성으로 가거라."

사실은 일이 급하게 되었고, 혼자보다는 누구 한 사람 같이 가는 것이 좋겠다는 생각이 없지 않았다.

"자환수좌를 만나 도성으로 함께 가라 하오십니까?"

"그러하니라. 내가 그리하라고 했다 하여라."

법준이 알겠다고 대답하자, 여태껏 잠잠히 이야기만 듣고 있던 운선선인이 곁에 앉아 있는 동자를 바라보면서 제안했다.

"풍회를 같이 딸려 보내시지요?"

학소대사가 한참 생각을 해보더니 입을 열었다.

"살활종탈(殺活縱奪)이 천성만성(千聖萬聖)이니 그렇게 하시지요."

알아들을 수 없는 소리로 장단이 척척 맞는 듯하더니, 대사가 자환과 함께 곧바로 도성으로 갈 것을 허락했다.

법준은 그때 운선선인 곁에 앉아 있는 동자의 이름이 풍회라는 것을 알았다. 도령이라고 하기에는 아직 어린 아이가 아무 표정 없이 눈빛만 반짝였다. 저 조그마한 녀석이 무슨 보탬이 된다고 같이 딸려 보내려는 건가? 하나 법준은 두 노사께서 내린 결정이어서 아무 이견 없이 받아들였다.

"사숙님, 지금 길을 떠나겠습니다."

"잠깐 나가 기다리거라."

법준을 내보내고 학소대사가 운선선인을 바라보면서 한참 생각을 하더니 붓을 들고 종이에 몇 자 서찰을 적어 풍회에게 건넸다.

"자환수좌를 알고 있느냐?"

"예, 알고 있사옵니다."

"전에 여기에도 살았고, 패엽사 큰절에도 있었지."

"예, 여러 번 보아 잘 아옵니다."

"묘음사로 가서 법준수좌를 기다리게 하고 너는 곧장 현암으로 올라가 자환수좌를 만나 이 서찰을 전하거라. 그리하면 뒷일은 자환이 알아서 할 것이니라."

학소대사의 서찰은 네 글자로 된 밀지였다. 법준은 풍회 편에 밀지가 따라가고 있는 것을 모르는 채 저녁을 먹고 길을 나섰다.

# 풍희라는아이

절집은 석식이 빨라 저녁을 먹었는데도 해가 두어 자나 남아 있었다. 처서가 지나면 아침저녁으로 선선해진다 했는데, 햇살이 뉘엿뉘엿해도 날씨는 푹푹 삶는 듯했다.

법준은 낙산암을 들어섰을 때 차림 그대로였다. 신위판을 담은 주머니도, 괴나리봇짐도……. 삭발을 못해 머리털이 덥수룩하게 자라 수건으로 둘둘 감고 방갓을 썼으므로 갓을 벗는 일이 생겨도 중으로 알아볼 사람은 거의 없을 터였다. 거기에다 발등까지 내려온 도포를 입고 있었으므로 얼핏 보면 상을 당한 상주처럼 보이기도 했다.

동행을 한 아이는 검고 숱이 많은 머리를 엉덩이 닿게 땋아 내리고, 푸르스름하게 물들인 무명 바지에 행전을 정강이까지 올려 맨 모습이었다. 자세히 보면 깊은 산간에 사는 이인(異人)이 종자를 데리고 길을 가는 것처럼 보이기도 했다.

법준은 풍회라는 아이에게 큰 관심을 갖지 않았다. 두 어른께서 동행으로 붙여줘 따라나서게 그냥 놔둔 것뿐이었다. 한데 비산봉 험한 계곡을 타고 내려오면서 아이를 어리게 보아서 그런지 측은한 생각이 들었다.

"이봐, 도령!"

일단 도령이라고 불렀다. 저만한 나이에 밤길을 걷기 좋아할 아이가 어디 있겠는가. 웬만하면 낙산암으로 도로 돌려보낼 생각이었다.

"아까 이름이 풍회라 했던가?"

"네, 그렇습니다."

대답이 또렷했다.

"그럼 풍년 풍 자를 쓰는가?"

"아닙니다. 바람 풍 자를 씁니다."

처음에는 농담인 줄 알았다. 한데 아이의 당당한 모습이 농담은 아니어 보였다.

"허! 바람 풍 자를 쓴다? 그럼 바람처럼 훨훨 날겠구먼?"

이름 글자를 가지고 이렇다 저렇다 하는 게 못마땅했던지 아이가 아무 대꾸도 하지 않았다.

"회 자는 무슨 회 잔고?"

"돌 회 잡니다."

"하하, 바람이 돈다?"

"네, 돌개바람입니다."

아이가 되레 어깃장을 놓았다. 하나 법준은 개의치 않았다.

"이름이 어지럽네."

대답이 없었다.

"돌개바람이든 높새바람이든 길동무가 되어주어 고맙긴 하다만……."

가기 싫거든 도로 낙산암으로 올라가라고 할 참이었는데, 아이가 말을 가로챘다.

"저는 길동무가 아닙니다."

아이의 그 말을 법준은 같이 길동무하기 싫다는 소리로 들었다.

"몇 살 먹었나?"

"나는 나이가 없소."

뭔가 꼬여 나온 대답이었다. 허! 저 콩알만 한 것이…… 그런 생각을 하고 있는데, 아이가 말을 이었다.

"선도를 닦는 사람은 나이가 없습니다."

"신선이 오래 살기 때문에 나이를 잊어버려 그렇구먼?"

아이가 대답을 하지 않았다.

"누가 밤길 걷는 거 좋아할 사람 있겠어? 황해도 이쪽에는 호랑이가 많다던데……."

"……."

"나 혼자 장수산 하나 못 찾겠냐구. 나중에 두 어른께 말씀 잘 드릴 테니 도로 낙산암으로 올라가라구."

한데 아이의 대답이 엉뚱했다.

"나는 내 길을 내가 가는 것이지 누구하고 같이 가는 것이 아닙니다."

법준은 어리게만 보고 아이의 그 말을 새겨듣지 못했다. 운선인지 부채구름인지 어린 자기를 밤길에 같이 딸려 보낸 데 화가 나 부러 어깃장을 놓나 보다 하고, 아이의 스승이라는 노인의 얼굴을 떠올렸다.

"나라도 화가 나겠다. 가까운 이웃도 아니고 내일 낮에나 도착할 장수산 묘음사라니?"

그 말이 떨어지기 바빴다.

"참 말이 많네요."

심통이 난 듯 역정을 냈다.

"그러니 낙산암으로 올라가라는 거 아니야."

"나는 내가 내 길을 간다잖아요?"

시집 못 간 처녀 뒷박 내던지듯, 제 스승이 미우니 괜히 불뚱거린다싶어 법준은 조용히 있다가 목소리를 낮추었다.

"괜찮아? 나야 밤길 한두 번 걸어본 사람이 아니니까……."

아이는 또 묵묵부답이었다. 앓아봐야 아픈 것을 안다는 푼수로, 놈이 부아가 났다면 밤길 걷는 걸 가지고 이야기할 것이 아니라 운선이란 노인을 이죽거려 주면 거기에 장단을 맞출 것이란 생각이 들어 목소리를 부드럽게 낮추었다.

"운선선인 그분이 누군지 나만 같아도 어린 널 날 새워 밤길을 같이 가라고 딸려 보내지는 않았을 거야. 노인네가 나이를 헛잡수신 거지."

"정 이러시면 따로 가는 수가 있습니다?"

아이가 도리어 역으로 나갔다.

"따로 가다니?"

도시 속내를 모르겠다 싶어 뒤를 돌아보았다. 시선이 마주치자 아이가 단호한 목소리로 대답했다.

"제가 앞서고 스님께서 뒤에 오시거나 그렇게요."

법준은 어이가 없어 입을 다물었다. 두 사람은 산을 내려와 문화현 객사 앞을 지나 신천계 가까이 당도했다. 해는 기울고 동편 하늘에 달이 떠오르고 있었다.

"한 가지만 묻자. 운선선인 그분이 누구시지?"

사실은 아까부터 그게 더 궁금했는데, 쓸데없이 이러쿵저러쿵하다가 아이에게 괜히 짜증만 나게 한 것 같았다.

"저의 스승님이십니다."

뜻밖에도 대답이 차분했다.

"스승인 걸 몰라 묻는 게 아니고, 내 말은 스님은 아니신 것 같던데, 도술을 부리는 사람 있지? 그런 분 아닌가 싶어 묻는 게야. 머리를 그렇게 길게 기른 분을 절에서 만나기가 쉽지 않거든. 학소노장님께서 가까이하시는 걸 보면 술사는 아닌 것 같고, 혹 산 능선이나 타고 다니며……."

말이 채 끝나기 전에 아이가 볼멘소리를 냈다.

"거참, 모르는 것 되게 많네요?"

그러고는 앞으로 돌아오더니 발걸음을 빨리했다. 처음에는 말대꾸가 귀찮아 그러나 보다 했다. 한데 아이의 걷는 속도가 장난이 아니었다. 어슴푸레한 달빛 속을 휘이휘이 앞서가는 듯하더니 순식간에 산모퉁이를 돌아 모습을 감춰버렸다. 그렇다고 달음질을 치는 것도 아니었다.

법준은 걸음을 빨리했다. 문화현과 신천현의 경계를 이룬 천사산 아래에 이르러 산모퉁이를 돌아가는 지점에 다다랐다. 이쯤이면 어지간히 간격이 좁혀졌을 것이라 여겼는데, 아이는 흔적조차 없었다.

"풍회!"

대답이 없었다.

"풍회!"

목소리가 개울 건너 깎아지른 벼랑에 부딪쳐 메아리로 돌아왔다. 법준은 가파른 언덕길을 오르면서 더 큰 소리로 외쳤다.

"돌개바람!"

산속은 어둠첩첩 산첩첩이었다. 황해도는 산들이 낮고 평야만 잇대어 있는 줄 알았더니 골짜구니가 좁아지면서 갈수록 바람소리뿐이었다. 돌개바람인지 회오리바람인지 그 녀석의 종적을 찾을 수 없었다. 법준은 황당한 생각이 들어 가쁜 숨을 헉헉 몰아쉬며 허겁지겁 고개를 내려왔다.

땀으로 온몸이 흠뻑 젖었다. 소 멍에처럼 잘록한 고개를 넘고 뛰다시피 그 너머 꼿꼿이 서 있는 산 앞자락에 이르자 땅바닥이 코에 닿을 듯 가팔랐다. 설령 아이가 제 이름처럼 돌개바람으로 날았다고 해도 벌써 이런 가파른 산을 넘었으리라고는 생각되지 않았다.

법준은 땀을 닦을 겨를도 없었다. 방금 지나온 숲속 어디서 아이가 웅크리고 앉아 변을 보고 있는 걸 모르고 달려온 게 아닌가 싶어 자꾸 뒤를 돌아보았다.

하나 녀석의 흔적은 아무 데도 없었다. 가파른 고갯길을 넘어 꼬불꼬불 굽이를 도는 내리막길을 얼마나 내려왔을까. 근처에 커다란 개울이 있는 듯 콸콸콸, 물 흐르는 소리가 들렸다.

개울 윗길로 한 식경 따라 올라가니 폭포가 있는 듯 세찬 물줄기 쏟아지는 소리가 요란했다. 물소리를 따라 가까이 가보니 아스라한 낭떠러지 위에 작은 정자가 걸치듯 얹혀 있고, 벼랑 위에서 여울 속 달빛을 금빛으로 부수며 물줄기가 떨어져 내리고 있었다.

법준이 땀을 식힐 요량으로 폭포가 내려다보이는 정자 앞으로 가까이 다가가니 인기척이 났다.

"참, 푸줏간 들어가는 소걸음도 그보다는 빠르겠습니다."

아이가 정자에 앉아서 법준의 느린 걸음을 비아냥거렸다.

"이름에 바람 풍 자 쓴 이유를 알겠네."

법준이 방갓을 벗고 머리에 감은 수건을 벗어 땀을 닦았다.

"그런 팔자걸음으로 밤 안에 묘음사까지 갈 수 있겠습니까?"

법준이 땀을 닦던 손을 멈추었다.

"묘음사?"

"왜요?"

"구월산에서 장수산이 동네 고샅길인가?"

"그럼 장수산까지 유람 가시는 겁니까?"

"아무리 어리다고…… 파발을 띄워도 밤 안에는 어려워."

"어려우면 어떻게 하실 건데요?"

"재령에서 유숙을 해야지."

법준은 땀을 닦고 다시 방갓을 썼다.

"그나저나 나이도 어린데 발걸음이 무슨 선불 맞은 노루도 아니고……."

"산에 사셨다면서 그 정도는 걷는 거 아닙니까?"

"네 걸음이 회오리바람은 아니어도 도깨비 걸음은 되겠다."

다시 길을 나섰다. 잠자코 앞서 걷던 아이가 개울을 건너뛰면서 물었다.

"그런 몸놀림으로 궁전 담을 어떻게 넘었습니까?"

빈정거리는 투였다.

"이것 봐, 살고자 하는 것은 죽고자 하는 것과 같은 게야. 발걸음 좀 빨라봤자 황조롱이가 붕새는 아니잖아?"

"뭐, 비아냥거리려고 하는 이야기는 아닙니다만, 문소전에 들어가 화살을 날린 것이 꼭 붕새들만 하는 일은 아니겠지요. 솔직히 왕지네 마당에 씨암탉도 황조롱이는 못 될 테니까요."

말솜씨가 어린아이가 아니었다. 기어이 눈 반짝거린 값을 하려 들었다. 순간 법준은 기분이 언짢았지만, 대놓고 기색을 보였다가는 또 무슨 봉변을 당할지 몰라 속으로 꾹 누르고는 적당히 얼버무렸다.

"몸동작이야 날아다니는 박쥐 같진 않아도 사실은 하는 일이 뱀장어 메기 등 타고 넘듯 매끈해야 하는 거야."

"그렇긴 합니다만, 꼭 큰 그물이 큰 고기만 잡는 것은 아닙니다."

끝내 녀석이 염장을 지르고 나섰다. 황소처럼 힘만 세고 궁전 담을 넘어 화살을 날릴 배짱이 있다고 모든 것이 그냥 되는 것이 아니라는 소리였다. 고욤감만 한 어린애라고 얕잡아 본 것이 잘못인 것 같았다. 도대체 운선노자가 어떤 분이기에 저 쪼그만 녀석의 총기가 저리 반짝거리며 살아 있는 것일까.

운선노자에 대한 궁금증이 다시 고개를 들었다. 그 스승에 그 제자가 맞다면 운선노자는 흔히 만날 수 있는 그런 사람이 아닐 거라는 생각이 퍼뜩 스쳐 지나갔다. 어쩌면 이인 가운데 이인일지도 몰랐다. 불가로 치면 견성을 했어도 일찍이 상견성을 했을…….

"자, 앞에 갑니다. 그럼 제 그림자만 보고 천천히 오세요."

녀석을 살살 달래 운선노자가 누군가를 알아보려고 했더니 벌써 눈치챈 듯 앞서 달아나 버렸다.

아이의 발걸음이 워낙 빨라 법준은 또 한바탕 땀을 흘려야 했다. 숨을 몰아쉬며 뒤쫓아 갔는데도 흔적이 없었다. 이 녀석이 사람인가, 바람인가. 법준은 또 허겁지겁이었다. 꼬리 아홉 달린 여우가 백두산에서 묘향산까지 한 걸음에 달려온다더니 정녕코 이 녀석이 사람으로 둔갑한 그 맹랑한 여우 꼬맹이 아닌가 하는 생각도 들었다.

재령은 널찍한 평지만 있는 줄 알았더니 웬 크고 작은 고개들이 이리 많은가. 법준은 물에 빠졌다 나온 사람처럼 온몸이 땀으로 흥건히 젖었다. 그렇게 얼마를 달렸는지 몰랐다. 휘파람 소리를 내며 비탈길을 올라가고 있는데, 녀석이 길가 바위에 한가하게 걸터앉아 두 다리를 흔들고 있었다.

"일체유심조란 말 아시죠?"

법준이 헉헉거리며 숨을 몰아쉬는데 녀석이 나이답지 않은 말을 했다.

"문자를 좀 읽었나?"

"제가 만일 과장에 나갔으면 장원이 아니라 일찍이 삼정승을 해 마쳤을 겁니다."

"일체유심조가 다 마음 안에 있다 그런 말이라 하더라만……."

그랬더니 아이가 딱 손뼉을 치면서 대답했다.

"그거 보세요. 길 걷는 것 그거 별거 아니에요."

"이리 땀을 뻘뻘 흘리는데 별거 아니라니?"

"길이 멀고 가까운 것도 말예요. 마음속에 넣고 삭이면 길이가 늘기도 하고 줄기도 한다, 그겁니다."

"땅바닥이 무슨 번데기냐? 늘었다 줄었다 그러게?"

"마음 안에서는 얼마든지 그렇게 돼요."

"마음이야 가만히 앉아서도 천 리를 가지."

"그거 보세요. 마음으로 안 되는 게 뭐 있나요?"

"이래 봬도 내가 참선수좌다. 마음으로 안 되는 게 없다는 거 이미 알 만큼 알아."

"그럼 제가 하란 대로 해볼래요?"

아이가 앞에 서서 법준을 등 뒤에 바짝 세웠다. 등을 약간 굽혀 앞을 똑바로 바라보면서 말을 이었다.

"이제부터 다른 데는 보지 마시고, 제 등 뒤에 딱 붙어 제가 딛는 발자국만 딛고 따라오세요. 아무것도 생각 마시고 참선을 하듯 마음을 집중해서 제 발자국 따라 딛는 것만 생각하세요."

그러고는 앞서 걷기 시작했다.

"하나 둘, 하나 둘, 제 발자국만 따라 밟으세요!"

단단히 주의를 주면서 성큼성큼 걷기 시작했다. 법준은 아이가 딛는 발자국만 밟고 따라갔다. 발걸음이 별로 빠르다는 생각도 없었다. 주변이 어둠뿐이어서 보이는 것은 없었지만 한참 동안 그렇게 걷다 보니 다른 생각을 할 겨를이 없었다.

시간이 지남에 겅중겅중 아이의 발자국이 선명히 드러나 보였다. 법준은 숨소리마저 죽이고 그렇게 걷는 데만 마음이 쏠려 있었다. 그런 걸음걸이로 얼마를 갔는지 가늠할 수도 없었다.

마치 길가의 풀섶을 밟듯 발바닥이 부드럽게 푹신거렸다. 아니, 그런 느낌이었다. 느낌이 그래서였는지 몸뚱이가 나는 듯 가벼웠다. 더러 개울을 건널 때도 있었는데, 건너뛸 때의 보폭이 개울 넓이와 비슷한 느낌이었다. 뛰는 것도 아닌데 몸뚱이가 공중을 나는 기분이었다.

그렇게 얼마를 갔을까? 어둠 속에 뾰족뾰족한 기암괴석이 장관을 이루고 있었다. 거대한 바위와 벼랑으로 이루어진 산 안으로 들어섰다. 산이 가로로 쫙쫙 갈라진 바위산이었다. 벼랑이 마치 떡 돌금처럼 층을 이룬 것 같기도 했다.

아이가 미로와 같은 골짜기 안으로 들어서는 듯했다. 그러다가 차츰 발걸음을 늦추더니 계곡을 사이에 두고 거대한 바위가 문설주처럼 양쪽에 버티고 선 지점에 이르렀다. 바위로 된 산문 안으로 들어서서 계곡으로 이루어진 길을 한참 타고 올라가더니 아이가 발걸음을 멈추었다.

"다 왔습니다."

"벌써?"

법준은 어리둥절했다.

"여기가 묘음사란 말이야?"

거목들이 어둠 속에 숲을 이루고 있었고, 숲 사이로 불빛이 반짝였다. 걸어왔다는 게 믿어지지 않았다. 날아왔다고 해도 날아온 것이 아니었다.

"들어가 보시죠."

"여기가 정말 묘음사야?"

법준은 꿈을 꾸는 것 같았다. 아이가 천왕문 앞에 이르러 먼저 안으로 들어서기를 권했다. 여기가 정말 묘음사라면 낙산암에서 댓 걸음에 달려온 기분이었다.

법준이 절 안으로 들어서면서 뒤를 돌아보았다. 아이가 저만큼 문밖에 떨어져 멈칫거렸다.

"왜?"

왜 그렇게 서 있느냐는 물음이었다.

"전 저 위 암자에 얼른 다녀올게요."

법준은 그 말을 건성으로 듣고 절 안으로 들어가다가 다시 뒤를 돌아보니 아이가 온데간데없이 사라져버렸다.

"어! 이 녀석 봐라?"

# 촛불에 태운 밀지

장수산은 붉은 바위산이었다. 굽이굽이 석동(石洞) 열두 굽이, 기묘한 골짜기 입구 천 길 벼랑 위에 제비집처럼 얹혀 있는 현암이라는 암자가 있었다. 더러 이 암자를 '다람절'이라고도 하는데, 산 아래 들판을 굽이쳐 강으로 흘러드는 하천의 모습이 여명에 희미하게 그 자태를 드러낼 즈음이었다.

"자환아!"

방에서 부르는 소리가 났다.

"네."

"잠깐 들어와 보거라."

자환이 방 안으로 들어가자 팔 척 거구에 눈빛 형형한 대주 선사가 그날따라 부드럽게 빛을 감추고 방 아랫목에 단정히 앉아 있었다.

"오늘이 병진일이냐?"

"네, 그렇습니다."

"음, 그렇군…… 지금 산을 내려가 봐라. 누굴 만나거든 '회오리바람'이 불겠느냐고 물어보아라. 그러면 응답이 있을 터, 혹 무엇을 주거든 챙겨 넣고 묘음사로 가거라."

"예, 그리하겠습니다."

막 방문을 나서려는데 대주선사가 다시 말을 이었다.

"문제는 그 뒤엣놈이니라. 허겁지겁 올라오는 그놈을 만나거든 놈을 한양까지 데리고 갔다 와야 한다."

"오늘 말씀이옵니까?"

"그러하니라."

"네, 그렇게 하겠습니다."

"모든 것은 법현수좌와 상의하거라."

자환이 합장을 해 보이고 방문을 나서자 대주선사가 등 뒤에 대고 알 듯 모를 듯 한마디를 덧붙였다.

"재목은 먹줄을 옳게 띄워야 하느니……"

자환이 바위턱 위의 암자를 나서 돌계단을 내려와 묘음사로 가는 길목에 이르렀다. 이른 새벽인데 숱이 많은 머리를 엉덩이께까지 치렁하게 땋아 내린 아이가 채진암 방향으로 올라가고 있었다. 자환이 휘파람을 휘익 불었다.

"회오리바람이 불려나?"

그러고 서 있었더니, 아이가 가던 길을 돌아서서 자환에게로 내려왔다. 다리에 행전을 다부지게 맸는데 어둠이 가시지 않아 누구인지 알아볼 수 없었다. 두어 발자국 앞으로 다가갔더니 아이가 먼저 인사를 했다.

"저 풍회입니다."

자세히 보니 전에 낙산암에서 본 동자였다. 그러니까 대주선사가 말한 회오리바람이 풍회라는 이름을 가진 아이로 나타났던 것이다.

"이른 새벽녘에 여길 어떻게?"

"스님을 만나러 왔습니다."

"허, 그래? 이름에 바람 풍 자를 쓰는가?"

자환은 운선선인을 따라다녔던 동자의 이름이 풍회라는 것까지는 몰랐다.

"네, 그렇습니다. 바람 풍 자에 돌 회 자입니다."

자환은 대주선사의 '회오리바람'이 바람 풍 자 돌 회 자를 쓴 운선선인의 동자 이름일 줄은 꿈에도 몰랐다. 운선선인은 자환도 잘 아는 분이었다. 전에 학소대사를 모시고 있을 때 자주 찾아왔고, 대사와는 아주 각별한 사이라는 것도. 한데 학소대사의 곁을 떠난 지 벌써 여러 해 되었다. 학소대사가 스승이기도 하여 자주 찾아뵙는 편이었지만, 근래에 들어 운선선인을 만난 적이 없었다. 전에 선인이 대사를 찾아올 때 조그마한 동자를 데리고 다니는 것을 보았으나, 그 아이가 산짐승이 우글거리는 낯선 새벽 산길을 혼자 나다닐 정도로 저렇게 자란 줄은 상상도 못했다.

"얼굴은 알겠는데 자네 이름을 몰랐네."

자환은 대주선사의 예지력에 새삼 탄복하면서 물었다.

"그런데 어딜 가는 길인가?"

"스님을 만나러 현암에 간다고 가는 중입니다."

자환은 그 뒤엣놈이 문제라는 대주선사의 말이 퍼뜩 떠올라 다시 물었다.

"일행이 또 있을 텐데?"

그것을 어떻게 아느냐는 듯 풍회가 한발 다가섰다.

"네, 있습니다."

대주선사가 천기를 보는 줄은 알았지만 눈앞에 당면한 일을 이리 착 알아맞힐 줄은 몰랐다.

"묘음사에 계시라고 했는데…… 곧 내려가셔야 될 것 같네요."

그러고는 옷섶에 손을 넣더니 서찰을 꺼내 건넸다.

"이게 뭔가?"

"학소대사님 서찰입니다. 얼른 보시고 없애버리세요."

아이가 서찰을 건네자마자 합장을 해 보이고 돌아섰다.

"어딜 가려구?"

"낙산암으로 가렵니다."

"묘음사가 아니고 낙산암을?"

"예."

"아니지……"

자환은 얼른 풍회의 손을 잡아끌었다.

"아침은 먹고 떠나야 할 것 아니냐."

자환은 현암으로 가는 산모퉁이에 감춰지듯 숨어 있는 초암으로 풍회를 끌고 들어갔다. 암자의 주승을 만나 자초지종 이야기를 하고, 후원에서 아침이 차려져 나오기를 기다리며 풍회의 얼굴을 자세히 보니 전에 운선선인의 손을 잡고 따라다니던 네댓 살 되어 보이던 동자의 티를 벗어나 있었다.

"많이 컸구먼?"

풍회가 빙긋 웃었다.

"저는 스님이 다 생각납니다."

"그래……?"

대주선사가 무얼 주거든 받아 챙기라 한 것이 바로 이것이었던가? 자환이 손에 들고 있던 서찰을 펴보려고 하자 풍회가 손을 저었다.

"여기서 보시지 말고 가면서 보시고 바로 없애세요. 그리고 지금 묘음사로 빨리 가보세요. 누가 기다리고 있을 거예요. 어쩌면 지금 제 뒤를 따라 이리로 올라오고 있을지 모르겠네요."

"맞아, 지금 이리로 올라오고 있겠구먼?"

자환은, 허겁지겁 올라오는 그 뒤엣놈이 문제라는 대주선사의 이야기가 떠올라 자리를 박차고 일어났다.

"묘음사에 갔다가 금방 올라올 터이니 식사하고 기다리게."

문을 열고 밖으로 나오는데, 풍회가 같이 따라 나오면서 대답했다.

"그러실 시간 없을 겁니다. 곧 한양으로 떠나셔야 할 거예요."

"한양이라니?"

그놈을 한양까지 데리고 갔다 와야 한다는 대주선사의 말이 떠올랐다.

"내려가 보시면 압니다."

자환은 도대체 영문을 알 수 없었다.

"다람절이라고 내가 사는 암자가 석동 계곡 위에 있으니 쉬었다 가게."

"예, 알겠습니다. 어서 내려가 보세요."

자환은 돌아서서 암자를 나왔다. 묘음사로 내려가면서 서찰을 펴보니 큰 글자로 '묵사탄정(墨絲彈正)' 네 자가 적혀 있고,

끝에 '학소'라는 대사님의 친필임을 알리는 이름이 적혀 있었다.

묵사탄정? 이게 무슨 소린가. 발걸음을 재촉해 비탈길을 내려오는데 이슬에 축 늘어지게 젖은 도포를 입은, 허우대가 우람한 사내가 손에 방갓을 들고 허겁지겁 올라오고 있었다. 대주선사가 '허겁지겁'이라 말했던 이가 바로 이놈이로군…… 그러고 서 있는데 그쪽에서 먼저 말을 건넸다.

"거, 말씀 좀 묻겠소."

"물어보시오."

"길게 머리를 땋아 내린 도령 못 봤소?"

자환은 이자가 어떤 자인가 알아보기 위해 슬쩍 퉁겼다.

"못 봤소. 그런데 새벽에 웬 젊은이가 화택(火宅)을 뛰어나오듯 하오?"

"뭐라, 화택이라?"

사내는 비위가 뒤틀린 듯 자환을 빤히 쳐다보았다.

"척 보니 스님인 것 같은데 언사가 상것들 뺨치게 생겼소!"

목소리는 낮았으나 시비조였다. 건장한 몸에서 대번 완력이 느껴졌다.

"이 양반이 갈고리를 삼켰나, 아침부터 웬 쌍가래톳이우?"

"승가에 이런 얼빠진 자들이 있는데 누굴 탓하랴?"

그가 침을 탁 뱉고는 발길을 돌리려 했다.

"그래, 중이 상것이라는 걸 여태 몰랐소?"

"거, 잠자는 호랑이 수염 뽑지 말고 가던 길이나 가시오."

옳거니 이것이 '묵사탄정'이구나. 쓸 만한 재목이 되겠는지 먹줄을 띄워보라는 학소대사의 밀지가 이것이다 싶었다. 그렇다면 일단 염장을 질러놓고 보자고 생각했다.

"요즘 묘음사에 자주 도둑이 든다더니, 혹……?"

아니나 다를까 사내가 대번 사나운 들개처럼 획 돌아섰다.

"보자보자 하니 이 중놈새끼가 새벽부터 재수 없게시리!"

앞으로 확 밀치고 달려들더니 대번 먹살부터 틀어쥐었다.

"초면에 내 말이 좀 과했나?"

자환은 얼른 너스레를 떨었다.

"미안하우, 요즘 장수산에 하도 좀도적이 들끓어서……."

"제 명에 살고 싶으면 입조심해, 이 사람아!"

그가 먹살 잡은 손을 놓으며 뒤로 쿵 밀쳤다.

"그나저나 이른 새벽에 어딜 가시우?"

"아까 이야기했잖아, 꼬맹이 하나 올라가는 거 못 봤냐구?"

"아! 머리 치렁하게 땋아 내린 도령?"

그 말에 사내가 다시 바짝 다가들며 한 손으로 자환의 턱을 치켜올렸다.

"이 자식이 사람을 가지고 노네? 아까 물을 땐 왜 말을 하지 않았나?"

금방 볼따귀로 주먹이 올라올 것 같았다.

"이보시오, 나도 새벽에 바쁜 길 가는 사람이오. 무슨 산짐승이 옆으로 지나간 줄 알고 깜짝 놀라 돌아보니 어린앱디다. 그래서 에잇, 참! 침을 탁 뱉고 볼일이 급해 그냥 내려오는 길 아니오?"

"그게 얼마쯤 됐소?"

"꽤 됐는데. 동이 트기 전이었으니까."

사내가 낙망한 듯 갑자기 어깨에 힘이 쭉 빠져 보였다.

"그 아이가 누군데 그러시우. 혹 아우요?"

"그런 건 알 것 없소. 어서 길이나 가시오."

틀림없이 풍회와 무슨 사연이 있었던 것 같았다. 자환은 풍회에게 그것까지는 묻지 않았다. 묵사탄정이라면 저자를 한양으로 데리고 가면서 어떻게 해보라는……. 대주선사는 모든 것을 법현수좌와 상의하라고 했다.

사내가 먼저 등을 보이고 돌아섰다. 그렇다면 저자를 놓아주어서는 안 된다. 미행을 할까 생각을 하고 서 있었더니, 사내가 두어 발자국 올라가다가 돌아서서 소리쳐 불렀다.

"여보시오?"

"또 무슨 할 말이 남았소?"

"땡볕에 수숫잎 꼬이듯 그러지 말고, 이 길로 가면 어디가 나오오?"

"장수산 꼭대기가 나오우."

부러 거짓말을 했다. 가고 있는 길이 산꼭대기라는 말에 사내는 풍회를 찾으려는 생각을 체념한 듯 발걸음을 돌려 도로 자환에게로 내려왔다.

"스님은 어디로 가는 길이오?"

"나야 묘음사로 가는 길이오."

그래서 동행이 되었다.

"혹 자환수좌라는 분을 아시오?"

자환이 우뚝 발걸음을 멈추어 섰다.

"그건 왜 묻소?"

"자환수좌를 만나 상의할 일이 있어서 그렇소."

"자환수좌 얼굴을 아오?"

"모르오."

사내가 고개를 흔들었다.

"모르는 사람을 왜 찾소?"

사내는 걸음을 멈춰 서더니 자환을 뚫어지게 쳐다보았다.

"거, 아까부터 말이 되게 많네. 새벽에 서속밥 먹고 나왔소? 알면 안다, 모르면 모른다, 하나만 답하면 될 걸 치근대긴 왜 그리 치근대우?"

도리어 사내가 역정을 냈다.

"얼굴도 모르는 사람을 찾으니 묻는 것 아니겠소?"

"그만둡시다."

사내가 앞서 걷기 시작했다. 뒤에서 바라보니 덩치가 거구였다. 어깨가 떡 벌어지고 흔들어대는 무쇠 같은 팔놀림이 완력으로는 쉽게 제압당할 위인이 아니어 보였다.

"가봐야 자환이란 사람은 묘음사에 없소."

"당신이 뭘 안다고 자꾸 떠벌려?"

그가 뒤를 돌아보았다.

"이 사람아, 내가 자환이라 그래."

그 말에 사내가 우뚝 그 자리에 섰다. 그리고 자환의 얼굴을 유심히 들여다보았다.

"아니, 스님이 정말 자환수좌란 말이오?"

"그렇소. 자환을 옆에 놔두고 자환을 찾으니 말이 길어진 것 아니오?"

그세야 사내가 얼굴을 환히 바꾸며 자환 앞으로 다가들었다.

"나귀를 타고 나귀를 찾는다더니, 왜 진즉 말씀을 하지 않았소?"

"댁이 언제 자환일 찾았소? 머리 땋은 도령만 찾았지."

"아까 내가 찾던 아이가 풍회라는 녀석인데 하도 신통한 놈이라 붙잡고 뭘 물어보려던 참에 번개같이 사라져버렸소. 그래 고놈만 찾느라 혼이 잠시 달아나버렸던 것 같소. 내 참…… 그나저나 오늘 내가 찾아온 사람이 사실은 자환수좌입니다. 인사나 나눕시다. 난 한양 사는 법준이라 합니다."

그가 합장을 해 보이며 멋쩍게 웃었다.

"난 석자환이오."

두 사람이 통성명을 하고 묘음사로 내려왔다.

법준은 자기도 중이라는 것, 학조대사 제자라는 것, 문소전 신위판을 훔쳤다는 것, 낙산암에서 학소대사를 만나 묘음사까지 오게 된 자초지종을 들려주었다.

"학소대사께서 함께 한양으로 가 문소전에 신위판을 도로 갖다 놓으라 하셨소."

자환은 잠자코 고개만 끄덕였다.

"뭐, 내키지 않으면 나 혼자 가도 괜찮습니다만……."

"그래도 어른께서 내리신 당부인데 그래서는 안 되오."

대답은 그렇게 했지만 한양까지 동행을 하라는 학소대사의 지시를 깊이 들여다볼 필요가 있었다. 한데 법준은 낙산암에서 동행한 풍회라는 아이가 신통방통하더라는 것에 정신이 팔려 있었다. 그러하나 무엇이 어떻게 신통하더라는 구체적인 내용은 말하지 않았다.

자환은 늘 조심스럽게 감추어 처신하기를 가르친 학소대사가 묘음사로 법준을 보낸 이유와 '묵사탄정'이라는 밀지를 따로 풍회 손에 딸려 보낸 이유를 알 것 같았다.

세조 대에 이르러 불가가 숨통이 좀 트이나 했건만, 금상에 들어와 원각사가 폐사된 운명만큼이나 다시 망가져 가는 판에, 법준이 궁궐 담을 넘어 들어가 화살을 두 대나 날리고 문소전 신위판을 훔쳐서 나온 그 장한한 대담성을 높이 산 것 같았다.

주자학을 이념으로 불가를 짓밟고 국정을 농단한 유가의 정권을 혁파하기 위해 비밀히 결사된 조직원은 엄격한 관문을 거쳐 선발해 온 것이 지금까지의 관례였다.

그런 의미에서 법준과 같은 담력을 가진 사람을 필요로 한 것은 사실이었다. 그러나 담력 하나로 조직에 발을 들여놓을 수 없다는 것 또한 자명한 사실이었다. 구월산을 중심으로 몽둥이 봉(棒) 자를 쓰는 사사(沙社)만도 생활 태도가 빈틈이 없어야 했고 행실이 맑고 깨끗해야만 했다. 무엇보다도 사사의 첫 번째 규율이 기밀이었다. 기밀에는 목숨이 내밀하게 담보되어 있었다.

학소대사는 구월산 사사의 사주(社主)였다. 법준이 무모한

바 없지 않으나 담력이 그만하고 완력도 그만하니, 사사의 재목이 될 만한 자질을 갖췄는지 시험을 해보라는 뜻이 분명했다. 바로 그것이 재목은 먹줄을 옳게 띄워야 한다는 '묵사탄정'에 함유되어 나타난 숨겨진 뜻이었다.

자환은 법준을 후원으로 안내해 아침을 먹인 후, 객실로 보내 쉬게 한 다음 법현수좌을 찾아갔다. 법현수좌의 사사 이름은 봉오(棒敖)였고 자환의 사사 이름은 봉삼(棒三)이었다.

자환은 법현수좌에게 '묵사탄정'이란 밀지를 보여주었다.

"허! 봉을 만들라는 말씀이구먼."

그리고 곧 밀지를 촛불에 태워 없앴다.

"그럼 사사에 편입시키라 그 말 아니오?"

"학조스님 상좌이니 신분은 확실하고, 그만한 완력에 그만한 담력이면 재목이 될 만하잖아?"

"좀 덜렁대는 것 같던데? 성미도 급하고……."

"그러니 따로 밀지를 보내신 게지."

"알겠습니다, 사형님."

자환은 법현을 사형이라 불렀다.

"구월산 뜻을 다시 확인해 보고 축령을 뒤딸려 보낼 테니 축령이 나타나거든 구월산의 뜻이 그런 줄 알고 명을 받들게."

축령의 사사 이름은 봉구(棒九)였다.

"알겠습니다."

"움직임을 보아 신속하고 빈틈이 없이 그때그때 조치를 취할 테니 그리 알고 떠나게."

"알겠습니다."

"축령이 나타남은 어떤 상황이든 준비가 완벽히 갖춰진 걸로 알게."

자환은 고개를 끄덕이고 법현수좌의 방을 나왔다. 그리고 왼쪽 허리춤에 표창 주머니를 달고 오른쪽 허리춤에 단검을 찔러 넣었다. 손이 빠른 그는 다시 단검 두 개를 양쪽 정강이 각반에 숨겨 넣고 행전을 맸다. 자환은 검보를 익혀 장도의 고수였지만 승복 차림에 긴 칼을 지니고 다닐 수 없어서 표창과 단검으로 무장했다.

# 법준의 협기

자환은 곧 객실로 돌아와 달게 한숨 붙이고 있는 법준의 방문을 화닥닥 열어젖혔다. 날을 새워 밤길을 오느라 잠을 못 잔 듯, 이슬에 젖은 축축한 도포를 횃대에 걸쳐놓고 사지를 클 태(太) 자로 벌리고 잠이 들어 있었다.

"이봐 땡땡이, 여기가 자네 안방인가?"

어떻게 나오는가 보려고 태도를 바꾸어본 것이다. 자환은 발로 옆구리를 툭툭 건드렸다. 법준이 부스스한 얼굴로 눈을 뜨면서 일어났다.

"좋은 입 놔두고 발로 왜 이러나?"

"갈 길이 한양이야. 웬 한가한 낮잠이냐고?"

"거 아까부터 반말 실실 해대던데 조심할 수 없겠어?"

단잠을 깨운 것보다 말투에 심기가 더 불편하다는 뜻이었다.

"늦깎이도 나이가 있나? 그리고 중 나이가 엿가락인 줄 몰라?"

"학소사숙이 황해도 중들 물정을 통 모르고 사는구먼?"

"도깨비 장마개울 건넌 소리 작작 하고 어서 일어서!"

"내가 오늘 번지를 잘못 짚었네?"

법준이 벌떡 일어서더니 자환의 멱살을 훔쳐 쥐었다. 덩치야 법준이 컸지만 자환은 몸을 뺄 수도, 방바닥에 내칠 수도 있었다. 그러나 붙잡힌 채 가만 놔두고 보았다.

"애송이가 어디다 대고 반말질이야!"

금방 내리칠 기세였다.

"허, 이거 놓고 이야기합시다."

자환이 얼른 존댓말로 바꾸었다.

"난 학소대사가 보냈다기에 까만 사미겠지 했지."

"학소대사가 보내면 다 사미야?"

"그런 건 아니지만……."

자환은 부러 야코가 죽은 듯 목소리를 낮추며 눈치를 살폈다.

"절 십안까지 이래 가지고야 원……?"

법준이 쥐었던 멱살을 놓으며 말을 이었다.

"네미랄, 그렇지 않아도 중을 상것으로 만들어 산문 나서기가 더러운 세상인데, 법도가 근엄해야 할 절집에서 사문이 상것이 못 되어 저리 안달이니 이거 더러워서 얼굴이나 내놓고 다니겠냐고?"

"에이고, 알았수다. 난 나보다 손아래로 보이기에 그만……"

"올해 몇인가?"

"계해생이오."

"두 살이나 아래구먼."

"그럼 이제부터 정식으로 사형님으로 모시겠습니다."

이것이 바로 자환이 노렸던 바였다. 어떤 방향으로든 관계가 지어져야 한양까지 가는 동안 학소사주로부터 부과된 임무를 요령 있게 수행할 수 있을 것으로 보았기 때문이었다.

법준이 횃대에 걸쳐놓은 도포를 걷어들면서 말했다.

"앞에 나가 있어. 옷 입고 나갈 테니."

자환이 객실을 나왔다. 한참 있다가 법준이 모시도포 차림에 괴나리봇짐과 방갓을 손에 들고 밖으로 나왔다.

두 사람은 한양으로 출발했다. 길을 나서자 법준은 언제 멱살을 잡고 후려치려 한 적이 있었느냐는 듯 마음이 풀려 앞서 걸었다. 도포는 이슬기가 말라 꼬깃꼬깃했고 등허리에서 엉덩이까지 내려와 달라붙은 괴나리봇짐에 육날미투리가 덜렁거렸다. 머리에는 방갓을 써 얼굴은 보이지 않았다. 한데 자환은 누가 중놈 아니랄까 봐 빛바랜 먹물 바지에 행전을 정강이까지 받아 매고 빈 밥그릇만 든 바랑을 짊어졌다. 바랑만 아니면 영락없이 객줏집 중노미 행색이었다. 한 사람은 구겨진 도포에 방갓을 썼는데 또 한 사람은 딸랑거리는 걸음걸이, 행각승이라기보다는 반승(半僧)이 분명해 보였다.

얼핏 두 사람의 행색을 보면 가난한 과객이 먼 길을 상노를 데리고 가는 것 같았지만, 눈여겨보면 성향이 각기 다른 사람이 오다가다 만나 동행을 한 것 같기도 했다.

"오늘 새벽에 우리가 만났던 산에서 말일세, 머리 길게 땋아 늘인 그 꼬맹이 말이야."

법준은 아예 반말이었다.

"그 아이가 왜요?"

"난 축지법이란 말만 들었지. 허 참, 그 쪼그만 녀석이 축지법을 쓸 줄을……?"

새벽에 풍회와 있었던 일 같은데, 그것을 속에 담아두지 못했다.

"콩알만 한 게 무슨 축지법이우? 누가 들으면 돈 놈이라 하겠수."

"아냐, 이름이 돌개바람이라고 그러더니만 진짜 바람처럼 날던데."

법준은 허우대에 걸맞지 않게 목소리까지 감상적이었다.

"돌개바람이라는 이름을 가진 사람도 있습디까?"

자환이 부러 딴전을 부렸다.

"그 녀석이 제 입으로 돌개바람이라고 그러데. 바람 풍 자 돌회 자 풍회라고……. 틀림없이 그 녀석이 도술을 부린 것 같단말이야. 고놈을 꽉 붙들고 비결을 물어볼 참이었는데 그만 놓쳤지. 그러고 자환 자네를 만난 거 아닌가."

"뭘 잘못 보신 거구만. 어쩌면 허깨비한테 홀렸거나?"

"내 말을 안 해야지, 앞뒤가 꽉 막힌 사람하고는……."

그러고는 고개를 흔들었다. 한데 얼마 안 가 또다시 풍회 이야기를 꺼냈다.

"아니야, 틀림없이 고놈이 도술을 부린 거야."

"아직 꼬맹이라면서 도술은 무슨 도술이요?"

"그럼 하나만 물어보겠네. 운선선인이라는 분을 아나?"

운선선인은 학소대사뿐 아니라 장수산 대주선사와도 잘 아는 사이였다. 대주선사는 좀처럼 세간에 모습을 드러내지 않았지만 운선선인은 저잣거리 사람들과도 자주 왕래하는 분이었다. 자환이 운선선인에 대해 알고 있는 것이 있다면 그 어른의생주(生住)철학은 술(述)이라기보다는 무(武)에 더 가까운 어른이었다. 근래 들어 낙산암에 내왕이 잦다는 이야기를 들어 알고는 있었지만 그 두 어른의 내막에 대해서는 전혀 아는 것이 없었다.

"묘향산 도사 말씀이구먼?"

"그분이 묘향산 도산가? 수염 허옇고 머리에 두건을 쓴?"

"전에 묘향산에서 사신다는 이야기를 들었지요."

"제자의 도술이 그 정도면 그분은 하늘을 훨훨 날겠는데?"

"그분이 신선술을 닦는다는 말은 들었어도 도술 부린다는
소리는 금시초문이네요."

그러나 법준은 도리질을 했다.

"아니야, 풍회라는 그 녀석이 산길을 한 식경 날았어."

"허허, 염소가 물똥 싼 걸 봤다는 사람이 있다더니, 꿩을 소
리개로 보고 하는 소리 아니오?"

법준은 무슨 기특한 소식을 얻어들을 줄 알고 풍회 이야기
를 꺼냈던 것이나, 자환이 아예 벽창호처럼 말이 통하지 않는
듯 입을 꾹 다물어버렸다.

"홀린 겁니다. 공자님이 태상노군을 만난 것처럼……."

"아니, 내가 풍회라는 꼬맹이한테 홀렸다 그 말이야?"

"뭐 그랬다기보다는, 공자가 노자를 만나보고 왔는데 제자
들이 어떤 사람입디까, 하고 묻더랍니다. 새는 잘 날고, 물고기
는 헤엄을 잘 치고, 산짐승이 산속을 잘 달린다는 것은 누구나
다 아는 이야기 아니냐, 그러더랍니다. 나는 것은 화살로 잡고,

달리는 것은 덫으로 잡고, 헤엄 잘 치는 것은 그물로 잡을 수 있지만, 구름이나 바람을 타고 하늘로 오르는 용을 어떻게 잡을 수 있겠느냐? 만나보니 노자는 용이더라. 그랬답니다. 사형님, 용 보셨습니까?"

"염통에 쉬가 슨다더니, 이건 뭐 말이 좀 통해야지 원⋯⋯."

법준은 사뭇 엉뚱했던지 더는 이야기를 꺼내지 않았다. 그래서 자환은 신위판이 궁금하다는 듯 입을 열었다.

"그나저나 신위판은 봇짐 속에 들어 있는 거유?"

그 말에 법준이 뒤를 휙 돌아보았다.

"허허, 누가 듣겠어?"

"들으나 마나 왕후의 신위판이란 게 어떻게 생긴 것이기에 그놈의 판자쪽 권세가 하늘을 찌른답니까? 사람들의 목숨을 초개같이 여기니, 어디 그 장한 신주판 구경이나 해봅시다."

"한양 가기 전에 죽고 싶지 않으면 입 가만 다물고 있게."

내심 겁을 먹었는지 대답이 갑자기 움츠러들었다.

묘음사를 떠난 두 사람은 청석령 아래로 내려와 옥고개를 넘어 기린으로 들어왔다. 해가 벌써 서쪽으로 기울어 있었다. 걷다가 보면 시전거리 객줏집이나 산 밑에 작은 주막들이 없는 것은 아니었으나, 철들면서부터 절집에서 자라왔는지라 절집만큼 익숙한 곳이 없었다. 기린 인근에 불수산이 있고, 그 아래 관북사가 있다는 이야기를 듣고 있었기에 그리로 방향을 잡았다.

두 사람은 다시 관북사로 올라가 밤을 보내고, 이튿날 온정을 지나 구봉산을 넘어 천신산을 돌아 조읍포로 내려왔다. 거기서 강을 건너 조금만 더 내려가면 강음이었다.


배를 타고 강을 건넌 자환과 법준은 강음으로 들어섰다. 그날이 마침 장날이었는지 바지랑대 끝에 용수를 매달아 드높이 세운 장터 입구 주막 앞에 여러 마리 말들이 매여 있고 많은 사람들이 북적거렸다.

"뭘 좀 먹고 갑시다."

주막은 술뿐만 아니라 행객들의 숙식을 제공하기도 했다. 때가 중화참이 지나 뱃속이 출출해진 자환은 법준을 앞세워 중창 앞 부뚜막 옆 멍석 귀퉁이로 가 자리를 잡았다.

법준이 더부살이를 불러 너비아니 한 접시를 시켰다.

"중이 그런 거 먹어도 되는교?"

자환이 속삭이듯 말했다.

"아무거나 먹자고, 산문 밖인데 우리 입맛만 맞출 수 있겠어?"

"그래도 짐승 기름하구 오신채(伍辛茶)는 입에 대지 않음이 우리 존심이잖소."

"뭐, 그렇긴 하지만……."

그때였다.

"이리 오너라!"

맞은편 누마루 위에서 이쪽에 대고 소리를 지르는 사내가 있었다. 소리를 지른 사내는 옅은 치자빛 중치막을 입은 자였고, 옥색 모시도포를 입은 사람도 그 가운데 있었다. 모두가 그만그만한 차림인 것을 보니 그 지방의 양반이라고 거들먹거리는 자들임이 틀림없어 보였다.

"이리 오너라!"

자환이 고개를 들었다. 갓이 뒤로 젖혀진 자들이 창기를 끼고 앉았는데, 술이 거나하게 취해 있었다. 치자빛 중치막(벼슬 없는 선비가 입는 겉옷)을 입은 자가 소리를 지르고 있었으나, 자환은 그자가 자기를 부를 까닭이 없다고 생각하고 너비아니를 찢어 입으로 가져갔다.

"거, 대두는 이리 오라잖느냐?"

두(蠹)란 바구미와 같은 '좀'을 일컫는 말로 중을 비하하는 말이었다. 생산적인 일을 하지 않으면서 먹기만 한다고 해서 붙여진 이름인데, 유자들은 중을 '큰 좀'이라 불렀다. 말하자면 부모를 버리고 산으로 들어가 제 주둥이만 아는 까닭에 인륜에 어긋난다는 것이었다. 또한 생산에 도움이 되는 일을 하지 않으니 나라에 전혀 쓸모가 없는 무리라는 뜻이었다. 남녀 교접이 없으니 종자가 늘어날 까닭이 없고, 빌어만 먹고 살기 때문에 바구미와 한 종자라는 것이었다. 그래서 중들을 그대로 놔두면 사람의 씨가 마를 것이고, 파먹고 사는 것이 바구미와 같지만 바구미보다 덩치가 크다고 해서 큰 좀이라고 칭했다.

"거기 앉은 좀놈아, 내 말 안 들리느냐?"

세상이 바뀌어 양반들 천지가 되고 보니, 금시 처음 보는 자가 중을 가리켜 큰 좀, 작은 좀 하는 것 자체가 더럽고 아니꼬워 자환은 못 들은 척 고개를 처박아버렸다.

그때 아무 영문도 모르는 옹구바지 차림의 더부살이가 자기를 부르는 줄 알고 예, 예, 하면서 졸랑졸랑 달려 나갔다. 치자빛 중치막을 입은 사내가 뒤꼭지에 젖혀진 갓을 바로잡아 세우면서 손가락으로 자환을 가리켰다.

"저놈을 이리로 끌고 오너라!"

옹구바지가 자환에게로 쪼르르 달려와 화를 냈다.

"선비님이 널 오라잖느냐?"

그때서야 자환이 자리에서 일어나 비츨비츨 선비 앞으로 걸어 나갔다.

"고얀 놈! 대두 주제에 양반이 부르는데 냉큼 달려오지 않고 딴전을 부려?"

양반 못된 것이 심심하던 차 자환을 불러 술안주로 삼고 싶은 모양이었다.

"어느 절에서 온 좀놈이냐?"

"저는 상구보리(上求菩提)요 하화중생(下化衆生)하는 사문이지 좀이 아닙니다."

"뭐야?"

그가 소리를 꽥! 지르는 바람에 누마루 위의 시선들이 모두 자환에게로 쏠렸다. 누마루뿐만 아니라 중창 앞 멍석에 너부러져 앉아 술 사발을 들고 있던 사람들까지 모두 자환을 바라보았다.

"소승도 이목구비가 분명해 선비님과 조금도 다름이 없거늘 좀이라니, 양반님네 언사가 아닌 듯합니다."

치자빛 중치막을 입은 자가 자리에서 발딱 일어섰다.

"뭐라? 양반님네 언사가 아니라?"

실눈으로 자환을 내려다보더니, 발뒤꿈치로 누마루 바닥을 쾅! 하고 울리면서 목소리를 높였다.

"네 이놈! 게 누구 없느냐?"

주변을 휘둘러보며 아랫것들을 찾았다.

"당장 이놈을 묶어 내 앞에 무릎을 꿇리렷다!"

자못 기세가 등등했다. 그때 법준이 멍석에서 일어나 자환 앞으로 와서 대신 나섰다.

"나리, 안주가 간이 갔사옵니까?"

법준이 방갓을 위로 치켜올리고 치자빛 중치막 사내를 똑바로 쳐다보았다. 누마루 위의 양반들 시선이 모두 법준에게로 모아졌다.

"넌 웬 놈이냐?"

법준이 자환을 돌아보면서 대답했다.

"요 좀벌레 형 되는 사람이외다."

"저놈, 좀놈들을 모두 추쇄해 전답을 향교에 붙이고 씨를 말려야 나라의 기강이 바로 서거늘 도대체 조정의 신료들은 뭘 한단 말인가?"

일행 가운데 옥색 모시도포 차림의 사내가 끼어들었다.

"양반은 얼어 죽어도 겻불은 안 쬔다 했소이다. 지금 한참 글방에서 책을 읽으며 수신제가해야 할 유생 나리들께서 대낮에 창기를 끼고 색주가에 앉아 길 가는 사람을 불러 추태를 부리니, 내 그대들을 당장 관아에 발고해 벌을 내리게 하리다."

"어, 저놈이……. 게 누구 없느냐?"

치자빛 중치막의 사내가 발로 누마루 바닥을 쾅쾅 울렸다. 그러자 술청 뒤에서 그자들의 하인인 듯 젊은 장정 몇 놈이 튀어나와 고개를 숙이고 엎드렸다.

"저놈을 당장 오라에 묶어 곤장을 치렸다!"

법준이 주변을 둘러싼 하인들을 둘러보며 큰소리로 말했다.

"내 몸뚱이에 손을 대는 자는 이 자리에서 모가지를 비틀어 죽여버리겠다!"

그 말에 장정들이 달려들지 못하고 머뭇거리는데, 다시 호통이 내려졌다.

"뭣들 하느냐? 저놈들을 당장 묶어 몽둥이로 곤장을 치라는데도?"

치자빛 중치막 사내가 마룻바닥을 더욱 세차게 내리쳤다. 그때 하인들 가운데 덩치가 곰같이 생긴 녀석이 술청 뒤로 돌아가더니 몽둥이를 들고 뛰어나왔다. 법준이 방갓을 위로 젖히며 곁눈질로 그놈을 쳐다보는가 하더니, 어느 틈에 나는 듯 발길이 튀어나가 몽둥이를 쥔 하인놈의 가슴팍에 가 멎었다. 몽둥이를 든 하인이 나뭇단처럼 맥없이 땅바닥에 주저앉았고, 그 바람에 법준을 둘러싼 하인들이 한 걸음씩 뒤로 물러났다. 자환이 전세를 보아 지원사격을 할 요량으로 뒤로 한발 물러서 있자, 법준이 작은 소리로 말했다.

"자환수좌, 개성 탄현문 밖에 개국사가 있으니, 먼저 그리로 가서 기다리게. 내 이놈들 물고를 내고 뒤쫓아 갈 테니 거기서 만나세."

　자환이 알아들었다고 고개를 끄덕이며 뒤로 두어 걸음 물러
섰다. 법준이 태견을 익혔는지 우쭐우쭐 능청거리며 너울거리
는 몸동작으로 빙 둘러싼 하인 무리들을 단숨에 때려눕혔다.
겁에 질려 더는 달려들지 못하고 하인들이 엉덩이에 묻은 흙먼
지를 털며 달아나자 법준이 누마루로 올라가 예의 치자빛 중치
막의 사내 앞으로 다가갔다.

　"어, 어, 어, 이놈이……!"

　냅다 호기를 부리며 큰소리를 치던 사내가 몸을 사리며 뒷
걸음질 쳤다. 법준이 사내의 갓을 벗겨 마룻바닥에 내려놓고
미투리를 신은 발로 운기를 질끈 밟으면서 한쪽 발로 사내의
아랫도리를 걸어차 쓰러뜨렸다. 이어서 옥색 모시도포 차림의
사내 앞으로 다가갔다. 허겁지겁 뒷걸음질 치는 그자의 머리
위에 얹힌 갓을 벗겨 땅바닥에 던져 내려뛰면서 미투리로 밟아
쭈그러뜨린 뒤, 팔을 잡고 아랫도리를 걸어차 쓰러뜨렸다. 그리
고 다음 사내 앞으로 다가갔다. 법준의 그 광경을 주막 안에 모
인 사람들이 깔깔거리면서 바라보았다.

　자환은 법준이 누마루에서 내려와 흩어져 도망치는 양반 무
리들을 뒤쫓아 가 차례로 갓을 벗겨 모두 발로 밟아 쭈그러뜨
려 놓고 올라오는 모습을 보고는 서둘러 주막을 나왔다. 빠른

걸음으로 마을 앞을 지나 막 강음을 벗어났을 때였다.

"저놈 잡아라!"

멀리서 사람들이 쫓아오는 소리가 들려 뒤를 돌아보니, 법준이 방갓을 손에 들고 도포자락을 펄럭이며 뒤를 따라 달려오고, 그 뒤로 삼지창을 든 포졸들이 허겁지겁 쫓아오고 있었다. 법준이 자환에게, 이럴 때는 삼십육계 줄행랑이 상책이라는 뜻으로 빨리 도망을 치라는 수신호를 보냈다. 그러고 보니 주막에서 갓을 벗겨 망가뜨려 망신을 당한 사내들이 맨상투 바람으로 포졸들의 뒤를 따라오고 있었다.

자환은 법준에게 빨리 뛰라는 손짓을 해 보이고 멀리 산 능선을 바라보며 냅다 달렸다. 달리기로 치면 장수산 다람절 그 험한 바위 사이를 흡사 다람쥐처럼 오르내렸던 자환의 발걸음을 따라잡을 자 누가 있겠는가. 자환은 한걸음에 춘명산을 오른편에 끼고 하천을 따라 천마산 끝자락인 두석봉 아래에 이르렀다.

길가 바위턱에 앉아 숨을 고르며 바라보니 법준이 하천을 따라 올라오고 있었다. 주막 누마루 위 양반 무리들을 거침없이 혼을 내준 것만 봐도 법준의 협기는 알 만했다. 그만한 또래의 양반이라면 어느 지역을 가든 거기에 걸맞은 텃세가 있기 마련인데 행세깨나 한다는 그 지방 양반 자제들의 갓을 모두 벗겨 짚신발로 밟아, 똥 뀐 년이 바람맞이에 선 것처럼 해놓은 그 뱃심은 어디다 내놓아도 자랑할 만했다.

그렇다면 무엇이 문제인가? 입이었다. 입은 일순 겁약(怯弱)에 좌우될 수 있어서 협기로는 잴 수 없는 또 다른 잣대가 되었다. 사사의 입은, 수양대군이 단종의 왕위를 찬탈하자 복위를 도모한 사육신에게 가한 능지처사보다 더 잔인하고 더 고통이 따르는 형벌을 전제로 하는 결사체였다. 여기에는 필히 사사의 내규를 목숨과 바꿔 무덤까지 가지고 가야 할 확고한 신념과 거기에 따른 묵비(默秘)를 희생의 담보로 하고 있었다.

"거, 오늘 일진이 안 좋구먼?"

두석봉 아래로 올라온 법준이 방갓을 벗고 얼굴의 땀을 닦았다.

"포졸들을 어디다 떼어놓고 왔수?"

"훈련원에서 무예를 익혔다 하나, 내 그자들 서넛은 해치울 수 있네."

"그래, 그자들을 모두 때려눕혀 놓고 왔다 그거유?"

"슬렁슬렁 걸어도 날 따라잡지 못할 텐데 뭘 그럴 것까지 있겠어?"

"좌우지간 잘했수다."

두 사람은 다시 두석봉을 돌아 송도로 향했다.

해가 완전히 진 뒤 개국사에 도착했다. 왕건이 견훤과 전투를 끝내고 창과 방패를 부숴 절을 세워 나라의 번영을 빌면서 전쟁에 시달린 백성들을 쉬도록 하겠다는 뜻으로 개국사라 이름했다는 절이었다. 고려조에는 많은 번영을 누렸을 법했건만 지금은 겨우 명맥만 유지하고 있는 듯했다.

# 수상한 포졸들

개국사에서 밤을 보낸 두 사람은 이튿날 한양 근교로 접어들었다. 벽제관을 지나 도깨비재를 넘어 사람들의 왕래가 많은 돈의문을 피해 탕춘대로 올라갔다.

탕춘대는 주변 경관이 빼어나 연산조에 기생놀이를 했던 방탕한 자취가 남아 있는 곳으로, 장의사라는 절이 바로 그 위에 있었다. 법준은 날이 어두워진 뒤 효인 형제와 약조를 해둔 창의문 밖 옹바위 위로 올라갔다.

바위 아래에 이르러보니 묻어둔 신위판 상자는 없었고, 그 자리에 돌멩이 두 개가 나란히 얹혀 있었다.

"신위판 곽이 없군."

법준이 바위 밑에 파헤쳐진 흙더미를 가리켰다. 돌멩이 두 개는 효인 형제가 두 번 다녀갔다는 표시이고, 그들이 신위판 상자를 꺼내 간 것이 분명했다.

"그 위험한 것을 뭘 하려고 가져갔을까?"

"겁이 났겠지. 두 번이나 다녀갔는걸?"

자환은 파헤쳐진 흙더미만 바라보았다.

"옥사가 예상외로 커진 것을 보고 이젠 죽었구나 했겠군."

"그럼 신위판은 어떻게 할 거유?"

"문소전에 갖다 놓아야겠지."

법준이 무거운 목소리로 대답했다.

"당연히 그래야겠지만…… 옥사가 크게 벌어지고 삼사가 다나서 신위판을 찾느라 좌우 오위(伍衛)가 사람 잡는 호랑이 눈처럼 불을 켜고 지켜선 마당에 예전처럼 한가롭게 담을 넘어 궁전 안으로 들어가라고 경비가 허술하겠소?"

법준은 듣고만 있었다.

"부러 사지로 들어갈 필요가 뭐 있느냐, 그 말이오. 상자와 받침대가 다 갖춰진 것도 아닌데 신주 하나만 달랑 갖다 놓았다고 벌어진 옥사가 중단될 것도 아니고…… 중단은커녕 왕실을 농락했다고 더 큰 옥사가 벌어질지는 누가 알겠소? 내 생각인데 여기다 신주를 묻어두고 상자를 꺼내 간 그자들더러 알아서 하도록 맡겨두는 게 좋겠어."

그 말에 법준이 고개를 저었다.

"그건 장부가 할 짓이 아니구면."

그래서 자환은 가만히 지켜보기만 했다.

"예까지 왔는데, 일단 궁전으로 내려가 보자구."

법준과 자환은 옹바위에서 창의문으로 올라가 성안으로 들어갔다. 사람들의 눈을 피해 경복궁 가까이 내려와 가시덤불 사이에 모습을 숨기고 주변을 살폈다. 경복궁 담장 밖으로 삼지창을 든 포졸들이 서너 칸 간격으로 죽 늘어서 경비를 서 있었다.

"저것 봐, 저 포졸들 눈을 속이고 담장을 넘을 수 있겠소?"

그런데 그때 법준이 숨을 쌕쌕 몰아쉬더니, 도포 안자락에 숨겨가지고 온 예도를 철컹 소리가 나게 뽑아 들었다.

"내 저놈들 목을 치고 담을 넘어가 왕실을 박살낸 뒤 자결할 것이야!"

벌떡 일어서더니 숲속을 획! 뛰쳐나갔다.

"사형님!"

자환이 얼른 따라가 법준의 어깨를 낚아채 그 자리에 주저앉혔다.

"이거 놓게!"

법준이 숨을 거칠게 몰아쉬며 자환의 손을 뿌리쳤다.

"저놈의 왕실만 보면 내 생피가 거꾸로 솟구쳐!"

어깨를 잡은 자환의 손을 마구 뜯어냈다. 이것만으로도 법준이 합격선에 들어와 있음이 입증된 셈이었다. 자환은 낮은 목소리로 법준을 막아섰다.

"이 무슨 짓이오! 그럼 난 어떡하라고?"

난 어떡하라 하느냐는 말에 법준이 몸에 힘을 빼고 자환을 돌아보았다.

"죽으려면 혼자 죽든지 그래야지. 난 여기서 잡히면 떡돌에 개구리 아니냐 그 말이오."

부러 해본 소리였다. 자환의 그 말에 그렇구나! 했음인지 마음을 가라앉히고 뒤를 돌아보았다.

"미안하이."

"난 살고 싶으니까. 왕궁에 들어가서 칼을 휘두를 양이면 날 안전한 곳으로 보내놓고 그렇게 하시오!"

법준이 앞뒤 돌보지 않고 욱한 성질에 경솔했음을 알아차린 듯 고개를 숙였다.

"이보다 더 중대한 일이 얼마든지 있소. 왜 이런 데서 하찮게 목숨을 버리려 하시우?"

법준의 어깨를 붙잡고 마음을 달랬다.

"오늘은 참고 더 큰일을 찾아봅시다."

"효인 형제가 틀림없이 잡혀가 죽은 것 같단 말이야."

"괜찮을 거요. 일단 여기서 나갑시다."

자환은 법준의 손을 끌고 문이 닫히기 전에 창의문으로 올라와 성을 빠져나왔다. 두 사람은 다시 옹바위 위 바위 밑으로 올라가 흙을 파내고 붉은 보자기에 신위판을 싸서 묻었다. 법준이 그 위에 나뭇가지를 꺾어 표시를 해두는 것을 보고 자환은 앞서 바위 아래로 내려갔다.

　그날 장의사에서 잠을 자고 아침 일찍 어제의 길을 되짚어 다시 송도로 나왔다. 강음은 한양으로 올 때 양반이란 자들과 소란을 피운 일이 있으므로 이번에는 백천으로 내려가 온정을 거쳐 재령으로 갔다.

　재령에 이르렀을 때 자환의 눈에 대자띠를 든 축령이 들어왔다. 그가 나타났다는 것은 법현이 말한 신호였다. 준비는 완료되었으니 '묵사탄정'의 관문을 통과하라는.

　재령에서 신천으로 들어서자 날이 어두워졌다. 신천은 문화현과 경계해 있고 구월산이 멀지 않았다. 자환은 그쯤에서 일을 벌이기로 하고 마을 앞 정자나무 아래서 장소를 물색했다. 땅거미가 내리기 시작하자 자치기 놀이를 하던 아이들이 저녁을 먹으러 뿔뿔이 흩어졌다. 쓱 훑어보니 마을 오른편 나지막한 산을 등에 진 번듯한 기와집이 눈에 들어왔다. 보나 마나 행세깨나 하는 자의 집이 틀림없어 보였다.

그 집을 목표로 발걸음을 옮겼다. 잘 지은 사랑채 네 칸의 문간채가 연이어 붙어 있고, 초저녁이어서 대문이 반쯤 열려 있었다. 대문 안을 들여다보니 마당은 넓었고 직사각형 돌을 잘 다듬어 쌓은 석축 위에 처마 귀가 제비 날개처럼 치켜진 안채가 단정하게 올려져 있었다.

자환은 대문 앞을 지나가다 걸음을 비칠하면서 두 손으로 엉덩이를 감싸 쥐었다.

"아이구!"

발뒤꿈치를 동동 굴렀다.

"어디 측간 없소?"

"갑자기 왜 그래?"

"늦게 먹은 점심이 체했나 봐……. 아이구 배야……."

대문 안을 두리번거렸다.

"급해요. 내 얼른 이 집 측간에 갔다 나올게 잠깐 기다려요, 사형님."

"어? 이 사람, 남의 안집 측간을……?"

"막 쏟아져 나오오. 지금 그런 걸 따질 계제가 아니우."

자환은 얼른 대문 안으로 뛰어들었다. 살금살금 곳간 앞을 지나 안채로 접근하는데, 마루 밑에서 커다란 개가 컹! 소리를 내며 뛰어나왔다. 이럴 때는 불가불(不可不) 불살생(不殺生)의

계를 어기지 않을 재주가 없었다. 재빨리 허리춤의 단도를 뽑아 휙! 하고 날리자 끄응! 하면서 개가 그 자리에 쓰러졌다. 개의 목에 꽂힌 단도를 뽑아 도로 허리춤에 꽂고 마루로 올라섰다. 불문곡직, 광이라고 생각되는 문을 확 열어젖히니 우당탕! 문짝 부서지는 소리가 요란했다. 안방에서 저녁을 먹는 듯 방문이 열리면서 열대여섯 되어 보이는, 그 집 여종인 듯한 여자아이가 미투리를 신고 마루로 올라와 광문을 부순 자환을 보자 자지러지듯 놀라 소리를 지르며 안방으로 뛰어들었다.

"마, 마님, 도 도둑이요!"

자환은 마루에서 마당으로 내리뛰어 옆을 돌아 어스름이 내려앉은 돌담 위로 몸을 살포시 날려 담장을 넘었다.

"도둑이야!"

장정들의 목소리였다.

"도둑놈 잡아라!"

건장한 하인배 두어 놈이 우르르 뒤를 따라오더니 담장 넘는 것을 보고 대문 쪽으로 달려갔다. 저녁을 먹다 밖으로 나온 듯 안주인이 마루에 서서 세상이 어찌 되려고 초저녁부터 도둑이 들끓고 야단이냐고 웅얼거렸고, 행랑채 여기저기서 몽둥이를 치켜든 장한들이 집안을 기웃거리며 대문 밖으로 뛰어나왔다.

"네 이놈!"

몽둥이를 든 장한들이 대문 앞에 서 있던 법준을 덮쳤다. 영문을 모르는 법준은 피하려고도 하지 않았다. 장정 한 놈이 법준의 멱살을 거머쥐었고 몽둥이를 쥔 다른 놈이 법준의 등짝을 후려갈겼다. 밖이 소란스러운 소리에 청지기가 대문 밖으로 나왔다.

"장반어른, 도둑놈을 잡았습니다요."

"어디 보자."

장정의 손에 멱살이 잡혀 방갓이 뒤로 젖혀진 법준의 위아래를 쭉 훑었다.

"멀쩡하게 생긴 놈이. 어서 저놈에게 오라를 지워라."

바로 그때였다. 포교가 포졸 네 놈을 데리고 들이닥쳤다.

"언 놈이 도둑이냐?"

"요놈입니다요."

장창을 든 포교가 가까이 다가서자 법준이 멱살을 잡은 자를 한발로 내질러 그 자리에 쓰러뜨리고, 두어 걸음 뒤로 물러서 도포 속에 감추어 찬 장검을 빼들었다. 곧바로 공격 자세를 취하자 대갓집 종놈들이 뒤로 물러섰고, 포교와 포졸 네 놈이 법준을 둘러쌌다.

법준이 한 걸음 나아가 칼을 머리 위에서 한 차례 휘둘러 공격 자세를 취하자 장창을 든 포교가 왼발을 들어 몸을 뒤로 젖히면서 쥐고 있던 창을 쭉 빼는데 그 솜씨가 보통이 아니다.

"이놈이 도둑이 아니라 강도로구나."

법준이 틈을 놓치지 않고 옆으로 돌아 공격해 들어가자, 창날로 칼을 젖히면서 지남침세(指南針勢)로 찌르는데, 교묘하게 허공을 찔렀다. 그때 다른 한 놈이 등 뒤에서 오라를 던져 목에 걸어 낚아채니 법준이 뒤로 발랑 주저앉았다. 그 순간 다른 한 놈이 삼지창을 목에 대고, 포교가 창대로 법준의 팔을 눌러 장검을 빼앗아 곁에 선 포졸에게 건넸다.

"저놈에게 오라를 지워라!"

포교의 명령에 포졸들이 오랏줄로 법준의 손목을 묶었다. 그때 머리에 수건을 질끈 동여맨 하인배 한 놈이 목에서 핏방울이 뚝뚝 떨어지는 개 한 마리를 들고 대문 밖으로 나와 포교 앞에 내려놓았다.

"포교나리, 요놈 말고 또 한 놈이 달아났습니다요."

"그게 무슨 소리냐?"

"개를 칼로 찌르고 담을 넘어 도망쳤습죠."

"허허, 이런 날강도들을 봤나?"

포교가 창끝으로 개의 목을 젖히면서 대답했다.

"알았다. 요놈을 문초해 놈들을 일망타진할 터이다."

그때 정자관을 쓴 바깥주인이 사랑채 마루에서 그 광경을 보고 있다가 크음! 하고 헛기침을 하면서 마루 끝으로 걸어 나왔다. 포교란 자가 꾸벅 절을 하면서 입을 열었다.

"진사어른, 저희들이 마침 순라를 나왔기 망정이지 큰일 날 뻔했습니다요."

"허허, 요즘 구월산에 화적패가 든다는 소문이 돌더니……. 수고들 했네."

"요놈을 관아로 압송 치죄해 곧 잔당을 토포(討捕)하겠습니다."

"내 곧 관아에 들러 인사할 테니 어서들 내려가 보게."

"알겠습니다, 진사어른."

포교가 인사를 마치고 돌아서자 청지기가 허리를 굽신거렸다.

"이만하기에 다행입니다요, 나리."

"이제 됐으니 마음 놓으시우."

포교가 포졸들을 데리고 돌아섰다.

"가자!"

포교의 말이 떨어지자 포졸들이 법준의 엉덩이를 육모방망이로 후려갈기며 앞에 세웠다.

포졸들에게 포박되어 마을을 등지고 개울을 건너 산굽이를 돌아 올라가면서, 법준은 그때서야 자신이 왜 강도가 되었으며, 자환은 어떻게 되었을까 하는 데 생각이 미쳤다. 무엇이 잘못되었기에 이런 망신살이 뻗쳤는지 도시 알 길이 없었다. 그나저나 자환이 곁에 있어야 도둑인지 아닌지 해명을 해줄 터인즉, 액막이 해 보낸 꼬리연처럼 녀석의 행방이 묘연했다. 배탈이 났다고 발을 동동 구르던 녀석이 측간에 들자, 때맞춰 안집에 도둑이 들이닥치니 제풀에 놀라 똥간에 빠져버린 건 아닐까? 모를 일이었다. 견물생심이라고 안마당으로 들어와 보니 평생 팔자를 고치고도 남을 은자(銀子)가 마루 앞 어디에 놓여 있었던 건 아닐까? 그렇다면 항문을 밀고 나온 토사곽란의 설사는 어찌했다는 것인가? 녀석이 안집 측간에서 한참 일을 보고 있는 그때, 도둑이 들었다면 측간에 갇혀 오도 가도 못한 신세가 된 게 틀림없다고 생각되었다.

그렇게 되었다면 작은 일이 아니었다. 자환이라도 삼십육계 줄행랑을 놨어야 한다. 만일 측간에 숨어 있다 하인놈들에게 발각되어 관아로 끌려오면 같은 옥사에 갇히게 될지 모를 일이었다. 일이 그 지경이 되어 피차 오라에 묶인 꼴로 마주치게 되면 체면이 뭐가 되겠는가. 에잇! 더러워, 재수가 없으면 새꽤기에 손을 벤다더니, 이 무슨 낭패란 말인가. 법준은 온몸에 힘이 쭉 빠져버렸다.

외로 꼰 새끼줄에 숯과 솔잎이 꽂힌 액막이 그물이 걸린 당산나무 아래에 이르자 포교가 발걸음을 멈추었다.

"잠깐 쉬었다 가자!"

포교가 장창을 오른쪽 어깨에 세우면서 반석에 엉덩이를 걸치고 땅바닥에 침을 탁 뱉으면서 법준을 바라보았다.

"한 놈이 더 있다는데 어디로 빼돌렸느냐?"

"나는 모르는 일이외다."

"허, 이놈 봐라? 담장을 넘어 도망쳤는데도 몰라?"

"글쎄, 나는 모르는 일이오."

"그러면 어느 놈이 개를 칼로 죽였느냐?"

죽은 개를 그 집 하인이 끌고 나오기는 했지만, 법준은 자환의 소행으로 보지 않았다. 자환에게는 개를 죽일 만한 무기도 없거니와, 설령 개가 물려고 달려들었더라도 불살생의 계를 지닌 그가 그런 끔찍한 일을 저질렀을 것으로는 생각되지 않았다.

"나는 모르는 일이라 하지 않소."

법준은 혼자 뒤집어쓰기로 했다.

"여기서는 안 되겠다. 자, 가자."

포교가 일어서서 다시 길을 걷고, 포졸들이 법준을 앞세워 포교의 뒤를 따랐다.

그런데 가만히 보니 포졸들이 신천 위사(衛舍)가 있는 방향이 아닌 다른 곳으로 가고 있는 것 같았다. 그렇다면 문화현에서 나온 포졸들일까? 골짜기를 타고 올라가다가 험준한 산길로 접어들었다.

산은 높지 않았으나 마을을 겹겹으로 막은 후미진 골짝이었다. 법준은 산세가 눈에 익은 듯해 주변을 살펴보았다. 밤이라 어떻다고 판정하기는 어려웠으나 며칠 전 풍회와 장수산으로 가면서 걸었던 길 같기도 했다.

"지금 어디로 가는 게요?"

"네깐 놈이 어디로 가든 무슨 상관이야?"

한 놈이 냅다 정강이를 내질렀다.

여기서 살아남을 방법이 무엇일까. 개구멍으로 통량갓을 굴려낼 재주를 가졌다 해도 살아날 방법이 없어 보였다. 이 어려운 상황을 돌파하기 위해서는 도망이 상책이다. 기회를 보아 삼십육계를 놓을 생각으로 팔목에 묶인 오라에 힘을 넣어보았으나 꼼짝하지 않았다.

놈들이 더욱 깊은 산속으로 들어갔다. 도망을 치자면 고을 옥사보다는 산속이 더 나을 것이란 생각으로 산세를 눈여겨보면서 놈들을 따라 나지막한 능선을 넘었다.

능선을 타고 아래로 내려가니 개울물이 굽이쳐 흐르는 골짜기가 있었다. 급경사로 튀어나온 산자락을 가운데 두고 양쪽 골짜기의 물이 합수를 이룬 지점에 이르니 오른쪽 능선이 앞을 가로막아 물이 산굽이를 빙 돌아 흐르는 분지였다. 주변에는 소나무가 촘촘했고 길 쪽으로 가지가 구불텅하게 뻗은 검팽나무 한 그루가 있었다. 이만큼 겹겹으로 막힌 산이라면 화적패의 소굴이 있을 법했다.

"여기서 쉬었다 가자."

포교의 말에 포졸들이 솔잎을 긁어모아 검팽나무 아래에 불을 피웠다. 불을 피워도 산으로 둘러싸여 불빛은 하늘에서나 볼 수 있는 그런 곳이었다.

"도둑놈이 무슨 방갓은?"

포졸 한 놈이 목에 걸린 끈을 풀고 방갓을 집어던지더니, 머리에 감긴 수건을 벗겨냈다.

"어! 상투가 없네?"

놈이 깔깔 웃었다.

"허, 이 자식 중놈 아냐?"

그때까지 잠자코 보고 있던 포교란 자가 모닥불을 뒤로하고 법준 앞에 버티고 섰다.

"어디서 온 강도냐?"

"난 강도가 아니라 한양 사람이오."

"이놈아, 여기가 황해도 신천이다. 한양이 네 이웃집이냐?"

포교가 헛웃음을 쳤다.

"양 진사 집을 털려고 구월산에서 내려왔다면 네 한 놈은 아닐 테고, 여러 놈이 있을 터. 그놈들을 어디로 빼돌렸느냐?"

"난 도둑이 아니고 삼화로 보부상을 하러 가던 사람이오."

"그래, 네 일당을 삼화로 빼돌렸다 그 말이냐?"

"보부상을 하러 간다 하지 않소?"

그때 포교란 자가 딱! 소리가 나게 법준의 따귀를 올려붙였다.

"이 새끼야, 네 눈엔 포청 포교가 개밥으로 보이냐?"

법준은 이빨을 악물고 포교를 노려보았다. 하나 모닥불을 등지고 있어서 놈의 표정을 자세히 읽을 수 없었다.

"네놈들 산채가 구월산이지?"

"난 모르는 일이오."

"같이 양 진사 집을 턴 놈을 산채로 먼저 올려 보냈지 않아?"

법준은 말이 통하지 않을 것 같아 그냥 입을 다물어버렸다.

"이 자식, 똑바로 안 불어?"

포졸 한 놈이 방망이로 등짝을 내리찍었다.

"네놈들이 양 진사댁에 은자가 많다는 소문을 들었나 본데, 간뎅이가 해주 앞바다 가오리만 하다 해도 그렇지, 그 집이 뉘

집이라고 네놈 혼자서 털려고 했다고?"

"난 도둑이 아니란 말이오."

"야 이놈아, 누가 널보고 도둑이랬냐? 넌 강도야, 이 새끼야."

"……."

"구월산에 화적패가 산채를 엮고 있다는 정보를 들은 것이 오래전이었다. 한목에 토포하려던 참인데, 오늘 네가 일망타진하도록 공을 세우게 해주면 나도 그만한 의리가 있는 사람이다. 나한테 성의를 보이면 너 좋고 나 좋고 다 좋은 일 아니냐?"

어르고 뺨치는 수작이었다.

"포교나리, 누이 좋고 매부 좋다는 게 그런 것 아니겠습니까?"

포교와 포졸들이 궁짝이 맞아 서로 찧고 까불어댔다.

"난 구월산 산채는커녕 산채의 산 자도 모르는 사람이오. 어서 오라를 풀어 가던 길을 가게 해주시오."

"이 자식, 말로 해서는 안 될 놈이구먼? 아까 네놈이 일당 한 놈과 양 진사댁 마당으로 들어서는 것을 본 사람이 있는데, 물고를 내기 전에 고놈 행방부터 이실직고하라!"

"난 삼화로 가는 사람이라 하잖소."

포졸 하나가 방망이로 법준의 어깨를 쿡쿡 찔렀다.

"나리, 보아하니 순순히 주둥이를 열 놈이 아닙니다요."

포교의 입술에 야릇한 웃음이 떠올랐다. 곧이어 고개를 끄덕이는가 싶더니, 그것이 신호이기나 한 듯 포졸 네 놈이 한꺼번에 달려들어 법준의 옷을 벗겼다. 손목과 발목을 묶어 한 길 넘는 검팽나무 가지에 대롱대롱 매달았다. 그 지경으로 매달려 있는 법준은 네 다리가 묶여 나뭇가지에 꿰어진 돼지 꼴이었다.

키가 크고 몸뚱이가 우람한 포졸 한 놈이 어디서 준비했는지 칡껍질을 꼬아 만든 채찍을 개울물에 넣어 물을 먹였다. 녀석이 촉촉이 젖은 채찍을 풀어 돼기를 돌리듯 빙빙 돌리기 시작했다.

빙빙 돌아가던 돼기를 반대로 당겨 내치자 소리가 요란했다. 두어 번 그렇게 시범을 보이더니 채찍 끝이 법준의 옆구리에 닿게 내리갈겼다. 대번에 시뻘건 줄이 몸뚱이에 그어지면서 살갗이 찢어지듯 아팠다. 놈은 서두르는 기색도 없었다. 벌거벗은 몸뚱이를 같은 동작으로 내리쳤고, 법준은 놈들의 수작이 어디서 많이 해본 솜씨 같다는 생각이 들었다.

한데 놈들의 매질 유형에서 가짜 포졸 냄새가 났다. 신천현이나 문화현에서 나온 놈들이라면 곧바로 관아로 끌고 갔을 것이고, 추문 또한 대명률(大明律)에 따른 방식으로 형틀에 엎쳐 묶어 엉덩이를 까 내리고 곤장을 치거나 주리를 트는 방식을 썼을 것이다. 형편이 그렇거늘 듣지도 보지도 못한 채찍질이라니? 그러고 보니 칼 솜씨도 평범한 포졸 수준이 아니었다. 법준은 놈들도 산간으로 숨어든 화적패 일당일 거라고 생각했다. 놈들이 털려고 점찍어 놔둔 집을 법준이 선수를 친 것으로 알고 포졸로 변장해 앙갚음을 한다고 생각했다.

하긴 나라가 양반의 법만 있고 가진 놈들 법뿐이어서 권세를 가진 놈들이야 배꼽이 안 보이게 배가 튀어나오지만, 없는 놈은 가지가지 부역에 당하느니 모욕이요 받느니 천시라. 화적패가 포졸로 바뀐다 한들 하나도 이상할 것이 없었다.

생각이 그쪽으로 모아지자 법준은 도리어 놈들이 포졸이 아니기를 바랐다. 포졸이 아니라면 문소전 신위판을 훔치고 궁중에 화살을 날린, 반역에 해당하는 죄상이 밝혀진다 해도 죽이지는 않을 것 같다는 생각이 들었다. 법준의 입장에서 그보다 더 다행스러운 일은 없었다. 놈들이 노리는 것은 재물일 것이고, 빈털터리인 법준은 표적이 될 리 없었다. 하나 어느 쪽도 확신할 수 없었다. 어차피 오라에 묶여 도망칠 처지가 아니고 보니 일단 참고 견디는 수밖에. 이러다 운이 좋아 오라가 풀리면 한꺼번에 두어 놈 목을 치고 달아나면 그만이라고 생각했다.

그렇게 한바탕 얻어맞고 났더니, 온몸에 시뻘건 채찍 자국이 죽죽 그어져 쓰리고 아려왔다. 게다가 팔과 다리에 힘이 쭉 빠지면서 죽은 사슴 모가지 늘어지듯 저절로 고개가 아래로 젖혀졌다. 기진맥진한 상태에서 가까스로 눈을 뜨니, 숲으로 가려진 하늘이 아래로 내려와 있고 땅 위의 나무들이 거꾸로 하늘에 박혀 보였다.

사정없는 채찍질로 법준의 저항력이 떨어진 것을 알아챘는지 포교란 자가 매질을 그치게 해 밧줄을 풀어 땅바닥에 내려놓았다.

"왜 그렇게 미련한가. 고집을 피울 게 따로 있지? 양 진사 집을 턴 놈이 누구이고 그놈이 지금 어디 있는지 그것만 밝히면 무사할 걸?"

자못 목소리가 부드러웠다. 법준은 전신이 쓰리고 얼얼해 몸을 지탱하고 앉아 있을 수 없었다. 옆구리와 팔이 채찍 자국으로 칭칭 감긴 것처럼 아프다기보다는 정신이 가물가물, 졸음 아닌 졸음이 왔다.

"야, 물 한 바가지 퍼다 줘라."

포교의 말이 떨어지자 쪽박이 어디서 났는지 물을 한 바가지 퍼와 얼굴에 뒤집어씌웠다.

"이봐, 우리가 쫓고 있는 놈은 자네가 아니야. 돈을 가졌더라도 달아난 그놈이 가졌을 것이고, 벌써 고놈은 우리의 표적이 된 지 오래였어. 고놈이 있는 곳만 대면 자네는 죄가 없다는 것 우리도 알아. 고놈이 지금 어디 있느냐?"

포교라는 자가 다시 달래려 들었다.

"네 이놈! 나는 네놈들이 포졸이 아니라는 것을 알고 있다. 내 기어이 네놈들 정체를 밝혀 관아로 끌고 가 반드시 응징을 하리라!"

"나리, 저놈이 아직 매를 덜 맞았나 봅니다."

포졸이 장단을 맞추고 포교라는 자가 법준을 물끄러미 바라보았다.

"저 자식 혀를 뽑아버릴까요?"

"아니야. 개울에 처박아버려라!"

포교의 말에, 포졸들이 한꺼번에 달려들어 손발 묶인 법준을 떠메고 개울로 내려갔다. 물이 바위 위에서 쏟아져 만들어진 여울에 법준을 던져 넣었다. 한 놈이 육모방망이로 가슴을 눌러 얼굴이 물속에 잠기게 했다. 채찍 자국이 찬 여울물에 닿자 쓰리고 아픈 것은 둘째였다. 물속에 얼굴이 처박혀 거푸 헛물을 켜게 한 뒤, 숨이 끊어지려는 찰나 물 위로 얼굴을 올려주었다. 법준은 몸서리를 치며 울대 안으로 넘어간 물을 울컥울컥 토해내 자지러지게 기침을 했다.

법준이 기침을 하며 거푸 헛물을 토하고 나면, 다시 물속에 처넣었다가 육모방망이로 목을 떠받쳐 올려 목구멍 속의 물을 우웩우웩 토해 내게 하는 일이 반복되었다. 한 식경을 그렇게 물고문을 치르고 나자 사지가 축 늘어져 아무 정신이 없었다. 축 늘어진 법준을 포졸들이 모닥불 앞으로 떠메고 와 잠시 숨을 돌리게 했는데, 온몸이 춥고 떨려 견딜 수 없었다.

그런 와중에 정신이 좀 돌아왔다 싶으면 예의 포교라는 자가 집요하게 공범을 캐물었다.

"지금이라도 네 일당이 있는 곳만 대라. 너와는 상관없는 일로 해주마."

일당이 누구일까. 일당이라면 자환일 것이다. 하나 법준이 도둑이 아니듯 자환도 도둑일 수 없었다.

"나는 모른다."

어디에 그런 힘이 남아 있었는지 말씨가 완강했다. 만에 하나라도 측간으로 간 자환이 양 진사 집 값진 물건을 훔쳤다고 해도 혼자서 도망치지는 않았을 것이다. 문소전 신위판을 훔쳐 대역죄를 범한 자기와 함께 온갖 수모와 위험을 무릅쓰고 한양을 다녀온 자환이 설령 양 진사의 귀중한 물품을 훔쳐 달아났다 해도 법준은 그 말을 제 입으로 뱉지 않겠다고 다짐했다.

"이 자식 정말 지독한 놈이네요."

포졸이 모닥불에 대고 코를 휑 풀었다.

"네가 끝까지 주둥이를 열지 않으면 우리도 생각이 있다."

포교라는 자가 작심한 듯 법준을 쳐다보았다.

자환이 도망쳤다면 어디로 갔을까? 자환은 같은 사문이나 저자들은 포졸로 위장한 불한당 아닌가. 승려를 노비, 백정, 무당, 광대, 상여꾼, 공장들과 같은 천출에 세워 온갖 천시를 자행해 온 현실에서 같은 수행의 길을 걷는 자환을 죽일지도 모를 저놈들에게 이름을 알리는 짓은 있을 수 없다. 자환이 지금 똥통에 빠져 있다면 도움을 줄 수 없게 된 처지가 되레 안타까울 뿐이었다.

　새벽녘이 가까워 오는지 숲속의 새들이 깃털 터는 소리가 들렸다. 모닥불 주변이 잠시 조용해져 실눈을 뜨고 보니 포교라는 자가 오줌을 누고 돌아서서 포졸들을 모아놓고 숙덕이고 있었다. 그러더니 무슨 의논이 돌았는지 돌멩이를 집어다 모닥불을 눌러 끄고 법준의 발목에 묶인 오라를 풀었다.

　"가자!"

　포교가 말했다.

　"나리, 이 자식을 여기다 묻어버리고 가죠?"

　"아냐. 일당을 잡을 때까지 목숨을 붙여두자."

　포졸 두 놈이 맷독으로 비틀거리는 법준을 일으켜 세워 산을 오르기 시작했다. 산세는 더욱 험했고 짐승들이나 오르내렸을, 길 같지도 않은 비탈이 코에 닿을 듯 가팔랐다. 사람들 왕래가 없는 길이라 가시덤불이 옷자락을 잡아당겨 법준은 비틀거리며 자꾸 뒷걸음질 쳤다.

천신만고로 능선을 오르자 아침 해가 솟는 듯 산 너머 먼 하늘에서 붉은 북새가 피어올랐다.

다시 능선을 내려가니 지난 장마에 산사태가 난 듯 산자락이 깎여 나가고 붉은 흙이 흘러내려 쌓인 곳이 있었다. 그런데 토사가 흘러내린 골짜기 아래에서 농부들로 보이는 몇 사람이 흙을 파내 한쪽에 모으는 작업을 하고 있었다. 비탈을 내려온 포교가 구덩이를 파는 사람들 앞으로 뛰어갔다.

"언 놈들인데 거기서 뭣들 하느냐?"

"우리는 아랫말 옹기장입니다요."

"그릇을 굽는 놈들이란 말이지?"

"예, 예, 그렇습니다요."

"하면 여기서 뭣들 하느냐?"

"여기 유색토가 옹기 굽는 흙으로는 그만입죠."

사내 하나가 상투를 싸맨 때 묻은 수건으로 땀을 닦으면서 대답했다.

"우리는 대역죄를 지은 죄인을 문화현 관아로 압송 중이다. 여기서 볼일이 있으니 너희들은 모두 마을로 내려가 있으라!"

포교의 명령에 옹기장이들이 슬금슬금 뒤로 물러서서 마을로 내려갔다. 그들이 시야에서 멀어져 눈에 보이지 않자, 포교가 옹기장이들이 파낸 구덩이 앞에서 포졸들을 손짓해 불렀다.

"이봐, 그 자식 이리로 끌고 와!"

명령이 떨어지자 법준을 흙구덩이 앞으로 끌고 갔다. 한 길 넘게 파놓은 구덩이 주변에 유색토가 무더기로 모아져 있었다.

"그 자식 이 구덩이에 처넣어!"

"네?"

포졸들이 놀란 눈으로 포교를 바라보았다.

"안 들려? 그 자식 구덩이에 처넣으란 말야!"

구덩이를 손가락으로 가리켰다.

"이 새끼야, 빨랑 들어가!"

# 죽는 것은 두렵지 않으나

포졸 한 놈이 법준의 엉덩이를 걷어차 구덩이 안으로 밀어넣었다. 포교가 파리하게 굳은 얼굴로 구덩이 안의 법준을 다시 한 번 쏘아보았다. 그 시선이 얼마나 싸늘하고 매서운지 살기가 바로 저런 것인가 하는 생각이 퍼뜩 스쳤다.

"어떻게 생각하는가? 우리가 포청에서 나온 포교가 아니라는 생각이 지금도 변함이 없는가?"

"그렇다!"

법준의 무슨 뱃심이 그랬는지 목소리가 또렷했다.

"바로 그 점이 너를 죽여야 할 이유다. 우리가 포청에서 나오지 않았는데 너를 도둑으로 몰아 죄를 추궁했다면, 우리는 포청을 사칭한 죄가 된다. 상황이 이러한데 너를 살려두면 다음에 우리가 어떻게 되리라는 것 설명 안 해도 되겠지. 이것이 너를 죽일 수밖에 없는 이유다!"

자못 냉기가 흐르는 목소리였다.

"저놈을 매장하라!"

포교의 명령이 떨어졌다. 그런데 포졸들이 주저주저했다. 그러자 포교가 다시 입을 열었다.

"좋다. 한 번만 더 묻겠다. 너하고 한양을 같이 다녀온 그놈이 누구냐?"

어? 저자가 자환과 한양을 다녀온 걸 어떻게 알까? 도대체 저놈들의 정체가 무엇인가? 혹 암행을 다니는 어사가 아닐까? 순간 놀라움이 머릿속을 윙, 하고 스쳐 지나갔다. 하나 어차피 죽을 몸, 법준은 구차하다는 생각이 들어 아무 대꾸도 하지 않았다.

"이 새끼 정말 뒈지고 싶은 모양이네?"

포졸 한 놈이 두런거렸다.

"뭣들 하느냐? 빨리 저놈을 매장하지 않고?"

포교의 말이 떨어지자 옹기장이들이 파 모은 유색토를 구덩이 안으로 쏟아 넣었다. 법준은 눈을 감고 쏟아지는 유색토를 피하지 않았다. 아니, 피할 수 없었다.

유색토가 법준의 무릎을 묻고 허벅지로 해서 가슴까지 차올랐다. 법준은 그렇게 죽기로 작정한 사람처럼 감은 눈을 뜨지 않았다.

흙이 어깨 위까지 차올랐다.

"잠깐?"

포교가 팔을 들어 흙 메우는 일을 중지시켰다.

"마지막이다. 한 번만 더 묻겠다. 네 공범이 누구냐?"

법준은 이미 각오한 듯 감은 눈을 뜨지 않았다.

"너와 한양을 같이 다녀온 놈, 고놈 이름만 대면 살려주겠다. 내 틀림없이 목숨을 걸고 약속하지."

하나 법준의 대답은 단호했다.

"죽여라. 어서! 이 세상 살고 싶은 생각이 없다."

법준의 눈에서 눈물이 주르르 흘러내렸다. 법준의 마지막 그 말에 포교가 발로 땅을 쾅! 치면서 외쳤다.

"저놈을 빨리 파묻어라!"

포교의 마지막 명령에 붉은 유색토가 법준의 머리 위에서 쏟아져 내려 구덩이 속의 흙이 법준의 목까지 차올랐다.

바로 그때였다.

"잠깐?"

뺨에 묻은 흙에 물길을 내며 흘러내리던 눈물이 딱 멎으면서 법준이 눈을 떴다. 매서운 눈빛으로 포교의 얼굴을 쏘아보았다.

"난 죽는 것이 두렵지 않다!"

법준이 입을 열었다.

"딱 한 가지. 그렇다, 딱 한 가지만 이야기하고 죽겠다. 나는 부처의 가르침을 받들어 깨우침을 얻으려 했다. 한데 썩고 문드러진 유가들의 치세로 부처의 도가 훼손을 받아 젊은 내 가슴의 아픔이 한둘이 아니었다. 그 아픔이 어떤 것인지 되돌려 주고자 경복궁 담을 넘어 사헌부 문짝에 화살을 날렸고, 문소전에서 신위판을 가지고 나온 것을 시작으로 삿되고 위선으로 가득 찬, 그 알량한 양반들의 부당함과 불평등을 혁파하고자 내 작은 생명을 기꺼이 내던질 각오를 다졌다. 한데 그 뜻을 이루지 못하고 하찮은 너희들의 손에 생을 마감하게 되니 참으로 한이 남는구나. 하나 불가에서는 연을 중히 여김이니, 내가 이렇게 비명에 생을 마감하게 된 것 역시 전생의 연이 그런 것으로 알고 조용히 눈을 감으려 하니, 자, 묻어라!"

일장의 비장한 유언을 남기고 법준은 그대로 눈을 감아버렸다.

그때였다. 동쪽 하늘의 구름을 비로 쓸어낸 듯 말갛게 빛나는 하늘을 바라보고 서 있던 포교가 벙거지를 벗어 땅바닥에 팔매질을 쳤다. 벙거지가 벗겨진 포교의 머리도 민머리였다.

"뭣들 하느냐? 동지를 꺼내라!"

눈에 이슬방울이 맺힌 포교가 구덩이 안으로 뛰어들어 유색토를 퍼내기 시작했다. 포졸들이 모두 달려들어 법준이 묻힌 구덩이 안의 흙을 정신없이 파냈다. 그리고 법준을 부축해 구덩이 밖으로 꺼냈다.

손목을 묶은 오라를 풀어놓자 법준은 넋을 잃은 사람처럼 초점조차 희미한 시선으로 포교를 바라보았다.

"수고했소, 동지."

포교란 자가 합장을 하고 법준 앞에 무릎을 꿇었다.

그때 마을로 내려간 옹기장이들이 구덩이가 있는 곳으로 올라왔다. 그런데 그 옹기장이 사이에 자환이 끼어 있었다. 자환을 발견한 법준이 천천히 앞으로 다가가 냅다 귀빰을 후려갈겼다. 졸지에 뺨을 얻어맞은 자환은 면목 없다는 듯 법준에게 고개를 숙여 합장을 해 보이고 웃으면서, 손이 허리춤으로 돌아가더니 단검을 뽑아 나무를 향해 던졌다.

탁! 탁!

연속으로 날아간 두 개의 단검이 높다란 나무 몸통에 나란히 꽂혔다.

# 마두산의 서기

방외지사 운선선인은 낙산암을 나서 아사봉으로 올라갔다. 옛 단군왕검의 유적을 돌아보기 위함이었다. 그는 국조 단군의 행적을 생각하면서 단군대와 어천석을 둘러보고, 능선을 따라 사왕봉으로 해서 당장경까지 살펴본 뒤 패엽사로 내려왔다.

낙산암에 들러 하루를 더 머문 뒤 풍회를 데리고 아침 일찍 장연을 지나 남포로 건너갔다. 남포에서 대동강 물길을 타고 평양으로 올라가 숙천을 거쳐 안주로 향했다. 백상루가 있는 안주목에 당도하기에 앞서 나지막한 산을 사이에 두고 마두산과 봉덕산에서 발원하여 흘러내린 하천 합수 지점 못 미쳐 말뫼말(馬山)에 이르렀다.

"이 마을에 만나볼 어른이 있느니라."

선인이 앞장을 섰고 풍회가 뒤를 따랐다.

"이런 세간에 만나 뵐 어른이라니요?"

"그럴 만한 분이다. 향리 사람들이 향로라 부르는 어른이신데 성씨가 완산 최씨지."

"문안하시려는 걸 보니 여간 각별한 분이 아니신가 보군요?"

"암, 각별하지. 술 좋아하시고 시 좋아하시고 평생 남과 시비하는 일 없고."

"아니, 그런 분께서 어찌 이런 데서……?"

그만한 분이라면 벼슬을 하지 않고 왜 이런 험한 고을에서 사느냐는 뜻이었다.

"선대에 용호방(과거에 합격한 이들의 이름을 적은 판)을 얻은 양반이신데, 전조에 이리로 귀양을 왔다지."

"전조의 귀양이라면 금상에 이르러 모두 은사가 되지 않았습니까?"

"사면을 받았지만 향로께서는 이곳이 편한가 보더라."

향로를 덕로라고도 하는데, 삼십 년 동안 향관를 맡아 향리에 어려운 일이 있으면 곧잘 해결해 주고 다투는 일이 있으면 그치게 해주었으므로 사람들이 그렇게 부른다는 것이었다.

마을 앞으로 들어선 운선선인은 널따란 마당에 안장을 푼 말 두어 필이 한가로이 여물을 먹고 있는 사랑 앞에 이르렀다.

"향로 어르신 계시옵니까?"

풍회가 앞질러 사랑 앞으로 가 객이 왔음을 알렸다. 깍듯한 몸가짐으로 고개를 숙이고 사랑 안을 살펴보니, 방에 술상을 놓고 빙 둘러앉아 술을 마시던 사람 가운데 잔을 내려놓고 일어선 사람이 있었다.

"거 누구신고?"

"향로 어르신을 찾아오신 분이 계시옵니다."

오십대 안팎의 정자관을 쓴 노인이 마루로 나왔다. 풍회가 인사를 한 후 고개를 운선선인 쪽으로 돌려, 서로 시선이 마주치게 하자 만면에 웃음을 띠고 마루 아래로 내려와 달음질을 쳐 운선선인의 손부터 잡았다.

"허, 귀한 손님이 오셨군."

"그동안 무고하셨소이까?"

운선선인의 팔을 끌다시피 사랑 안으로 들어갔다.

"여보게들, 인사 나누시게. 묘향산에서 신선이 오셨네."

방 안에 있던, 최 향로의 친구인 듯 모여 앉은 사람들이 모두 일어나 인사를 나눴다. 그런데 방외의 객을 맞는 그들의 시선이 의아함을 감추지 못했다. 그럴 수밖에 없는 것이 길게 흘러내린 머릿결을 상투가 아닌 검은 헝겊으로 돌려 묶고 유건을 쓴데다가 땅바닥에 끌릴 듯 긴 청색 도포를 입었기 때문이었다. 유난히 흰 얼굴에 긴 수염도 수염이려니와 눈썹에 쭈뼛쭈뼛 백미(白眉)가 솟구쳐 사람들을 압도하고 들었다.

최 향로가 기왕에 마시던 상을 치우고 새로 술상을 내오게 하자 사람들이 하나씩 일어서서 자리를 비켜주었다.

"아니 왜들 일어서는가?"

"이만하면 우린 됐고, 귀한 손님이 오셨는데 긴한 이야기나 나누시게."

인근에 사는 촌로들인 듯 모두 자리를 떴다.

안주 최세창이라는 분이 바로 이분이었다. 그때 안채에서 집안일을 돌봐주는 듯 열대여섯쯤 되어 보이는 여자아이와 최 향로의 부인인 듯싶은 여인이 새로 주안상을 내오고 사랑을 말끔히 치워주고 나갔다.

"듣자 하니 참봉으로 제수되시었다던데?"

왜 그리로 부임하지 않고 여기 그냥 눌러앉아 있느냐는 물음이었다.

"구산연월(舊山烟月)에 일호백주처자(一壺白酒妻子)하면 즐거운 일인데 이 나이에 뭘 더 바랄 게 있겠소."

그 말에 운선선인이 고개를 끄덕였다.

"안심이 곧 흔희(欣喜)일 터, 무어 자리가 대수이겠소?"

"전에 승정원에서 와 벼슬길에 오르기를 고하길래, 허리띠를 풀고 남쪽으로 머리를 두고 누워서 시 한 수를 읊었더니 관인이 그냥 물러갑디다."

"허허허, 반신수덕(反身修德)이 너무 앞서간 것 같구려."

향로가 맑은 백주를 운선선인의 잔에 따랐다.

"그 점이야 선자께서 향산에 계시니 이 촌로와 비견이 되겠습니까?"

"아닙니다, 아닙니다. 연산주 폐위로 궁궐 안팎이 안정되었다고는 하나 유가 권신들의 남행은 조금도 수그러들지 않고 있소이다."

최 향로가 운선선인 곁에 다소곳이 앉아 이야기를 듣고 있는 풍회에게 과일을 깎아 담은 접시를 내밀었다.

"술을 빼니 딱히 네가 먹을 만한 게 없구나."

"아니옵니다, 어르신."

풍회가 합장으로 사례의 말을 해 보이자 향로가 선인의 말에 대답했다.

"전조에 소격서를 폐해야 한다는 공론이 일더니 금상에 이르러 영사 신용개를 위시하여 조정 신료들이 떠들고 일어나 이제는 정암(조광조)이 나서서 소격서를 혁파해야 한다고 주장한다는 이야기는 듣고 있소이다."

"어디 그뿐이겠소. 유생들의 참람함이 불가에도 도를 넘는 듯합디다."

향로는 운선선인의 이야기에 고개를 끄덕이면서 과일조각을 젓가락으로 집어 풍회의 손에 쥐어주면서 묻고 있었다.

"회옹(주희)의 어록에 이기이원(理氣二元)이 둘이면서도 하나요, 하나이면서도 둘이라 한즉, 하나로 합칠래야 합칠 수 없고 둘로 가를래야 가를 수 없다 함이 불가의 만법귀일(萬法歸一)과 어떻게 다른 것입니까?"

"이원이라는 게 천지 사이에 이와 기가 있다 하는 소리인즉, 형이상의 무위자연이 이(理)요, 생명을 가지고 사물의 모양새와 생태를 유지하면서 물을 낳는 형이하의 기(器)가 곧 기(氣)인바, 이것이 둘이 아니고 일원이다, 하는 소리 아니겠습니까?"

"그렇다면 삼라만상이 형이상적 도라고 한 이야기와 다를 것이 없지 않소? 여암(여동빈) 선생께서 하셨던 말씀에도 도는 이름이 없고 모양도 없다, 하나의 본성이니 자연 왈 도(道)이니라, 하신 것 아니겠소이까?"

"그래 회옹이 유년에 적계 호헌과 병산 유자휘에게서 배웠는데, 적계와 병산이 선리에 능한 사람이라 선객들 출입이 끊이지 않았다 합디다. 하고 병산의 처소에서 어떤 선객을 만나 나눴던 이야기 가운데 소소령령한 선의 근본 도리를 깨달아가는 이야기를 과거 시험에 문자로 써서 설명했는데, 그 글이 시험관의 마음을 감동시켜 급제를 했다지요."

"그렇다면 불가의 영향이 없었다고는 할 수 없겠구려?"

"그러했겠습니다만 그 뒤 이연평을 만나자 회옹은 선불교의 깊고 넓은 이론에 일대 혼란을 겪었던 모양입디다. 어쨌거나 이연평과의 만남이 유학의 본원에 든 계기가 되었다고 들었습니다만……"

"일견 유생들 주장이 옳은 것이 없지 않으나, 아조의 주자학은 벽론이 심하지 않은가 하는 생각이 듭니다."

"정주학(程朱學)과 양명학이 조화를 이뤄야 하는데, 아조의 주자학이 정주의 이학에만 치우쳐, 육왕계의 심학이 기를 펴지 못하고 소리를 죽이고 있으니 그럴 밖에요."

"조선조 초에 정삼봉(정도전)이 불가가 인륜을 멸살하고 나라에 피해만 준다 하여 불가를 배척하고, 주자학만이 사회윤리를 강화할 뿐 아니라 국가에 이로움을 주는 학이라 하여 사문을 천출로 내몰고 사원을 폐사시킨 것이 꼭 국익을 가져왔다고는 생각되지 않습니다만……"

그 말에 운선선인이 고개를 끄덕이면서 말을 받았다.

"그 점 도가도 예외가 아니올시다. 그것이 그자들 명분으로 떠오른 예학 아니겠습니까? 삼천 종류에 다다른 예의를 연구하여 실천을 하라고 그래 놓고 실천 여부가 잣대가 되어 개개인을 군자와 소인으로 평가하면서 심지어 복상 문제까지 까다롭게 만든 것이 백성을 위한 선정덕치라 할 수는 없겠지요."

"선정은 무엇이고 덕치가 무엇이오니까? 그로 인해 얼마나 많은 양민들이 고통을 겪고 있는데…… 정작 조정 권신들은 훈구와 사림으로 나뉘어 서로 역모를 했다 하여 가두어 죽이면서 더욱 강화된 것이 모화(慕華) 외에 무엇이 더 있었소이까?"

"향로어른의 이야기가 지당한 말씀이오이다."

두 노인들은 이야기를 주고받느라 밤이 늦은 줄 몰랐다. 운선선인이 거의 자시(子時)가 되어 마시다 놔둔 백주를 마저 마시고 자리에서 일어났다.

"허, 향로어른을 뵈오니 밤이 이리 늦은 줄을 몰랐구려."

"아니, 어디를 가시려고 일어서십니까?"

"올라가 봐야겠습니다."

"어디를 올라가신단 말씀이오?"

"어디는 어디겠소? 산에 사는 사람이니 묘향산밖에 더 있겠소?"

"아니, 이 밤중에 묘향산을 가신다 하시오?"

최 향로가 깜짝 놀랐다.

"산을 떠도는 자에게 밤과 낮이 따로 있겠소이까?"

"아닙니다. 다른 댁이라면 몰라도 내 집에서는 아니 됩니다."

최 향로가 완강하게 막아섰다.

"누추합니다만 오늘 밤 여기서 유하시면서 이야기를 더 나누시고 내일 날이 밝을 때 가십시오."

최 향로의 말림에 운선선인이 도로 자리에 주저앉았다.

"허허, 향로어른의 완강하심이 산로의 마음을 꺾으시는구려."

운선선인이 문 앞에 읍하고 서 있는 풍회를 보고 말했다.

"어른께서 이리 만류를 하시니 내일 떠나도록 하자꾸나."

이튿날, 운선선인은 최 향로댁 사랑에서 아침을 먹고 길을 떠나기 위해 밖으로 나왔다. 하늘이 씻긴 듯 맑았다. 운선선인이 사랑 앞에서 멀리 겹겹으로 우뚝우뚝 솟아 있는 산들을 바라보고 있다가 동북 방향의 높은 산봉우리를 가리켰다.

"저 산이 마두산이라 했던가요?"

"그렇소이다."

"말머리가 이쪽으로 향했구려."

"그래 이 마을이 말뫼말이 된 게지요."

선인은 최 향로의 그 말을 흘려듣는 듯, 마을 뒤로 뻗어 내려온 산줄기를 유심히 바라보고 있었다.

"내가 지기(地氣)를 배운 바는 없소이다만 저 산에 서기(瑞氣)가 서렸소이다."

운선선인이 마을 뒤로 뻗어 이어진 산줄기를 가리키면서 하는 말이었다. 그 말에 최 향로가 껄껄 웃으며 대답했다.

"조선의 어느 산에 그만한 서기 없는 산이 있겠소이까?"

"아니올시다. 향로께서 미구에 나라의 동량이 될 아들을 얻게 되겠구려."

"허허, 덕담도 아니고 다 늙은 촌로에게 그런 민망한 말씀이 어디 있소이까?"

선인은 열려 있는 대문 사이로 안채를 유심히 바라보면서 혼자 고개를 끄덕였다.

"넉넉잡고 삼사 년 기다려보시구려. 제 말이 맞았다 할 것이외다."

하나 최 향로는 운선선인의 말을 믿으려는 눈치가 아니었다.

"이번에 산에 가시면 또 언제쯤이나 내려오시게 되겠소?"

"산인이 그런 기약이 있겠소이까?"

최 향로가 마을 앞까지 따라 나와 배웅을 해주었다.

"내려오시면 잊지 말고 또 들러주시오."

"암, 여부가 있겠소이까?"

운선선인은 고개를 끄덕이며 최 향로와 작별하고 길을 떠났다.

# 용을 타고 호랑이를 부르다

최세창이 학식과 덕을 갖췄고 빈천을 가리지 않는 사람이라고 해도, 깊은 산곡에서 허(虛)로 즐거움을 낚으며 세월을 가지고 노는 운선선인과 마음을 트고 지내게 된 데는 그만한 내력이 있는 듯했다. 하나 풍회는 그에 대해 아는 것이 없었다.

운선선인을 따라 가두산을 끼고 백상루를 지나, 옛 살수대첩 때 공을 세운 고구려 승려들을 위해 지었다는 칠불사 앞으로 나와 청천강 강안을 타고 묘향산으로 향했다.

선인은 발걸음을 서두르지 않았다. 10월의 강바람을 쐬니 마음이 절로 한가로운 듯, 그렇게 천천히 걸어 개천을 지나 분탄에 이르렀다. 다시 이목원에서 동래원에 이르는 강안으로 올라오니 날이 어두워졌다. 인근 어디에 나루가 있을 법했건만, 용문산에서 흘러내린 하천이 월림강과 합수를 이룬 지점에 다다르니 날이 깜깜해졌다. 그래도 운선선인은 서두르는 기색이 아니었다.

"여기서 잠깐 쉬어 가도록 하자."

"네, 그렇게 하시지요."

선인이 강안에 앉아 어슴푸레하게 떠오른 강 건너 언덕을 바라보고 있었다. 잔잔한 바람이 이는지 강물이 달빛에 부서져 은 조각처럼 흔들렸다.

"거기 잠깐 앉거라."

풍회는 선인을 마주하고 풀숲에 앉았다. 두 사람은 달빛이 깨져 부서지는 물결을 바라보고 있었다. 운선선인이 명아줏대 지팡이를 어깨에 세우면서 물었다.

"요즘 보폭을 넓혀 걷는 요령이 많이 익숙해졌으렷다?"

초가을 귀뚜라미 소리에 얹혀 들려온 선인의 목소리는 부드럽고 맑았다.

"가르쳐주신 대로 단련을 하고 있사옵니다. 어떤 때는 발바닥이 땅에 닿는 듯도 하고 마는 듯도 하여 가벼움을 느끼옵니다."

"속도감이 같이 느껴지더냐?"

"제가 느끼는 것은 귓가를 스쳐 가는 바람소리옵니다."

"음……."

선인이 고개를 끄덕였다.

"맨 처음 제가 스승님께 배울 때처럼 속보(速步)의 요령에 아무 준비가 안 된 사람에게 써보았습니다. 그랬더니 그 사람의 행보가 어느 결에 저와 같아진 것을 보았습니다. 밤길이어서 그랬을까요?"

낙산암에서 장수산으로 가면서 보폭에 마음을 집중시키게 해 법준이 자기가 밟는 발자국만 밟고 따라오게 하여 한달음에 묘음사에 다다랐던 일을 생각하면서 물었다.

"저번에 학소대사를 찾아온 수좌를 그리했겠다?"

"네, 그렇사옵니다."

"그 수좌가 체격이 건장했지?"

"네, 그랬습니다."

"원기는 누구에게나 있는 법이다. 하나 내단을 단련하지 않고서는 쉬운 일이 아닌 법, 오래 지속하기는 더욱 어렵고……. 그래서 태식(胎息)으로 내단을 수련하라 하는 것인바, 타고난 건장함에 힘이 넘쳐 간혹 숨어 있는 기를 스스로 세우게 하여 요령 있게 이끌어준다면 모르겠거니와 기를 수련하지 않고서는 어려운 일이니라."

"태식이라 함은 묵은 것을 뱉고 새로운 것을 들이마시는 것 아니옵니까?"

운선선인이 고개를 끄덕였다.

"내단이란 사람의 몸을 상, 중, 하 삼초로 나누는데 그것은 태초의 혼돈이 갈라져 하늘, 땅, 물 이 세 요소가 생겨나 그것이 바탕이 되어 만물을 생성 양육하는 것을 본뜬 것이니라. 상초는 얼굴에 있는 구멍을 말하고, 중초는 심장과 배꼽 사이에서 소화를 담당한 부위이고, 하초는 배꼽 아래 배설을 하는 부위로, 태상노군의 가르침에도 절대적 실체는 하나이나 그 하나에서 둘이 나오고, 둘에서 셋이 나오고, 셋에서 만물이 생겨난다 했느니, 만물이라는 것은 음에 힘입어 양을 안고 있는데 기를 움직여 조화를 이루어낸다 그랬거든."

운선선인의 목소리는 카랑카랑했고 하늘의 별들도 초롱초롱했다.

"선선(先仙)의 가르침에 따르면 하나, 둘, 셋의 차례를 밟아 만물이 이루어지고 그 가운데 사람도 이루어지나 그것을 거꾸로 거슬러 올라가면 우리 몸뚱이가 다시 하나에 귀착된다는 이야기가 된다. 여기 하나라는 것은 단(丹)을 말하는 것으로, 단은 허(虛)하나 허에서 영묘하고 성스러운 정신 현상의 여러 형태가 생성변화하는 그런 능력에서 기가 그 형태와 기능을 변화해 나간다 했느니라. 기에서 생명의 근원이 기능의 변화를 형태로 보이면서 여러 모양새로 나타나는 게야. 그래서 만물의 모양새 가운데 사람도 포함되어 있는바, 핵심은 단에 있다 그런 뜻 아니겠느냐?"

"스승님, 상, 중, 하 삼초 가운데 하초가 중요하다 하는 이야기를 들었사옵니다. 그 연유가 무엇이온지요?"

"하초는 하늘과 땅, 물 가운데 물의 원기에서 양의 기운을 받아 기혈을 운행시키고 경맥에 유통시켜, 의식을 모아 생명의 근원에 결집시키는 것이니라. 움직이고 쉬고 하는 음과 양의 기운이 물이 습한 데로 흐르듯 자연스러이 그리되는 것과 같느니, 하초란 배꼽에서 세 치 아래 하단전을 말하는 것으로, 태내의 얇은 막에 싸여 있는 아이처럼 콧속으로 기를 끌어들여 담아놓고, 아무것도 섞이지 않은 순수한 양의 기운으로 원기를 채우게 하는 것이 조화의 원천이 되느니라. 이와 같은 태식법을 오래 실행하면 기는 피가 되고 피는 생명의 근원이 되어 뼈를 이루게 된다 그랬느니."

운선선인은 잠시 말을 멈추고 달빛에 희미하게 드러난 강 하구를 바라보았다.

"풍회야!"

"네?"

"평소 일호일흡(一呼一吸)을 어떻게 하는고?"

"하나하나 세면서 숨을 들여마시고 내뱉을 때도 그렇게 하옵니다. 수를 세는 것은 산란함을 가라앉히기 위함 아니옵니까? 그렇게 하여 마음이 가라앉으면 그것이 다시는 흐트러지지 않게 하면서 오래 지속시키려고 노력을 하옵니다."

운선선인이 고개를 끄덕였다.

"그게 불가에서 많이 하는 수식관(數息觀)인바, 좋은 방법이
긴 하다."

"그럼 선가의 태식법은 어떠하옵니까?"

"물론 일호일흡이 없는 것은 아니나 불가의 그것처럼 정일하
지가 않다. 매월당(김시습)께서 사문에 몸을 담으셨던 전력도
있으나, 단을 단련함에 있어 숨을 한 번 들이쉬고 한 번 내쉬는
것을 구룡호호라 하였느니라. 용을 타고 호랑이를 부르듯 음양
의 기를 삼키되 계속해서 반복하면 호랑이는 엎드리고 용은
항복해 다시는 날지도 달리지도 못하고 둘이 합쳐져 하나가 되
게 하는 것을 단련이라고 했느니. 하나 그분의 가르침이 역학의
원리에 많이 치우쳐 있어서 초행자가 쉽게 따라하기에 어려움
이 없지 않느니라."

"작금의 금단연조가 그런 어려움 때문 아니온지요?"

"금단이란 포박자의 연단에서 비롯된 것이기는 하나, 실인
즉 기를 잘 운행하여야 태어나면서 몸에 지녔던 원기를 회복시
킬 수 있거늘…… 구룡호호의 내단이란 눈으로 보지 말고, 귀
로 듣지 말고, 입으로 말을 하지 말아야 하고, 코로 냄새도 맡
지 말고, 홀로 움직이지 않고 앉아 눈으로는 코를 보고, 코로는

마음을 보고, 의식으로 기 다스리기를 오래 해야만 그 기가 녹아 저절로 배꼽 아래 단전으로 들어가는 것을 느끼게 된다. 그 기를 의식으로 돌려 꽁무니뼈로 회전시킨 뒤 척추를 따라 곧게 쌍관(雙關)으로 올라가게 해 뇌 뒤에 이르러 목덜미 가운데로 들어가게 하여야 한다. 그렇게 단련을 오래 하면 기가 저절로 양미간에 이르러 점차 심궁으로 내려갈 것인즉, 이와 같이 오래 운기를 하면 잇몸 위에서 단침 한 덩어리가 흘러내려 오는데, 그것이 곧 태어나면서부터 몸에 지니고 있는 태초의 하나(眞一)라 하는 기의 본바탕인바, 바로 그것이 근본으로 돌아오는 징후이니라. 이 한 덩어리의 단침을 혀로 수습해 천천히 삼켜 배꼽 아래로 내려보내야 되느니, 단침이 한 번 나오면 신선이 되겠다는 생각조차 잊게 되는데, 마음으로 조금씩 숨을 멈추고 배꼽 아래를 봉쇄하여 숨을 들이쉬지도, 내쉬지도 말고 온온묵묵, 마치 닭이 알을 품듯 품으로 잔뜩 끌어안고 자주도 말고 느리지도 않게 한 달 이상을 계속하면 신광(神光)이 오장으로부터 나와서 온몸을 둘러싸게 된다. 신광이 나오면 곧 태(胎)가 이루어지는 징후이므로 아주 조심해야 한다. 어떻게 조심을 해야 하느냐 하면 잠을 자지도 말고 배불리 먹지도 말고 혹 기가 왕성하고 숨이 커지거든 마음으로 억제하고 좀 약해지거든 그것 역시 마음으로 다스려야 한다. 내단이 이러함에도 연단을 신약처럼 여겨 그것을 제조하겠다고 많은 분들이 공을 들이고 있으나 잘못 복용하면 몸을 망치게 되느니라."

"몸을 망친다 함은 무슨 말씀이옵니까?"

"생명을 잃는다는 뜻이다. 그러하므로 연단 같은 외단은 돌아보지도 말고 내단에 더욱 힘을 쏟도록 하여라. 알겠느냐?"

"네, 알겠습니다."

"매월당의 가르침을 힘써 새겨들어야 하느니…… 아까도 한 이야기다만 기력을 단전에 모을 때 용을 타고 호랑이를 부르듯 만물을 생성하는 우주의 기운을 삼키는데 한 번은 숨을 들이쉬고 한 번은 숨을 내쉬어 그것을 되풀이하면 호랑이는 엎드리고 용은 항복을 해 날지도 않고 뛰지도 않아 하나가 된다 하였으니 바로 그것이 연단이라 하는 것이다."

"그것으로 하늘과 땅의 생명 기운을 가져와 수련을 쌓으라 하는 것 아니옵니까?"

"그러하니라. 그 모든 것이 일호일흡에서 연유하는 것으로 내쉬는 기는 뿌리에서 나오고 들이쉬는 기는 배꼽에 이르므로 기운을 내쉬고 들이쉬면서 단전에 돌아가게 하는 것을 도기(盜氣)라 하는 것이다. 이와 같이 사람의 호흡은 하늘과 땅의 호흡과 일치하므로 계절로 치면 동지 이후에는 내쉬는 숨이 되고, 하지 이후에는 들이쉬는 숨이니 이것이 1년의 호흡이니라. 자시 이후에는 들이쉬는 숨이 되고, 오시 이후에는 내쉬는 숨이 되니 이것이 하루의 호흡이다. 하늘의 1년과 1일은 사람에 있어서 한 숨(一息)과 같은 것이니라. 이렇게 자연의 이치에 따라 일호일흡의 수련을 쌓으면 더럽혀진 몸이 씻기어 잡티가 섞이지 않은 온전한 양의 기로 체질이 변하여 비로소 기운을 바꾸게 된다. 이것을 대화(大華)라 하는 것인데 대화는 자연스럽게 용태(龍胎)의 체질이 되어 피를 바꾸느니라."

"그것이 옥태경액지고(玉胎瓊液之膏)라 하는 것이옵니까?"

"약이라 이름 붙일 수는 없으나, 지치지 않고 늘 이렇게 단련을 하면 생명의 근원과 의식이 충만해지느니, 이렇게 1년을 하면 기력을 바꾸고, 2년을 하면 뼈(骸)를 바꾸고, 3년이면 피, 4년이면 살, 5년이면 근육, 6년이면 골수, 7년이면 뼈(骨)을 바꾸게 된다. 8년이면 몸에 난 털을 바꾸고, 9년이면 모습을 바꾸고, 10년이면 도가 이루어져 진인의 지위에 올라 변화가 자유로워 영관옥녀가 시중을 들게 된다는 게다."

"그것을 선화(仙化)의 경계라고 할 수 있겠사옵니까?"

"저 허공을 보아라. 텅 비어 있는 허공을 피할 자 누가 있겠느냐? 내 스스로 허공이 되지 않고서는 선화라 할 수 없느니…… 눈으로 보아 아무것도 없는 허공에 기가 있다고 한들 누가 믿겠느냐? 하나 기는 마음을 따라 움직이는 것이니 마음 있는 곳에 반드시 기가 있을 터, 그것을 운용하는 것이 선도요 수련이니라."

"마음을 한곳에 모으면 마음먹은 바가 현실로 나타난다 하는 것이 그것 아니오니까?"

"허공과 마음이 하나가 되어 기가 마음을 따라 움직이면 몸뚱이는 없는 것이 되어 깃털처럼 가벼울 터인즉, 무어 거치적거릴 것이 있겠느냐?"

운선선인은 거기서 이야기를 멈추고 자리에서 일어섰다. 속살거리듯 잔잔히 흐르는 달빛 아래 강물을 말없이 응시하고 있었다.

"스승님, 배가 없어 강을 건너기가 쉽지 않겠습니다."

"그러니 한번 건너보자꾸나."

배도 없이 깊은 강을 어떻게 건넌다는 것일까?

"돌다리도 없습니다요, 스승님."

선인은 들은 척도 하지 않았다. 보는 눈들이 없으니 옷을 벗어 머리에 이고 헤엄을 치자는 것일까? 풍회는 그런 생각을 하면서 선인의 뒤를 따라 강가로 내려갔다.

물결이 출렁거리는 강 가장자리에 이르러 선인이 뒤를 돌아보았다.

"자 나를 따라서 해보거라."

운선선인이 오른쪽 발을 물 위로 내어딛는가 싶더니 다시 왼쪽 발이 물 위를 잽싸게 밟고 지나갔다. 으스름한 달빛, 물잠자리가 날듯 손을 휘저어 좌우로 방향을 틀어 물 위를 걷는 모습이 제비처럼 날렵했다.

풍회는 선인의 모습을 보고 건성 오른쪽 발을 물 위로 내딛었는데 그만 풍덩! 빠지고 말았다. 강 가운데까지 걸어 나간 선인이 풍회의 발빠진 소리를 들었음인지 공중을 나는 제비가 날갯죽지를 펴고 선회하듯, 양팔을 펴 몸을 돌리더니 나는 듯 풍회가 있는 곳으로 되돌아왔다.

"허, 지금까지 해준 이야기가 마파람이 되었구나."

풍회의 등을 토닥거려 주면서 혀를 끌끌 찼다.

"이놈아, 사람이란 지혜가 있는 동물이다. 그래서 하초에 기를 모으기도 하고 모아진 기를 탈 줄 아는 재주가 있어야 하느니라. 사람의 지혜가 이리 신령한 것인데 여기에 비하면 저 바위란 놈은 미련하기 짝이 없는 놈이지."

운선선인이 손가락으로 강 언덕에 얹혀 있는 커다란 바위를 가리켰다.

"바위가 왜 미련한 놈이냐 하면, 요놈은 퍼질러 앉아 있기만 해. 땅속에 무엇이 들어 있는지 잡아당길 줄만 아는 아주 커다란 힘에 땅 위의 모든 것들이 그 무게만큼 제자리에서 꼼짝도 못하고 있지 않느냐?"

풍회는 쑥스러워 고개를 들지 못했다.

"자잘한 물속의 돌멩이는 물이 흐르면 그 힘에 굴러가기라도 하는데 저 바위란 놈은 제 몸뚱이가 저리 무거워놓으니 제 몸뚱이 무거운 것만큼 꼼짝달싹 못하지 않느냐? 사람이 저 바위와 같을진대 그걸 사람이라고 이름을 붙여야 하겠느냐?"

풍회가 들어보니 운선선인은 생명 없는 바위를 생명이 있는 것처럼 이야기하고 있었다.

"아닙니다. 스승님. 바위는 생명이 없어서 그렇습니다."

"네가 바위에 생명이 없다는 것을 어떻게 아느냐?"

"죽어 있지 않습니까?"

"바위가 죽었는지 살았는지 그걸 어떻게 아느냐 그 말이다."

"숨을 안 쉬니까요."

"글쎄, 바위가 숨을 쉬는지 안 쉬는지 네가 그 속에 들어가 보았느냐?"

풍회는 무어라 대답할 말이 없었다. 운선선인이 말을 이었다.

"태상노군께서 태초에 '하나'가 있었다 한 이야기는 아까 한 말이렷다?"

"네."

"그 하나라는 것 속에 저 바위도 있고, 이 강물도 있고, 너도 있고, 나도 있다는 뜻이니라. 하나에서 둘이 나왔다는 이야기는 음과 양으로 나누어졌다 하는 것인즉, 음과 양에서 너도 생겨났고, 나도 생겨났고, 이 물도 생겨났고, 저 바위도 생겨났다는 뜻이다. 그래서 태초의 하나 속에는 너도 없었고, 나도 없었고, 이 물도 없었고, 저 바위도 없었고, 오로지 기 하나만 있었다. 그런 이야기다. 내 말 알아들었느냐?"

"예!"

"사람은 목숨이 끊어지면 흙, 물, 불, 바람으로 돌아가지만 바위가 비바람에 씻겨 그렇게 되려면 세월이 오래 걸릴 뿐이니라. 물도 햇빛이 내려쬐어 건조해지면 없어지지 않더냐? 오랜 세월이 지나 땅 위에 있는 모든 것들이 없어지고 땅덩어리 그것까지 없어진다 해도 기는 없어지지 않는 법. 어디 그것뿐이겠느냐? 기라 하는 것은 보이지도 않고 볼 수도 없는 것이니라. 그래서 있는 것도 같고 없는 것도 같지만 움직이면 그 가운데 기운이 생기느니라. 많이 움직이면 기운이 많이 생기고 적게 움직이면 기운이 적게 생기는데, 일호일흡의 태식법으로 우주의 무한한 기를 단전에 모아두자 하는 것이 지금 네가 하고 있는 내단 수련인바, 이 우주의 모든 기가 단전에 함축되어 있으면 몸이 깃털처럼 가벼워진다 그 말이니라. 자, 그럼 나를 따라서 다시 한 번 더 해보거라."

운선선인이 모래 위에 앉았다. 풍회도 곁에 나란히 앉았다.

"앉는 방법은 늘 하던 대로 편한 자세로 앉되 허리를 꼿꼿이 펴거라. 들여마시는 숨은 짧게, 내쉬는 숨을 길게 하되, 평소 네가 해오던 대로 숨을 세든지 헤아리든지 그건 네 알아서 해도 좋다. 단 내가 있는지 없는지 모르는 상태에 이르면 몸뚱이 그것도 있는지 없는지 모르게 되는데, 그렇게 되면 땅속에서 몸뚱이를 잡아당길 힘이 어디에 있겠느냐? 그런 지경에 이르러야 마음이 움직이는 대로 몸뚱이가 따라 움직이는 법이거늘…….물 위를 걸을 때 한쪽 발바닥이 물에 닿는 것을 알면 이미 늦었으니 그것을 깨닫기 전에 반사적으로 즉시 다른 한 발을 내처 딛게 되는바, 벌써 몸뚱이가 내단에 실려 무게를 잃었거늘 어디에 빠질 몸뚱이가 있겠느냐?"

두 사람은 한 식경을 모랫바닥에 앉아 단에 힘을 모았다.

풍회가 단에 기가 모아졌다 싶어 슬며시 눈을 떴는데 뜻밖의 사건이 벌어져 있었다.

"앗!"

운선선인의 몸이 공중에 둥 떠 있었다. 처음 앉아 있던 자세 그대로 한 길 높이 공간에 떠 있는 선인의 모습을 보는 순간 풍회는 저절로 정신이 바짝 차려졌다. 선인도 그것을 알았음인지 발을 내리어 모래를 밟고 서더니 다시 물가로 나아갔다.

"발바닥이 물에 닿는다 싶기 전에 반사적으로 다른 한쪽 발을…… 알았느냐?"

선인이 먼저 물 위를 미끄러지듯이 걸어갔다. 풍회는 선인이 일러준 대로 한쪽 발바닥이 물에 닿았다 싶기 전에 반사적으로 다른 한 발을 물 위로 내딛었다. 발바닥에 엄청난 기가 실린 듯 몸뚱이가 깃털처럼 가벼워짐을 느꼈다. 그 가벼움으로 몸이 날듯 물 위를 지나가는데, 두 발바닥 밑에 우주적 기가 응축되기라도 한 듯 발이 물에 빠질 짬을 주지 않았다.

나는 듯 물 위를 걸어 건너편 강안에 이르자, 먼저 강을 건넌 운선선인이 풍회를 바라보았다. 풍회가 물가 모래를 밟고 언덕으로 올라서니 선인이 고개를 끄덕거렸다.

"이제야 내공의 힘을 알겠느냐?"

"네, 스승님!"

풍회는 다소곳이 고개를 숙여 고마움을 표했다.

강을 건넌 두 사람은 아름다운 경관이 감입사행(嵌入蛇行)으로 휘감아 돈다는 월림강을 뒤로하고 개평으로 올라왔다. 개평에서 월림강으로 흘러드는 묘향천을 따라 들어가면 거기에 보현사가 있었다.

# 불조의 칼

　법준은 그날 포졸 행세를 하던 자들에게 떠메어지다시피 패엽사로 돌아왔다. 몸을 씻고 삭발을 한 뒤 부엽토가 빨갛게 묻은 도포를 벗어던지고 새로 내준 옷으로 갈아입었다. 누구의 배려인지 다짜고짜 장연으로 넘어가는 수삼파고개 아래 월출암으로 보내졌다.

　암자 오른편 별채에 방 한 칸을 내주어 끙끙 앓고 드러누웠다. 월출암주는 키가 작고 몸집이 탄탄해 보이는 사람이었다. 그는 누더기를 입고 있었고, 쏘는 듯한 눈빛에 사람을 압도하는 힘을 감추고 있었다. 처음에는 암주가 탕약을 달여 오고 채찍으로 찢어진 자국에 약을 발라주는 등 정성을 다해 간호를 해주었다.

　"스님, 한 가지만 물을게요. 자환이란 중이 누굽니까?"

　암주는 망설임이 없었으나 대답은 실망스러웠다.

"글쎄, 나는 모르는 사람이오."

월출암에는 암주 말고 젊은 수좌 한 사람과 사미 한 사람이 더 있었다. 몸이 좀 우선해지자 이번에는 암주를 대신해 젊은 수좌가 약심부름을 해주며 간호를 했다.

"스님, 하나만 물어볼게요. 패엽사 스님들이 왜 나를 죽이려 했답니까?"

젊은 수좌 또한 마찬가지였다.

"저는 잘 모르겠는데요."

밥을 해주는 공양주 할머니는 키가 작고 연세가 들어 보였으나 음식 솜씨가 있는 듯 반찬을 아무거나 입에 넣어도 군침이 돌았다. 제기랄, 나는 놈 위에 타는 놈이 있다더니 혼자 객기를 부려 문소전 신위판을 훔쳐오고 어쩌고 하는 일로 자환을 얕잡아 보았는데, 자환의 뒤에 알 수 없는 함정이 있었던 것을 전혀 눈치채지 못했다. 거기에다 월출암 식구들까지 모두 꿀 먹은 벙어리였다.

누구 하나 찾아오는 사람 없이 며칠을 푹 쉬고 났더니 정신이 돌아왔다. 이제 구월산을 떠나야겠다는 생각을 하면서, 자환이 이 자식을 어떻게 만날 수 없을까 골몰하고 있는데, 문밖에서 누가 기합을 넣으며 거친 숨을 몰아쉬는 소리가 들렸다. 문을 열고 내다보니, 벼랑 위에 올려놓은 듯 산신각이 있고 그 아래 보리수나무가 서 있는 작은 공터에서 어린 사미가 발을 오므렸다 폈다 춤을 추듯 하면서 가쁜 숨을 몰아쉬고 있었다.

법준이 가까이 다가갔다.

"태견 실력이 상숩니다."

쓱 말을 건넸더니 쑥스러운 듯 동작을 멈추고 멀쑥이 바라보았다.

"나도 그런 걸 해보려고 했습니다만 기회가 없어 못 해봤습니다."

"알고 있습니다. 스님 검술 실력이 뛰어나시다면서요?"

월출암 식구들이 모두 벙어리인 줄 알았더니 어린 사미가 뜻밖의 이야기를 해주어 의외다 싶었다.

"누가 검술 실력이 뛰어나답디까?"

"다 들었습니다. 허리치기와 찌르기 기술까지 능하시다는 것도⋯⋯."

"난 그런 것 못하는 사람인데 누가 그런 소리를 하던가요?"

사미는 법준의 이야기를 슬쩍 비켜내며 구월산 이야기를 꺼냈다.

"여기는요, 태견이 기본이고 유술, 검술, 창술에 뛰어난 스님들이 많습니다."

"수행자들이 수행은 않고 웬 그런 걸 한답니까?"

사미가 법준의 얼굴을 또 한 번 멀뚱히 바라보았다. 이 사미가 무슨 내막을 알고 있구나 싶어 통성명을 청했다.

"난 법준이라 합니다. 스님 법명이 어떻게 됩니까?"

"전 자종이에요."

"그런데 자종스님, 한 가지만 물어볼게요. 구월산에 옹기 굽는 사람들이 어디 사나요?"

"옹기요?"

"네."

"잘 모르겠습니다."

자종이 고개를 흔들었다.

"화적당이 옹기장이 행세를 하면서 사는 마을 말예요."

"그런 이야기 못 들었는데요."

"그럼 한 가지만 더 물어볼게요. 패엽사 스님들이 왜 날 생매장하려 했답니까?"

"그, 그거는 큰스님들께서……."

자종은 금방 말꼬리를 감춰버렸다.

"큰스님이라니, 그럼 학소대사님 말씀입니까?"

자종은 낯선 사람처럼 법준을 바라보았다. 구월산에 큰스님이 학소대사 말고 또 누가 있는가? 그럼 생매장하려 했던 주범이 학소사숙이었단 말인가. 그럴 리 없다고 고개를 흔들었다.

문소전 신위판을 훔친 사실이 밝혀지면 대역 죄인으로 죽음을 면치 못하게 된다. 그래서 믿고 은신처를 구하러 온 조카상좌에게 사숙이 왜……?

도대체 모를 일이었다.

이튿날이었다. 아침식사를 마친 뒤, 이제 떠날 생각으로 막 일어서려는데, 방문 두드리는 소리가 났다. 문을 열어보니 뜻밖에 자환이 자종의 안내를 받아 방문 앞에 서 있었다.

"잘 쉬셨습니까?"

넉살 좋게 자환이 합장을 하고 안으로 들어왔다.

"……?"

엎드려 큰절부터 하더니 무릎을 꿇고 고개를 숙였다.

"사형님, 죄송합니다."

자환의 얼굴을 똑바로 쳐다보면서 한마디 던졌다.

"자네 단검 던지는 솜씨가 예사롭지 않더군? 내 칼을 만져본 경험은 별로 없네만 구월산을 떠나기 전에 한번 겨뤄보고 가야겠네!"

아직 화가 안 풀린 목소리였다. 하나 자환은 예전의 그 얄밉고 본색을 숨긴 그런 모습이 아니었다.

"사형님이 어떠한 벌을 내리든 달게 받겠습니다. 용서해 주십시오."

정중하고 절도 있는 몸가짐으로 용서를 구했다. 웃는 낯에 침 못 뱉듯 더는 할 말이 없어 법준은 고개를 돌려 방 귀퉁이만 바라보았다.

"사형님, 내려가시죠."

"그렇지 않아도 떠날 작정이네."

오금을 박으니, 자환이 무릎을 꿇은 채 대답했다.

"지금 큰절에서 학소대사님이 기다리고 계십니다."

큰절은 패엽사를 말했다.

"그 노장이 왜 날……?"

볼멘소리를 내뱉고 방을 나와 고맙다는 인사나 드리고 떠나려고 암주를 찾았더니 보이지 않았다. 그래서 뒤따라온 자종에게 물었다.

"아침에 계시던데 출타하셨습니까?"

"영관에 들러 큰절로 내려가셨습니다."

"영관이오?"

"네, 그런 데가 있습니다."

자종은 길게 이야기하지 않았다.

"스님 오시거든 못 뵙고 갔다고 인사나 드려주십시오."

그러고 암자를 내려오는데 자환이 뒤를 따랐고, 자종이 그 뒤를 따랐다.

큰절로 들어가는 길목에 이르러 법준이 그냥 내빼려고 하자 자환이 붙들고 놓아주지 않았다.

"아니 됩니다, 사형님!"

"놓게. 한양까지 동행해 준 빚이 있어서 그냥 조용히 가려 하니 이거 놔!"

붙든 옷소매를 뿌리치려 하니 더욱 꽉 붙들었다.

"안 됩니다. 학소대사님을 뵙고 떠나야 합니다."

사람을 붙드는 품이 뿌리칠 수 없게끔 정중하고 완강했다. 법준은 결국 자환의 안내를 받아 패엽사 침소로 들어가 장삼을 얻어 입고 방장실로 올라갔다.

방장실에는 학소대사가 장삼을 입고 기다리고 있었다. 곁에는 월출암주가 똑같이 장삼을 입고 앉아 있고, 포교 행세를 하면서 생매장을 명령한 스님과 포졸로 행세한 스님들, 그리고 처음 보는 스님들이 장삼을 입고 앉아 법준을 기다리고 있었다.

절집 사숙이라는 연결고리로 낙산암을 찾아왔건만, 한바탕 곤욕을 치르고 났더니 정나미가 떨어져 막역하다고 생각했던 학소대사가 막연한 사람으로 앞에 앉아 있었다. 그래도 절집 예에 따라 삼배를 올리고 맞은편에 무릎을 꿇고 앉자, 자환이 곁에 나란히 앉았다.

이렇듯 예의가 차려지고, 학소대사가 옆에 앉아 있는 사람들을 소개해 가는데 월출암주는 학산이라는 스님이었고, 포교 행세로 생매장을 명령한 중은 도근이라는 스님이었다. 포졸 행세를 한 중은 법산과 진화, 장적, 성광이라는 수좌들이었고, 그 밖에 패엽사 주승과 인근 여러 암주들이 자리를 함께하고 있었다.

더욱 놀라운 것은 그들 모두가 고도의 무예 훈련을 거쳤을 뿐 아니라 조읍포, 강음, 기린, 신천, 문화 등 해서(海西) 여러 지역에 가는 곳마다 조직이 보 밑에 쳐놓은 어망처럼 포진해 있는 것 같았다. 더욱 괴이하고 야릇한 것은 그들 구성원이 승려라는 점이었다. 그렇다면 이들을 산문의 수행자라 할 수 있을까? 법준은 아니라고 고개를 흔들었다. 한데 그 중심에 학소대사가 있다니, 참으로 괴이한 일이 아닐 수 없었다.

학소대사는 예전에 올곧은 수행자로 이름을 떨친 분이었다. 그런데 왜……? 법준은 학소대사를 중심으로 빙 둘러앉은 면면들을 다시 한 번 훑어보았다. 냉기가 흐르듯 분위기가 엄숙했다.

"너는 오늘 새로 태어났느니라."

학소대사의 첫마디가 그렇게 나왔다.

"새로 태어난 이상 오늘 이전의 일은 모두 잊어버려라!"

대사가 다탁 위에 장검과 나란히 놓여 있는 화선지를 집어

들자, 자환이 얼른 종이를 받아 법준 앞에 갖다 놓았다. 하얀 화선지에 '봉준(棒俊)'이라는 두 글자가 큼직하게 적혀 있었다. 법준이 글자가 적힌 종이를 막연한 시선으로 내려다보고 있자 니 대사가 말을 이었다.

"오늘부터 네가 쓸 이름이 봉준이다. 구월산 형제들은 이름 의 첫 자에 모두 '봉' 자를 쓰고 있는바, 그것이 사사의 이름이 니라. '사사'란 고려조에 보조국사께서 정법불교로 복귀를 선 언하시면서 결사동맹을 맺었던 그 맥과 같이하는 것으로, 정 혜결사의 목적이 정혜쌍수와 선교일치에 있었다면 여기서 말 하는 사사결사는 아조의 배불(排佛)을 타파하고 본래의 산문 을 복원해 사자상승의 전통을 되찾아 안심입명의 토대를 이룩 하자는 데 그 목적이 있다. 종래의 불문(佛門)을 보존하고자 피 를 섞어 결의된 사사조직으로 국왕의 통치와 맞서야 하는 비밀 결사체이므로, 어떤 일이 있어도 사사의 기밀은 보장되어야 하 겠기에 동지를 선발함에 엄격한 관문을 거쳐 정예화한 조직인 바, 법준이 네가 어려운 관문을 통과 선발되었음을 이 자리를 빌려 통고하는 바이다. 오늘부터 조직의 일원으로 너에게는 명 령만 있고, 네 개인이 없다는 점을 목숨처럼 받들기 바란다. 특 별히 너한테 당부하는 것은 우리 앞에 더 무겁고 큰 목적이 산 적해 있다는 것을 뼈저리게 느끼고, 선발 과정에서 있었던 모든 일은 관행상의 일이니 그리 알도록 하여라. 사사는 올곧은 수행자의 자세로 사심 없는 깨끗한 삶을 살아야 하며, 어떤 경우든 사사의 기밀이 노출되는 것을 허락하지 않는다. 몸가짐에 더욱 유의해 주어진 임무에 목숨을 바쳐 성취해 내는 각오만을 다져야 한다. 알아들었느냐?"

이건 뭐 아닌 밤중에 홍두깨도 아니고, 사숙이라는 사적인 관계를 떠나 뒷갈망의 다잡이가 무슨 쇠꼬챙이 동막이와도 같았다. 솔직히 훈령이랄 수도 없는 학소대사의 이야기는 냉엄했고, 불가의 입장에서 보면 피부를 파고드는 절체절명의 현실 문제가 아니라 할 수 없었다.

사헌부 문짝에 화살을 날렸던 법준으로서는 마루를 딛고 올라선 놈이 안방인들 못 들어갈 게 뭐 있느냐 하는 심정이었다. 하나 사람을 먼저 갈고랑이 맞은 숭어 꼴로 만들어놓고 거기에 두드려 맞추려는 게 영 비위에 거슬렸다. 하지만 평소 생각과 일치된 공감이 있어서 법준은 팽팽한 긴장감과 함께 마음 깊숙한 곳으로부터 변화의 파도가 일면서 지금 맞닥뜨리고 있는 현실이 꿈이 아니기를 바랐다.

"작금에 이르러 사사가 구월산에만 있는 것은 아니다. 뜻이 같은 대덕들이 금강산, 두류산, 묘향산은 물론, 팔도의 산문에서 은밀히 활동하고 있는바, 이러한 사실은 차차 알게 될 것이니라."

학소대사의 이야기가 평소 법준이 지향해 왔던 그것과 한 색깔로 구체화되면서 차츰 새로운 사명감이 솟구쳐 올라 가슴을 떨게 했다.

그날 자리를 함께하면서 알게 된 것이지만, 이른바 관문을 거치는 과정에서 포교 행세를 했던 도근은 낙산암 아래 비산암 암주였고 사사 이름이 봉민이었다. 봉삼은 자환의 사사 이름이고, 자환에게 유인을 당해 계획된 악형(惡刑)을 치른 곳이 신천 북쪽 중령산 자락이라고 했다. 포졸 행세를 한 법산의 사사 이름은 봉일이고 진화는 봉대라 했는데, 그들은 모두 패엽사 대중이었다. 장적은 황주 정방산 성불사 수좌였고, 성광은 중령산 서쪽 상암의 수좌라는 것도 알게 되었다.

옹기장이로 변신한 자들은 천사산에 숨어든 화적패의 일당으로, '포교를 피해 목숨을 보존할 수는 있어도, 도적의 법에 사형을 선고 받으면 빠져나갈 도리가 없다.'는 그들 나름의 내규가 엄격한 산적패였다. 그들이 구월산 사사와 어떤 연유로 내밀한 공조를 이루고 있는지 그것까지는 알지 못했다.

비장감이 감도는 학소대사의 이야기는 계속되었다.

"금강산 사사는 도끼 부(斧) 자를 아래에 쓰고, 두류산 사사는 투구 두(兜) 자를 위에 쓰고 있다. 묘향산 사사는 갈고리 묘

(錨) 자가 들어 있는바, 사사의 이름은 상시 상용하는 이름이 아니고, 위급한 상황에 처해 도움이 요청될 때 같은 사사임을 은밀히 알리는 암호의 성격을 띠고 있느니라. 그 외에 가야산, 계룡산, 두륜산 등 여러 산문에 조직이 되어 있거나 결성 중에 있으나, 자세한 내용은 여기 학산스님이 차차 일러줄 터인즉 그리 알도록 하여라!"

한마디로 말해서 사사가 구월산에만 있는 것이 아니고 전국 산문에 각기 다른 암호를 갖고 산재해 있다는 것이다.

"법준아!"

"네, 사숙님."

뜻밖에 엄청난 사실에 직면한 법준은 자기도 모르게 거기에 동화되어 두 손을 모아 합장을 하고 대답했다.

"오늘부터 봉준이라는 이름으로 사사의 내규와 영예에 어긋남이 없도록 하라!"

준엄한 목소리로 일렀다.

"예!"

법준의 대답이 떨어지자 학소대사가 다탁 위의 장검을 들고 일어섰다. 법준도 같이 따라 일어섰다. 방장실 안 대중들이 모두 일어서서 합장을 하고 법준과 학소대사를 지켜보았다.

"이 검은 생명을 살리는 검이다. 내가 살자고 남을 해치는 검이 아니라 더 많은 생령을 위해 내가 죽자는 검이다. 너도 칼을 써본 바 있겠거니와 검의 의미는 네가 잘 알 것으로 믿고, 이 검으로 목숨을 바쳐 불조의 혜명에 어긋남이 없도록 하라!"

장검이 법준에게로 건네졌다. 법준은 무릎을 꿇고 두 손을 머리 위로 받들어 검을 받았다. 방장실에 모인 대중들이 합장으로 배례를 한 다음 박수를 치는 것으로 목숨과 바꿀 사사의 검이 내려지는 의식이 끝났다.

곧 학산스님과 법산, 주지승이 방장실을 나갔고, 학소대사가 더 해주고 싶은 이야기가 있는 듯하여 법준과 자환만 자리에 남았다.

"나는 너희 두 수좌가 전국 사사의 견인차가 되어 큰 활동을 해줄 것으로 믿는다."

"예, 사주님의 뜻에 어긋남이 없도록 하겠사옵니다."

자환이 대답했는데, 학소대사를 사주라 불렀다. 그때 대종소리가 방장실 문을 흔들듯 들려왔다. 곧이어 방장실 문이 열리고 시자가 들어와 대사를 모시고 대웅전으로 올라갔다. 법준과 자환도 같이 따라 올라갔다.

법당 안은 사시헌공이 끝났음에도 대중들로 가득 차 있었다. 법당 안으로 들어서니 노전승 뒤에 법준의 자리가 따로 정해져 있었다. 법준이 자리로 가 서자 새롭게 의례가 시작되었다.

여느 때 같으면 삼귀의가 낭송되고 청법송에 의해 학소대사가 법상으로 올라가야 할 차례였다. 그런데 절차가 간소했다. 대사가 법상 옆에 선 채로 입을 열었다.

"오늘은 정례로 해오던 법석이 아니니 간단히 이야기하겠소. 여기 모인 수좌 대부분은 구월산 사사들인바, 법준수좌가 오늘 패엽사 수좌 여러분과 뜻을 함께하기로 하였으매 시방세계 불보살님께 이 사실을 고하려 하오."

그러고는 돌아서서 부처님을 향해 목탁소리에 맞춰 세 번 절한 뒤 발원문을 낭송했다.

"일찍이 보조국사께서 근수정혜결사문을 선언하시매 땅에서 넘어진 자 땅을 의지해 일어나라 하셨는바, 중원에서와 달리 아조의 주자학은 도라는 이름으로 왕권에 굴레를 씌워 벼슬아치들의 목소리를 높이기 위한 도구로, 그들이 국록을 먹는 데는 유익하고 유리한 법도가 되었으나 만백성의 생활에 유익함으로 미치는 법도가 되었다고는 볼 수 없사옵니다. 도리어 백성들에게는 까다로운 가례가 허례로 돌아와 등급을 매기는 기준이 되었고, 사문에게는 족쇄가 되어 발목에 채워졌사옵니다. 연산조에는 성리학의 도가 무자비한 무뢰배보다도 못한 칼바람으로 몰아치더니 마침내 본조에 이르러 불가는 험난한 벼랑 끝으로 내몰려 자활의 길이 끊겼사옵니다. 이로 말미

암아 선문은 눈비조차 가릴 수 없게 되었고, 이 땅에 부처님의 자비광명은 바람 앞에 촛불이 되었사옵니다. 하룻밤만 자고 새도 사찰이 부서지고 불에 타 산간에는 허물어진 폐사만 있고, 대소사원에는 수행자가 자취를 감췄사옵니다. 애초에 올바르고 참된 믿음으로 하늘을 밟고 땅을 들어 올리고자 번뇌를 털어 없애려 먹고 입고 쓰는 것에 탐착하지 않았고, 청정하게 불도를 닦겠다는 기개로 천인사(天人師)의 가르침을 높이 받들어 깨달아 높은 곳에 올라 반드시 요철대사하려 함이 저희들의 간절한 발원이었사온데, 이제는 정포 30필를 바쳐야 출가하게 되었고, 그리 못하면 농사를 놔두고 도망친 큰 좀이라 하여 창칼로 수행인을 내쫓으니, 이는 위로 대도를 어김이요, 아래로는 사은(四恩)을 저버리는 일이옵니다. 부처님 입멸이 멀어 품성이 완악한 말법시대라 하나, 구경열반의 법 닦음을 허락하지 않는 나라가 왕도가 바로 선 나라라 할 수 없사옵니다. 이와 같은 패도가 치도라는 이름으로 풍기를 바로 세움이라 하오니, 이는 천지의 운행과 만상의 이치를 바로 따른 것이 아니요, 부도를 말살하려는 군신 간의 기망으로 사문은 여기서 더 물러설 자리가 없게 되었사옵니다. 작금의 어려움이 석화풍등이요, 서파잔조로 난사난이하오나 이 자리에 구월산 대중은 물론이려니와 팔도의 산문에서 정혜정토를 복원코자 서원을 하옵니다. 오늘 저희들의 사사결행은 구등각안에 동증금선을 잠시 뒤로 미루고 사불범정이 역여유천한 세상을 만들어 사부대중이 모두 불문에 들어 심공경적에 쾌락안연코자 함에 있사옵니다. 우러러 아뢰옵나니, 사사결행에 동참한 헌헌장부들이 이 땅의 광명 정대한 불문의 기둥을 굳게 세울 수 있도록 대자대비로 불보살님께서 가피하여 주소서."

나무석가모니불!

발원이 끝나자 학소대사가 대중을 향해 돌아섰다. 그리고 모두 예전의 위치로 돌아가 해오던 수행을 차질 없이 성취해 내기를 바란다는 간단한 말을 마치고, 사홍서원을 합창으로 법준의 사사 입단법좌는 모두 끝난 셈이었다.

법준은 의식이 끝난 뒤에야 학소대사가 구월산 사사 사주라는 것을 알았고, 자환과 함께 대중방으로 내려와 거기 모인 수좌들과 인사를 나누었다.

그리고 점심을 먹고 자환과 방장실로 불려 갔다. 방장실에는 패엽사 주승을 비롯한 연세 많은 노승들이 차를 마시고 있었는데, 학소대사가 그들에게 법준이 원각사 학조스님 제자임을 소개하고 차례로 인사를 시켰다.

"그래, 교학은 익혔느냐?"

한 노승이 물었다.

"네, 대교를 마쳤사옵니다."

"그럼 안거는 해봤느냐?"

"아직 못 했사옵니다."

노승이 이해할 만하다는 듯 고개를 끄덕였다.

"공자님은 덕으로 이끌고 질서를 예로 유지해 백성들이 올바르지 못한 것을 스스로 수치스럽게 여기게 했지만, 작금의 조선 주희의 학은 한쪽으로만 치우쳐 백성을 법률로 다스리고 형벌로 질서를 유지하려고만 해. 그러니 법망을 빠져나가 형벌 피하는 것을 수치로 여기는 사람이 없는 사회가 되었지. 유가들 치세가 이렇거늘…… 더구나 우리 승가를 적으로 보는 세상이라 안거를 할 수 없게 된 것이 당연한 일일 게야."

"조용한 선당으로 가 안거는 할 수 없어도 저희 스님께서 훈민정음을 하도 귀히 여기셔서 경전을 언해하는 공부를 하려다 그것마저 사정이 허락치 않아 이리로 오게 되었사옵니다."

학소대사가 법준의 이야기를 듣고 있다가 자환을 불렀다.

"자환아!"

"네!"

"장수산에는 언제까지 있을 셈이냐?"

"대주스님의 가르침을 좀 더 받고 싶사옵니다."

"그럼 언제 그리로 갈 텐고?"

"오늘 떠나려고 합니다."

대사는 알았다는 듯 고개를 끄덕이면서 이번에는 월출암주를 쳐다보았다.

"학산당!"

"네!"

"당분간 법준수좌를 월출암에 머물게 해주십시오."

"네, 그렇게 하시지요."

학소대사가 이번에는 법산을 불렀다.

"법산수좌!"

"네!"

"법준을 영관에 상주시키게."

"네, 그리하겠습니다."

학소대사의 이야기는 일사불란했고 어길 수 없는 명령처럼 아래로 죽죽 계통이 서 내려갔다. 이것이 사사인가? 법준은 모든 대중을 다시 한 번 눈여겨 바라보았다.


오후, 법준은 산문 앞에서 자환과 헤어지면서 손을 잡았다. 법준의 피와 자환의 피가 잡은 손으로 이어져 굳세게 교류되어 흐름을 느꼈다. 두 사람은 합장을 한 뒤 헤어졌다.

법준은 패엽사로 돌아와 법산수좌 안내를 받아 '영관'이라는 곳으로 올라갔다. 도솔암을 지나 산봉우리에서 능선을 타고 내려오다 반 토막이 난 벼랑 아래 영관이 있었다.

칼로 자르듯 깎이어 나간 암벽 밑을 편편하게 고른 골짜기에 당우 한 채가 있고, 처마 밑에 향로당이라는 허술한 현판이 걸려 있었다. 당우 오른편 기둥에 '금강영관(金剛靈觀)'이라 새긴 현판이 붙어 있었는데, 향로당 왼편 5칸의 회랑이 북쪽을 막아섰고, 앞이 훤히 터진 회랑 앞에 꽤 넓은 마당가로 아름드리나무들을 두르고 있었다. 바닥의 흙이 잘 다져져 있는 것으로 보아 무술을 연마한 수련장인 듯했고, 마당 앞 커다란 느티나무 가지에 연자방아 맷돌이 밧줄에 꿰어 대롱대롱 매달려 있었다. 그 엄청난 무게의 돌맹이를 누가 어떻게 매달아 놓았는지 신기하다는 생각이 들었다.

법준은 법산을 따라 향로당 안으로 들어갔다. 영단에는 다기가 놓여 있고, 다기 너머에 신주 두 개가 나란히 놓여 있었다. 향로당 안에는 반으로 갈라낸 커다란 원목에 네 개의 다리가 받쳐져 탁자로 사용되었고, 주변에 통나무를 잘라 세워놓은 것이 의자인 듯했다.

나중에 안 일이지만 향로당은 해주에 사는 황씨라는 대부호

가 적손이 없이 늙어 패엽사에 큰 시주를 하고, 조석으로 향이나 피워달라고 지어준 당우라 했다. 하지만 당우가 다 낡은 것으로 보아 그런 사연이 있었다면 여조 때의 일인 것 같았고, 지금은 그 당우가 금강영관이라는 간판이 걸린 구월산 사사의 무술 수련장이 되어 있었다.

금강영관의 총책은 월출암주 학산스님이었다. 그는 지상무예의 대가로 십팔기뿐 아니라 팔금희는 물론 특히 유술과 쌍검에 있어서 타의 추종을 불허한다고 했다. 한데 학산스님은 무술의 정점이 힘이나 기예에 있는 것이 아니라 내공에 있음을 알고, 지금은 기(氣) 수련에 힘을 기울이고 있다는 것이다.

법산수좌는 무술 수련의 사범이었다. 그는 비산암주 도근에 이어 장창의 명수로, 덩치가 매우 크고 키도 커 힘에 있어서도 당할 자가 없는 장사라 했다.

영관에서의 무술 수련은 일정하게 정해지지 않았으나 구월산에서 멀리 떨어져 있는 사찰의 사사들이 열흘에 한 번씩 모두 모여 합동으로 수련을 한다고 했다. 산내 암자의 사사들은 매일 새벽과 야간 수련을 빼놓지 않지만 패엽사 인근 사사들은 이삼일에 한 번씩 영관에 나와 무술을 연마한다는 설명이었다.

사사 이름이 봉일인 법산수좌는 법준의 악형 과정에서 채찍을 휘두른 포졸로, 영관의 세세한 내력을 일러주면서 내일부터 수련을 시작하자고 했다.

"한 가지 물어봐도 되겠습니까?"

법산은 무엇이든 물어봐도 좋다는 듯 법준을 쳐다보았다.

"자환이 이 영관에도 있었습니까?"

"아, 쌍칼잡이 봉삼이 말이군?"

법산이 고개를 끄덕이면서 대답했다.

"여기 오래 있었소. 그 칼솜씨는 누구도 당할 자가 없지요."

그리고 더 물어볼 말 없느냐는 듯 법준을 바라보았다.

"스님은 채찍질에 고수입니까?"

그가 손을 뒷머리로 가져가며 겸연쩍게 웃었다.

"죄송합니다."

"거 도근이라는 포교 말예요. 내 칼을 철우경지세(鐵牛耕地勢)로 막고 십면매복세(十面埋伏勢)로 찌르던데 부러 허공을 찔렀지요. 이 영관으로 날 끌어들이려고 그랬답니까?"

그 말에 법산이 껄껄 웃었다.

"예도만 쓰시는 줄 알았더니 장창에도 상고수시군요?"

법준은 내일부터 수련하기로 하고 월출암으로 올라왔다.

# 구름 위를 나는 학처럼

중종 15년 삼월삼짇날이었다. 족집게로 소문이 자자한 장안의 술사가 경회루 남문으로 들어오려 하므로 취라 갑사 경인손이 해괴한 놈이라 여겨 붙잡아 물어보니 임금님께 직접 알릴 이야기가 있다는 것이었다.

"이놈아, 여기가 느이 집 안집인 줄 아냐? 감히 어디라고?"

눈을 부릅떠 겁을 주니, 자기가 한 말을 절대 발설하지 말라는 단서를 붙여 털어놓은 이야기가 이러했다.

"꿈에 삼천 선녀가 장릉 원각사 위 하늘에서 내려오는 것을 보았습지요. 조정의 문신들이 새로 지은 누각에 모여 시회를 여는데, 하늘에서 검은 실이 머리 위로 내려왔습니다. 이것은 나라에 변이 있어도 아주 큰 변이 있을 징조이오이다."

술사의 이야기가 승정원에 전해졌지만, 웬 미친 녀석의 황탄한 소리까지 보고를 하느냐고 한바탕 야단만 맞고 그냥 넘겨버렸다.

바로 그때, 평안도 안주 말뫼말 최세창 향로 집에서 사내아이가 태어났다.

아기가 태어나기 한 해 전 기묘년 여름이었다. 최 향로의 부인 김씨가 창가에 앉아 있다가 얼핏 잠이 들었는데, 한 노파가 찾아와 깍듯이 인사를 했다.

"걱정도 하지 말고 못 믿어 하지도 마십시오. 달덩이 같은 사내대장부를 잉태할 것입니다. 그래서 어머님께 하례를 드리러 온 것이니 그리 아십시오."

그러고는 떠났다. 잠을 깬 김씨 부인은 고개를 갸웃했다. 거 참 별일이다. 우리 부부는 동갑내기로 오십이 가까운 나이인데 사내아이를 낳을 것이라니, 어찌 이런 일이 있겠는가? 퍽 민망하게 여겼는데, 기묘년이 지나가고 경진년 3월 중순 진짜로 떡 두꺼비 같은 아들을 낳았다.

아이는 자라면서 한 번도 보모를 번거롭게 한 적이 없었다. 그래서 김씨 부인은 늘 기특하게 여기면서 기뻐했다. 아버지 최세창 향로도 부인이 안고 있는 아이를 들여다보면서 입이 벙글거리는 기쁨을 감추지 못했다.

"허허, 노년에 늙은 조개에서 구슬이 나왔으니 하늘이 주신 보배로다!"

그렇게 농을 하면서 즐거워했다. 최 향로는 전에 집을 다녀간 운선선인의 이야기가 떠올랐다. 넉넉잡고 한 삼사년 기다려 보시오. 나라에 동량이 될 아들을 얻게 될 터이니……. 과연 용하시도다. 최 향로는 그런 생각을 하면서 아기를 안고 있는 부인을 돌아보았다.

"부인, 나도 한번 안아봅시다."

부인이 아기를 건네주자, 최 향로는 아기를 가슴에 부둥켜안고 어르기 시작했다.

최 향로는 아기의 얼굴을 찬찬히 들여다보았다. 눈이 파랗고 귀는 큼지막했다. 몸은 튼튼하고 얼굴은 둥글었다. 이놈이 나라의 동량이 될 것이라 했겠다. 운선선인이 천기를 꿰뚫어 본 사람임에 틀림없구면. 선인의 말이 이리 딱 들어맞을 줄 알았더라면 그때 아이의 장래에 대해 좀 더 자상하게 물어볼 걸 그랬다는 생각이 들었다.


임오년 사월 초파일, 김씨 부인이 아기를 보모의 등에 업혀 안주성 북쪽 칠불사로 치성을 드리러 간 뒤였다. 최 향로는 같은 마을 박 첨지의 초대를 받아 아침술을 마시고 거나해져 집으로 돌아왔다. 술이 얼큰히 취해 다락으로 올라가 누워 있는다는 것이 그만 깜박 잠이 들었다.

꿈에 최 향로는 아이를 안고 있었다. 한데 머리도 하얗고 수염도 하얀, 생김새가 운선선인 비슷한 선인이 찾아왔다.

"작은 사문을 찾아왔습니다."

선인이 예를 갖춰 아뢰었다.

"사문이라니 누구를 이르옵니까?"

"안고 계신 아기가 사문이옵니다."

그러고는 두 손으로 아이를 안아 받쳐 올리면서 중얼중얼 주문을 외우는데 천축국에서 쓰는 말이라 알아들을 수 없었다.

선인은 한참 동안 주문을 외우더니 아이를 내려놓고 이마를 어루만지면서 말했다.

"네 이름이 운학(雲鶴)이니라. 이 두 글자가 너의 이름이니 안으로 잘 간직하여 소중히 여기도록 하여라!"

최 향로가 물었다.

"운학이 무슨 뜻이오?"

"이 아이는 한평생 하는 일이 구름 위를 나는 학과 같기 때문이오."

선인이 그 말을 남기고 대문 밖으로 나가자마자 연기처럼 사라져버렸다.

꿈을 깨고 일어난 최 향로는 고개를 갸웃하면서 꿈속에서 있었던 일들을 하나하나 되짚어 보았다. 사문이라면 출가수행을 하는 승려를 말하는 것인데, 아조에서 승려는 팔천(八賤)의 반열에 들어 누구나 하대를 하는 상것에 속했다. 최 향로는 꾸었던 꿈이 별로 달갑지 않았다. 하나 예사 꿈이 아닌 것 같아 이후 아이의 이름을 운학이라 지었다.

# 조주의 '무' 자 화두

황간현 물한리 길바닥에서 조계선종의 법통을 이은 지엄은 금강산 묘길상암으로 갔고, 그 뒤 정심선사는 세상을 떠났다. 고려 때 대가람이었던 쌍림사 사원전장은 모두 향교의 소유가 되었고, 쌍림사는 폐허가 되어 자취조차 사라져버렸다.

지엄은 대혜보각선사의 어록을 보다가 '무(無)' 자 의단인, '개에게는 깨달음의 본성이 없다'는 화두를 들었다.

어떤 사람이 조주에게 "개에게도 불성이 있느냐?"고 묻자, "있다"고 대답했다. 이번에는 다른 사람이 똑같은 질문을 하니 "없다"고 대답했다. 종잡을 수 없는 이 화두의 해답은 형이하의 문제가 아니라 형이상의 문제였다. 시퍼렇게 깨진 유리조각 서슬에서 되쏜 빛이 강하게 튕겨져 나가듯, 날카로운 직관의 빛으로 바라보지 않으면 알 수 없는 고도의 수수께끼. 지엄은 이 수수께끼를 풀려고 틀고앉았다. 틀고앉아 여러 계절이 바뀌었다. 나날이 생동감(氣韻)으로 엄숙하게 현상에서 벌어지는 상황이 마치 티 없이 맑은 가을 하늘과 같았다. 거기서 한발 앞으로 나아갔다. 맑은 가을날 들물과도 같고 옛 사당의 향로와도 같이 또렷하고 적적하게 깨어 있었다. 마음이 오도 가도 않고 그 자리에 그냥 머물러 있었는데, 몸뚱이는 허깨비가 되어 사람들과 함께 있었으나, 함께 있다는 그것을 모른 채 면면히 화두가 끊기지 않았다.

거기서 한발 더 나아갔더니, 오락가락했던 생각들이 사라지고 빛이 드러났다. 다시 더 앞으로 나아가니 홀연 스스로도 모르게 아! 하는 순간 맷돌에 맞듯, 아니 화로에 묻어놓은 밤이 툭! 튀어 오르듯, 한순간에 병아리가 알을 깨고 세상으로 나온 것같이 앞이 환히 밝아졌다.

이것이 조주의 날 선 칼이다. 촌각의 틈을 주지 않은 서릿발 같은 칼끝을 섬뜩하게 들이댄 섬광의 직관. 무엇이 어쩌고저쩌고 토를 달면 한칼에 몸뚱이가 대번 두 동강이 난다. 그래서 어리석은 사람에게는 꿈 이야기를 하지 말라 하였던가.

지엄은 '무' 자 화두로 칠통을 깼다. 칠통을 깼다는 이야기는 옻나무 통처럼 깜깜해 있던, 아니 송진을 담아둔 대나무 통처럼 습성이 되어 요지부동 움직일 줄 모르는 껍데기를 팍 부수고 본래의 본성을 찾았다는 소리다.

그 뒤 지엄은 고봉화상의 어록을 보았다. 한데 느닷없는 일이 벌어졌다. 앉아 있어도 밝았고, 서 있어도 밝았다. 밝다고 하는 것은 해와 달이 훤히 비추듯 모든 것이 환하게 드러나는 그것을 뜻한다. 여기에 이르니 이제껏 알고 있던 상식, 더러 요긴한 것이라 여겼던 알음알이까지 먼지 털리듯 모두 털려 나갔다.

지엄은 이후 두류산에 법당 한 채를 짓고 부처님을 모셨다. 겨우 수행자가 은신할 수 있는 공간이 생기게 되어 의젓이 벽송사라는 현판을 걸었다.

# 비구니 사사

　가는 말에 채찍질하듯 금강영관에서 검술을 익히던 법준은 학소대사의 부름을 받았다. 방장실로 올라가 보니 자환이 와 있었다. 학소대사, 자환과 함께 셋이 자리를 한 것은 사사 입단 이후 처음이었다.

　예의가 끝나고 두 사람에게 찻잔을 건네면서 학소대사가 입을 열었다.

　"오늘 내가 너희 두 사람을 부른 것은 자리를 바꿔야겠다는 생각에서다. 이번에는 법준이 장수산 대주 큰스님을 모시러 가고, 자환이 너는 묘향산으로 가거라!"

　앞뒤 설명 없는 명령이었는데 자환이 대답했다.

　"예! 그리하겠사옵니다."

　학소대사는 법준에게 말했다.

　"학산스님께 말씀드렸으니 오늘 중으로 떠나도록 하라!"

"예! 그리하겠사옵니다."

다시 학소대사가 자환을 보면서 말을 이었다.

"보현사에서 문수동으로 올라가면 화장암이 있다. 거기에 능담이라는 수좌가 있을 터인즉, 그 수좌를 만나 구월산 '봉삼'이라고 하면 능담이 알아서 다 챙겨줄 것이니라."

"오늘 중으로 떠나오리까?"

"아니다. 그동안 대주화상을 모시느라 힘이 들었을 터, 영관으로 올라가 학산스님도 뵙고, 구월산 사사의 무예가 얼마만큼 향상되었는지 살펴보고 떠나도록 해라!"

"네, 알겠습니다."

대사는 탁자 밑에 놓아둔 엽전 꾸러미를 자환과 법준에게 하나씩 내밀었다.

"얼마 되지 않으나 여비에 보태도록 하거라."

학소대사의 지시를 받은 법준은 방장실을 나와 자환과 함께 패엽사 주승을 찾아보고, 곧 월출암으로 올라갔다. 학산과 법산 두 스님은 법준이 그날로 장수산으로 떠난다는 것과, 자환이 묘향산으로 간다는 사실을 알고 있었다.

법준은 자환과 헤어지면서 대주선사가 어떤 사람이냐고 물었더니, 그는 빙긋 웃으며 "가보면 안다."고 대답했다.

대주선사는 매월당 이후 조선 중기 화담, 북창, 허암, 격암,

운선 등 내로라하는 도가의 거장들과는 달리 스님이면서도 안반수의 수행을 해온 사람이었다.

현암에 기거하면서 산문 밖을 나가본 적이 없는 그는, 몸이 거꾸로 꺾이어지고 팔다리가 마음먹은 대로 아무렇게나 움직이는 무(武)의 최정상에 이르러 있었다.


묘향산으로 들어온 자환은 보현사에서 화장암 가는 길을 물었다. 묘향천을 따라 올라가 단군대로 오르는 능선 중간 못 미쳐 암자가 있다고 했다. 암자는 불영대에서 시작된 문수동에서 상원동으로 꺾이는 길목 오선봉 아래 있었다.

비교적 유람객들 발길이 뜸한 화장암 위 능선 어디에 단군대가 있다는 이야기를 들은 적이 있었다. 운선선인이 묘향산으로 들어와 선도를 닦게 된 것도 단군대 때문이라고 했고, 옛 기록에 '환웅이 삼천의 무리를 거느리고 태백산(묘향산) 신단수 밑으로 내려왔다'는 것인데, 운선선인은 단군을 우리 조상으로 섬기는 분이었다.

화장암은 앞면이 네 칸, 옆면이 세 칸인 기역자 모양에 팔각지붕을 한 암자였다. 외향의 단청이 곱고 툇마루가 넓었다.

"객승 문안이오."

툇마루 앞에서 큰소리로 외쳤더니 키가 작고 몸집이 뚱뚱한 사람이 밤톨처럼 굴러 나왔다.

"어디서 오셨습니까?"

그는 부리부리한 눈으로 자환의 위아래를 훑어보았다.

"구월산에서 왔습니다."

"아하! 어서 들어오십시오."

대번 마루 아래로 내려서서 방으로 안내했다. 예의 갖추기가 끝나고 방석에 앉자 다관에 찻잎을 넣으면서 자기소개를 했다.

"제가 화장암 능담입니다."

성미가 급해도 그렇지, 처음 보는 객을 대면하기 바쁘게 자기 이름부터 댄 것은 이쪽 이름을 묻는 말 같았다.

"저는 자환이라고 합니다."

그는 자환이라는 말에 대번 땡감 씹은 얼굴이었다. 능담의 사사명이 묘대임을 알고 있었으나, 그가 사사 이름을 대지 않아 자환도 봉삼이라는 사사 이름을 대지 않았다. 그는 자환이 봉삼임을 모르는 듯 구월산에서 왔다고 해 반갑게 맞아들이고 보니, 이건 헛다리구나, 그런 표정이었다.

"능담스님이라고 하셨나요?"

자환이 새삼스럽게 묻자 퉁명스럽게 대답했다.

"네, 그렇습니다만……."

동냥자루도 제멋에 찬다지만 객승 주제에 암주 이름부터 확인하려 드니, 꼴값 떤다 싶은지 장님 저울눈 보듯 심드렁해졌다. 그래서 역으로 치고 들어갔다.

"학소대사님을 아시겠군요?"

찻잎을 집어넣은 다관을 집어 든 채 다시 쳐다보았다.

"그럼 봉삼이 뉘신가요?"

"제가 봉삼입니다."

눈 찌를 막대기는 어디에나 있듯 자환이 봉삼이라는 말에 다관을 팽개치듯 내려놓고 손부터 잡았다.

"잘 오셨습니다. 진즉 그렇게 말씀을 하시지 않고…… 반갑습니다."

대뜸 일어서더니 큰절을 했다. 삼고초려는 아니라 해도 꼭 필요한 사람이 내왕했음의 반증이리라.

"제가 묘향산 묘대입니다."

봉삼이라는 사사 이름을 밝히자 그도 묘대라는 사사 이름을 밝혔다. 묘대란 묘향산 '큰 쇠뭉치'라는 것 같은데, 이름 한번 무지막지하다는 생각이 들어 빙긋 웃음이 나왔다.

"제가 학소대사님께 서찰을 보내 스님을 천거 받았습죠. 초청을 드리고 이제나저제나 하면서 기다렸습니다."

"별 재주 없는 사람을 기다리게 해 죄송합니다."

"별말씀을…… 묘향산도 사사의 수는 꽤 되지요. 젊고 몸이 빠르다 싶은 사람은 다 사사로 봐도 됩니다."

자환은 일단 능담이 어떤 사람인지 속을 한 번 더 대질러 보고 싶었다.

"도토리가 서 말이면 묵밖에 만들 것이 더 있겠습니까?"

사사가 심오한 무공은 아니어도 도토리만 한 기세로 싸움꾼이 되자는 것은 아니지 않느냐는 뜻이었다. 능담은 한 방 맞았다 싶은지 날카로운 시선으로 쏘아보았다.

"그래서 봉삼사사를 초대한 것 아닙니까?"

정면으로 찌른 자환의 말을 살짝 비켜 나갔다.

"제 말은 우리가 한 호흡으로 묘향산과 하나가 되어야 한다, 그런 이야깁니다."

듣기에 따라서는 다소 경솔하고 건방기가 든 소리였는데 능담이 실 웃었다.

"허허! 자환스님이 오시니 묘향산이 백두산만큼 높아진 듯합니다."

외보살 내야차라더니 못지않은 꿍꿍이를 안에 감추고, 우려 낸 차를 잔에 따랐다.

"안심사는 비구니 스님들 처손데 사사를 결성해 놓았습니다."

자환은 하마터면 "아!" 할 뻔했다. 비구니를 사사로 만들다니, 예상대로 꿍꿍이속을 살짝 내비쳤다.

"허허허……!"

자환은 한 수 모자랐다는 뜻으로 헛웃음을 웃었다.

"그래서 비구니 스님들도 수벽치기는 한다 그 말이오?"

"이제 겨우 둠벙을 파놓은 게지."

이제 보니 능담은 엉큼한 구석이 있었다.

"비구니 사사라……?"

자환이 속을 감추고 능담을 쳐다보았다.

"그래서 자환스님을 교수사로 모시자 한 것입니다."

이번에는 역으로 자환을 대질러 본 말 같았다.

"교수사라니요? 듣기 거북합니다."

어차피 장군을 부르니 멍군을 부르듯 피장파장이라는 생각
이 들어 자환은 겸양해지지 않을 수 없었다.

"저는 한갓 칼이나 가지고 노는 왈짜패에 불과합니다."

"겸손의 말씀입니다. 높은 명성 익히 들어 알고 있습니다."

능담은 그쯤에서 탐색은 끝났으니 본론으로 들어가겠다는
눈치였다.

"묘향산 사사의 시급한 문제가 무예의 연마라고 봅니다. 왜
무예를 연마해야 하는가는 스님께서 더 잘 아실 테고……. 특
히 그 점에 있어서 비구니 스님들에게는 매우 절실한 현실 문
제가 되고 있습니다."

이야기를 들어보니 못된 구더기 장판방에서 모로 긴다고, 산간으로 들어올수록 번번이 낙방을 하면서 과거를 보는 그것만으로 큰 벼슬을 한 것처럼 양반의 위세가 극에 달한 사정이라, 겉으로는 책을 읽는 척 거드름을 피우나 실인즉 색주가나 드나드는 잡동사니 유생들이 속살 부드러운 비구니 스님들을 가만 놓아두겠느냐는 현실 문제가 코앞이라는 것이었다. 비구니 스님들에게도 팔꿈치를 비튼다든지, 앉으면서 다리를 펴 오른쪽으로 돌려 상대방의 아랫도리를 걸어 쓰러뜨린다든지, 하다못해 경락이라도 때려서 꼼짝 못하게 하는 기술 몇 가지는 필요하다는 것이었다.

"겸양이 아닙니다만, 그런 일이라면 묘향산에 아주 훌륭한 어른이 계신데 찾아보셨습니까?"

그냥 해본 말이 아니었다. 맡아만 주신다면 비구니 사사 교수사로 운선선인만큼 맞춤한 분이 없다는 생각이 들었다.

"훌륭한 분이라니요?"

처음 듣는다는 물음이었다.

"운선선인이라는 분이 만폭동 어디에 계신다는 이야기를 들었습니다."

"아! 그분 말씀이시군요. 천태동 입구에 금강굴이 있는데 수염 허연 노인이 한 분 계신다는 이야기를 들었습니다. 떠도는 얘기로는 그분 제자의 무예가 뛰어나다고들 합디다만……. 하나 그분들이 선도를 닦는 분이라 우리 불가에서 보면 쥐꼬리를 송곳으로 쓰자는 것 아니겠습니까?"

실상을 알고 보면 그렇지 않았지만, 자환은 처음 만난 자리에서 운선선인의 이야기를 길게 늘어놓을 수 없었다.

"그 어른께서 구월산에 자주 오십니다. 학소대사님과 막역한 사이시죠."

간략하게 학소대사와 운선선인이 친분을 나누고 계신다는 점만 이야기해 주었는데, 능담은 산에 살다 보면 그와 같은 방외지사와의 교류는 얼마든지 있을 수 있다는, 그 이상의 반응은 아니어 보였다. 하나 표정은 자환의 뜻을 존중한다는 듯 고개를 끄덕였다.

"우리는 눈만 뜨고 있을 뿐 볼 것을 못 보고 삽니다."

그러고는 차를 권했다.

"그렇더라도 그분께서는 선도를 닦는 분이니 사사가 안고 가는 커다란 과제를 함께하기에는 조심스러운 점이 있지 않겠습니까?"

자환은 능담의 조심이라는 말이 사사의 규율을 암시하는 것이어서 운선선인에 관한 이야기를 더 꺼내지 않았다. 능담수좌 입장에서 운선선인은 한낱 외래의 객에 불과할 뿐이었다.

거기까지 이야기가 되고 있을 때, 식사 시간을 알리는 목탁 소리가 들렸다.

"자 그럼, 공양부터 하시죠."

능담이 먼저 자리에서 일어섰다.

자환은 능담을 따라 후원으로 가 저녁을 먹고, 기역자로 구부러진 세 칸 끝 방을 안내받아 들어갔다.

"불편하시겠습니다만 당분간 여기서 같이 기거하셨으면 합니다."

"원 별말씀을……."

"그럼 오늘은 편히 쉬시고 내일 말씀을 나누시지요."

능담이 합장을 해 보이고 방을 나갔다.


이튿날 자환은 능담의 안내로 수련장을 둘러보러 암자 위로 올라갔다.

묘향산 사사 수련장은 단군굴로 올라가는 길목 오른편에 있었다. 보윤암을 돌아 숨어 있는 산비탈, 키 큰 나무들이 사방을 가려 깊숙이 감추어진 곳이었다. 경사면을 평평하게 골라 수련장을 만들고 볕이 잘 드는 양지쪽에 건물을 세워 관사로 쓰고 있었다.

바람막이도 없는 헛간 같은 바닥에 멍석이 여러 장 잇대어 깔렸고, 그 위에서 젊은 승려 몇 사람이 메치기 연습을 하고 있었다. 먼지가 푹신거리는 것을 보니 밑에 새를 두툼히 깐 것 같았다.

"제가 아는 것이 이것이라 우선 몸이나 풀자고 가르치고 있습니다."

"잘하셨습니다. 남자는 유술(柔術, 유도)을 해야 몸에 힘이 붙습니다."

그날 행보는 묘향산 사사의 상황을 파악하러 나선 길이어서 두 사람은 곧바로 보현사로 내려왔다. 능담이 조실채로 안내해 보현사 조실이자 묘향산 사주를 겸하고 있는 운재화상에게 인사를 드렸다.

"학소대사님이 천거해 주신 자환수좌입니다."

화상은 연세가 매우 많아 보였다. 자환을 소개하자 귀가 어두운 듯 한쪽 손을 귓가에 대고 능담을 쳐다보았다.

"학소대사께서 보내신 자환수좌입니다."

다시 큰소리로 이야기를 해주니 알았다는 듯 고개를 끄덕이며 자환을 바라보았다.

"학소대사님은 건강하신가?"

"예, 건강하십니다."

자환이 큰소리로 말하자 노장이 고개를 끄덕였다.

"도란 성실히 수행하고 노력하는 자에게만 문이 열리는 법이지. 그러니 지금 우리가 안고 있는 일이 모두 다 내 일이다. 그렇게 생각하고 열심히 해주게."

목소리는 끊어짐이 없이 또렷했다.

"네! 알겠습니다."

"묘향산이 깊은 산속에 있어서 수용이 박하이, 그 점 아쉬우나 이해하고 모든 것을 능담수좌와 상의해서 잘 좀 살펴주게."

"예, 그리하겠습니다."

인사를 끝내고 두 사람은 보현사 건너편 안심사로 갔다. 상원동 계곡을 건넌 법왕봉 끝자락, 대웅전에 들러 내려다보니 안심료라는 현판이 걸린 당우가 눈에 들어왔다. 안심료는 학인들 강당인 것 같았고, 댓돌 위에 고만고만한 신발 수십 켤레가 가지런한 것만으로도 그 수가 헤아려졌다.

능담의 안내로 안심사 주승을 만났다. 주승은 나이가 별로 많지 않았지만 저간의 사정을 세세히 설명한 뒤 시자를 불러 강원 입승을 오라 해, 사사로 편입된 여승들을 모두 연수원에 모이게 했다.

안심사에서는 수련원을 연수원이라 불렀다. 연수원은 본절과 떨어진 숲속에 자리 잡은, 예전에 선실(禪室)이었을 것 같은 커다란 별채였다.

당우 한쪽은 군불을 때 방을 덥히는 부엌이었고, 강당 위 칸이 별실이었다. 자환이 강당으로 들어가니 안심사 비구니 사사가 모두 모인 듯 50명 넘어 보이는 여승들 눈이 초롱초롱 빛났다. 거기에 미소까지 머금은 모습들이 여느 비구 모임과는 사뭇 달랐다.

저렇게 섬세하고 얼굴이 고운 비구니 스님들이 사사에 가입해 무술 연마가 쉽지 않으련만, 불행하게 그녀들에게도 무술 연마가 요청되는 사회가 되었다. 세상을 잘못 만난 탓이리라. 유가사회에서는 유별나게 남녀를 유별하는데 비구, 비구니가 짝을 지어 다닐 수도 없는 일이고, 중이 상놈으로 바뀐 세상이다 보니 양반이라 하면 비구니쯤은 제 집 종년보다도 못한 천한 것으로 여기는 풍습이 되었다. 암내에 걸신들린 수컷들이 남자의 몸을 모르고 자란 저 비구니들을 가만 놓아둘 리 없었다. 신분이 천출이라 뒤탈도 없고, 누가 뒤를 봐줄 사람도 없었다. 남편이 있다거나 부모가 있는 것도 아니어서, 막말로 불한당에게 비구니는 개똥참외 먼저 맡은 놈이 임자인 셈이었다. 거기에다 운수라도 사나워 개불개상놈이라도 맞닥뜨리게 되면 형언키 어려운 낭패가 받아놓은 밥상이었다.

그런데 유술은 상대와 몸을 접촉해야만 되는 무예이고, 고단의 수련을 쌓았다고 해도 원체 억센 놈에게 붙들리면 봉변은 두말할 것 없었다. 그래서 맨손으로 하는 권법과 거기에 곁들여 육기(六技)가 사용되는 무술이 요구된다는 이야기가 심도 있게 오갔다.

자환은 비구니 스님들에게도 무술이 현실 문제라는 설명을 듣고 화장암으로 올라왔다. 사정이 여기에 이르렀다면 비구니들 입장에서 효과적으로 대응할 수 있는 무술 종목이 먼저 선정되어야 할 것 같았다. 그래서 시급한 것부터 하나하나 실천해 나가자는 생각이었다.

화장암 수련장은 종전대로 유술과 검술을 겸하여 수련하기로 하고, 안심사 비구니 스님들에게도 유술을 그대로 존속하되, 유권술과 검법을 곁들여 교수하는 것이 좋겠다는 결론에 이르렀다.

능담도 찬성을 표했다. 비구니 신분에 마냥 긴 칼을 차고 다닐 수도 없는 일이고, 비장의 무기로 단검이나 표창 던지는 법을 같이 익히게 하는 것이 좋겠다는 의견이었다.

"설령 칼솜씨가 출중하다 해도 진창은 은밀히 건너라(暗渡陳倉)라는 말이 있듯 여승 편에서 보면 상대와 직접 맞닥뜨리지 않고 우회로 돌려서 친다든지(聲東擊西), 상대의 주의를 딴 데로 돌려놓고 허를 찌른다든지, 왼쪽을 돌아 막고 오른쪽을 돌아치는(左旋右轉), 말하자면 웃는 얼굴에 칼을 감추고(笑裏藏

刀) 상대의 허를 이용하는 전법이 좋을 듯합니다."

"맞는 말씀입니다."

"그런 의미에서 외가의 권법보다는 내가의 권법이 더 유용할 것 같습니다. 예부터 내가의 권법 속에는 우리 수행자들에게 호신술로 전해 내려온 것이 많습니다. 내가의 권은 사람을 치는데 혈을 치게 됩니다. 예를 들어 훈혈(暈血)이나 사혈(死血)을 가볍게, 또는 무겁게 치면 죽기도 하고 현기증을 일으켜 기절하기도 합니다. 더러 벙어리가 되기도 하죠. 웬만한 곤액을 당하지 않으면 수행자들이 이런 권법을 쓰진 않았습니다만, 일단 썼다 하면 피할 방법이 없습니다. 하나 요즘은 양반이라고 하면 법이 온통 그들 법인지라, 횡횡한 게 탈법이요 무법의 세태이니 비구니 스님들에게도 자기방어 차원의 상대방 허점을 보아 꺾기, 찌르기, 차기, 치기와 아울러 경락의 비법까지 함께 익히게 할 필요가 있을 것 같습니다."

"좋습니다."

그렇게 방향이 정해지자, 수련에 들어가기 위한 장비가 필요했다. 그래서 목검, 죽도, 단검과 같은 수련용 무기가 마련되는 대로 훈련을 착수하기로 했다.

일이 이렇게 단락지어지자 자환은 짬이 생겼다. 그래서 운선 선인을 찾아뵙기로 했다. 능담과 같이 갈까 했으나 그는 보현사 연사(練師)의 일을 겸해 하는 일이 많아 바쁜데다 사사의 기밀을 매우 중시하는 편이어서 자환은 혼자 만폭동 입구로 내려갔다.

금강굴은 만폭동에서 그리 멀지 않았다. 무릉폭을 지나 강선대 위쪽으로 올라가니, 비로봉만큼 큰 하늘사람이 넙적한 바위를 불끈 들어 바위와 바위 사이에 얹어놓은 것 같은 기묘한 암자가 있었다. 거대한 바위지붕은 만년을 두어도 내려앉을 염려가 없는 천연의 암자였다. 앞면만 인공이 가미된 토방에서 선자님을 찾으니, 문이 열리면서 젊은 사람이 밖으로 나왔다.

"아이쿠! 자환스님 아닙니까?"

대뜸 이름을 부르면서 반긴 사람이 풍회였다. 이제 보니 풍회는 옛날 운선선인을 따라다니던 동자의 모습이 아니었다. 묵사탄정이라는 학소대사의 밀지를 전하러 장수산에 왔을 때만 해도 어린아이로 보였는데, 이제 키도 훤칠하게 자랐고, 체구도 자환 못지않았다.

"어른이 다 되었군"

손을 내밀어 화답을 하니 풍회가 대답했다.

"하는 일이 없으니 키만 거짓말쟁이 같습니다."

"선자님께서는 안에 계시는가?"

"스승님께서는 단군대에 계십니다. 자, 들어가시죠."

풍회가 방으로 안내했다.

"언제쯤 오시려나?"

"쉬이 내려오시지 않을 겁니다."

"쉽게 내려오시지 않다니?"

"묘향산에 오시면 거의 단군대에 가 계시거든요."

"잠은 어디서 주무시고?"

"그 아래 굴이 있습니다. 단군굴이라고……."

초근목피로 연명하면서 낮에는 단군대, 밤에는 단군굴에서 선도를 닦는다는 것이었다. 더러 향로봉에 올라 비로봉과 법왕봉 사이를 오르내리기도 하는데, 그렇게 수행에만 전력하시는 스승님이 안타까워 가끔 드실 것을 마련해 올라가 뵈려고 해도 만나 뵙기 쉽지 않다는 것이었다.

자환은 운선선인이 대주선사처럼 기인이라는 것은 익히 알고 있었으나, 생활이 그토록 철저하게 풀과 나무와 산새처럼 자연과 한 몸이 되어 있는 줄은 몰랐다.

"그나저나 이거 얼마 만인가?"

"장수산 초암에서 뵙고 처음인 것 같습니다."

"그렇군, 장수산 초암……. 그간 수행이 깊어 보이는군?"

"스님께서도 산에 사시니 아시겠습니다만 산 생활이 늘 이렇지요 뭐."

자환은 방 안을 살펴보았다. 신선이 사는 집이란 이렇구나 할 만큼 길쭉한 방에는 아무것도 없었다. 박달나무 탁자가 하나 있었는데 통나무였다. 통나무 탁자 위에 풍회가 보다가 놔둔 듯 책이 놓여 있는데, 한 권은 '태을금화종지'였고, 또 한 권은 '주역참동계'였다. 자환은 전에 다람절에서 대주선사가 저런 책들을 갖고 있는 것을 본 적은 있으나 읽어보지는 않았다.

"어려운 책을 보는군."

"어렵기는요. 스님께서는 더 좋은 서책을 많이 보시지 않습니까?"

"나야 불가의 책 몇 줄 아는 것밖에 뭐 있겠나?"

"책이 무슨 소용입니까? 안다는 건 눈으로 보는 것이 아니더군요."

들기에 따라서는 알아듣기 쉽지 않은 이야기였다.

"허허, 공부가 깊은가 보이……?"

풍회가 끓인 차를 따라주는데 맛이 씁쓸했다.

"차가 맛이 없지요?"

"이게 무슨 찬가?"

"영지에 삽주 뿌리만 몇 개 넣었습니다."

"그럼 차가 아니라 선약이로군."

자환이 허허 웃었다.

"다른 차를 드릴까요?"

"아냐, 아냐……."

"법준스님이라고 그 스님도 잘 계신가요?"

"참, 그렇군! 풍회와 사연이 있는 그 스님……. 암, 잘 있지."

영지를 끓인 차를 두어 잔 마시고 난 뒤였다.

"묘향산에는 사사의 일로 오셨습니까?"

뜻밖의 말을 던졌다.

"자네가 그걸……?"

자환이 고개를 들었다.

"저희 스승님께서 말씀하셨습니다. 자환스님께서 오시면 묘향산에 대사사의 단이 이루어질 것이고, 학소대사님께서 묘향산에 힘을 많이 쏟으실 거라구요. 구월산은 산이 낮은데다 주변에 크고 작은 고을들이 에워싸고 있어서 소규모 사사밖에 수용할 수 없으므로, 묘향산이 대사사의 본거지가 될 것이라하시더군요. 학소대사님께서 그 점을 익히 아시고 운재화상과 상의를 마치셨다고 하셨습니다."

"그래?"

그때 밖에서 삐잇! 삐잇! 새소리가 났다. 풍회가 새소리에 귀를 기울이는 듯하더니 문을 열고 밖으로 나갔다. 직박구리처럼 생긴 새 한 마리가 암자 입구 바위에 앉아 지저귀고 있었다. 풍회가 손바닥을 내밀자 새가 손바닥 위로 옮겨 앉아 볍씨처럼 생긴 산열매를 놓아주니, 늘 그랬다는 듯 그것을 쪼아 먹고는 다시 삐잇, 삐잇, 소리를 내며 공중으로 날아갔다.

"스승님이 절 부르십니다."

풍회는 새소리를 듣고 운선선인이 자기를 부른다는 것을 알았다. 그렇다면 새가 풍회와 선인 사이를 연결해 주는 심부름꾼이란 말인가? 어찌 이런 일이 있을 수 있는 일인가?

"선인께서 자네를 찾는다 그 말이야?"

"예, 비로봉에 계십니다."

자환은 사뭇 엉뚱했지만 꼬치꼬치 캐묻지 않았다. 어쩌면 그것은 자연과 하나가 된, 산에 은둔한 자들이 누릴 수 있는, 헤아려지지 않는 그들만의 일상이라는 생각이 들었다. 참으로 안다는 것은 눈으로 보는 것이 아니라는 풍회의 이야기 속에 그 모든 것이 감추어져 있는 듯했다.

풍회가 미투리를 신고 새끼줄로 한 번 더 동여매더니 고개를 들었다.

"올라가 보겠습니다."

"지금 비로봉으로 간다는 겐가?"

풍회가 고개를 끄덕였다.

"네, 다음에 제가 화장암으로 찾아가 뵐게요."

칠성동 오르는 길로 뛰어 올라간 풍회는 나는 듯 골짜기 속으로 곧 모습을 감추었다.

# 무(武)에서 선(禪)으로

보현사 조실 운재화상이 입적했다. 노장의 입적으로 내부에 잠시 동요가 일었다. 운재화상의 법계를 누가 잇느냐 문제였는데, 그 중심에 일선선자가 있었다.

일선선자를 선화자라 부르기도 했다. 열세 살 때 양친을 잃고 단석산으로 들어가 중이 된 사람이었다.

누더기를 입은 선화자가 묘향산으로 들어와 문수암으로 올라간 지 여러 해 되었으나, 한 번도 암자 밖을 나오지 않았다. 듣자 하니 그는 '우주 안의 모든 것이 마침내 한군데로 돌아간다'고 하는, 그 도리가 무엇인지 탐구한다는 것이었다.

그 어떤 사람이 문수암을 찾아가도 선화자는 문을 열어주지 않았다. 이래 놓으니 제까짓 게 선객이면 선객인 거지, 그거 뭐 열고 보나 틈으로 보나 다 같은 처지에 무어 그리 잘났다고 야단방구를 떨면서 뻐길 게 뭐 있느냐며 숙덕거렸다.

그런데, 1년이 지나고 2년이 지나도 똑같은 생활이 이어지고 있어서 보현사 조실 운재화상이 사람을 떡 알아보고 묘향산의 첫째가는 선객으로 쳐주었다. 그러다 보니 보현사 주승이 알게 모르게 뒷바라지를 해주면서 그가 예사 선객이 아니라는 것이 속속 알려지게 되었다.

그것이 운재화상 입적 후 묘향산 법계를 누가 잇느냐 하는 문제의 중심에 그의 이름이 오르게 된 이유였다. 타지에서 굴러들어 온 하판 토굴 수좌가 법계를 잇다니, 파격도 이만저만이 아니라며 고개를 내젓는 대중들이 많았다. 더구나 그가 조실 자리를 잇기에는 아직 새파란 젊은이라는 것. 무슨 조실 자리가 겨울 되어 속옷 장만하듯 그런 자리냐고 비아냥거렸지만, 한편에서는 코앞만 보지 말고 묘향산 선맥을 잇는 일이니 멀리 보자는 의견도 있었다.

자환의 입장에서 보면 보현사 법계도 중요하지만 못지않게 누가 사사의 사주가 되느냐가 큰 관심사였다. 운재노장이 연세가 많고 법랍이 높아 묘향산의 큰스님이라는 것 때문에 사주를 겸해 왔지만, 사실 사주라는 자리는 전국 산문에 산재해 있는 사사들과 연계가 되어 있어서 때로는 뜻밖의 중대한 결단을 내려야 할 일이 많은 자리였다. 그래서 사주는 통솔력과 권위가 갖춰져야 했고 일사불란하게 조직체계를 이끌어본, 사사 훈

런의 경험이 있는 사람이 맡아야 한다고 생각했다.

보현사는 물론이려니와 묘향산 안과 산 밖 모든 대중을 함께 아우를 수 있는 능력을 겸비해야 하고, 주변의 높고 큰 산자락에 산재해 있는 모든 사원의 대중까지 장악해야 한다. 그런 면에서 죽자 살자 화두만 참구해 온 선화자와 같은 선객이 사사의 입장을 대변할 수 있겠느냐 하는 의구심이 없지 않았다.

한데 선화자는 그런 소문이 떠돌자 그것마저도 훌쩍 건너뛰어 버렸다. 언제 내가 조실을 한다고 했나. 별의별 중놈들이 할 일 없이 모여 앉아 김칫국부터 마신다면서 아무도 모르게 문수암을 비우고 묘향산을 떠나버렸다.

일이 이렇게 되고 보니 구월산 학소대사와 같은 법이 높은 큰스님을 모셔 와야 한다는 여론이 일었다. 처음에는 '학소대사와 같은'이라는 빗댄 이야기로 시작되더니 시간이 좀 지나자 '학소대사를 모셔 와야 한다'로 바뀌었다.

물론 그 중심에는 능담과 자환이 있었다. 그런데 거기에도 문제가 있었다. 우선 학소대사가 구월산을 떠나시겠느냐는 것과, 추대를 받아들이신다 해도 보현사 조실을 굳이 묘향산 밖에서 모셔 와야 할 이유가 무엇이냐 하는 것이었다.

재가나 승가나 항상 갑론을박이 문제였다. 그래서 당분간 사사에 관계된 일은 능담이 맡고 보현사와 산내 암자의 대중 살림은 보현사 주승이 맡아 이끌어가면서 때를 보아 학소대사를 모셔 오자는 쪽으로 의견이 모아졌다.

이제는 묘향산 사사들도 눈에 띄게 달라졌다. 화장암 수련원과 안심사 연수원 사사들의 무예가 몰라보게 향상되었다는 평가였다. 무예가 향상되니 덩달아 결속도 강화되어, 유술을 기본에 깔고 거기에 권술을 곁들여 검술까지 습득해 놓고 보니, 수련생들을 어디다 내놓아도 당당하고 세상살이 별것 아니게 자신만만해졌다는 것이었다.

안심사 비구니 스님들도 어떠한 상황에 어떠한 무뢰배를 만나도 서두르지 않고 유연하게 상대를 제압할 기술이 붙게 되니, 스스로 얼굴이 밝아지고 자신감이 넘쳐흘렀다.

자환은 그런 것에 왈가왈부할 계제는 아니었다. 무예의 교수사로서 그는 한 걸음 앞으로 나아가고자 했다. 사사의 무예는 그저 인간 같지 않은 양반들을 진구렁에 처박아 짓밟자는 보복성의 무예가 아니었다. 몸뚱이가 먼저 힘을 받고 꼿꼿하게 서 있어야 하는 수행이 주였다.

그 점은 장수산 대주선사에게서 익히 들어온 가르침이었다. 몸뚱이가 박달나무 장작처럼 딴딴해야 앉아 있어도 있는 게지, 십 년 묵은 도토리나무 그루터기처럼 바글바글 썩어가지고 무슨 참선을 하겠다고 앉아 있느냐는 것이었다. 그래서 몸뚱이를 먼저 수리해야 한다는 결론이었다.

물론 사람에 따라 다르긴 하겠지만 자환은 여승들에게 외강내유보다는 외유내강한 무예에 중점을 두었다. 그 결과 아직 네 손이 내 손이 되고 네 발이 내 발이 되는 합일의 단계에 미치지는 못했지만, 파리를 향해 나무젓가락을 던지면 백발백중 떨어져 나가는 단계에 이르러 있었다. 어지간한 담장도 힘 안 들이고 뛰어오를 수 있고, 칼을 던져도 그것을 손쉽게 받아낼 무공의 고수들이 속속 늘어났다.

자환이 장수산에서 대주선사의 사사를 받을 때, 무(武)를 닦음에 반드시 선(禪)으로 이어져야 한다는 점을 강조했다. 그래서 호흡 길들이기를 첫째 목표로 세웠다. 묘향산 연수생들에게 그 점을 강조했다. 무예가 어느 깊이에 이르면 호흡이 조화를 이루지 않고서는 싸움꾼밖에 안 된다는 점을 역설했다. 이를테면 고요한 것 같으면서 움직이고(靜中動) 움직이는 것 같으면서 고요한(動中靜) 몸놀림을 자유자재로 구사해 낼 수 있을 때 어묵동정(語默動靜)이 따로따로가 아니고 하나가 될 수 있다는 점을 스스로 체득해 알도록 했다.

안반수의는 바로 그 점을 효과적으로 제시해 주었다. 자환이 안반수의 수식관을 전수받은 것은 대주선사로부터였다. 대주선사는 안반수의경을 대단히 중요하게 여기시는 분이었다.

마음의 평정이란 다른 것이 아니었다. 연못은 고요하지만 바람이 불면 물결이 일어난다. 하나 그것은 수면 위의 파문일 뿐 연못 밑바닥의 물은 고요함을 그대로 유지하고 있다. 이것이 '정중동'과 '동중정'의 원리였다.

안나(ana)는 사물의 존재 상태가 되고 반나(pāna)는 사물의 존재 상태 아닌 것이 된다 했다. 마음 움직임이 사물의 존재에 가 있으면 우주의 실재에 이르지 못하고, 마음 움직임이 사물의 존재 상태 아닌 것에 가 있어도 우주의 실재에 이르지 못한다는 것이다. 그래서 사물의 존재 상태에 뜻이 가 있지도 않고 사물의 존재 상태 아닌 것에 뜻이 가 있지도 않아야 모든 존재가 비었다는 것에 확실하게 부합되어 우주 실재의 움직임을 따르게 된다는 것이었다.

여기서 사물의 존재 상태란 삼라만상이 되고, 사물의 존재 상태 아닌 것은 따로 정해진 것이 없는 공(空)을 말했다. 안반수의가 그것을 알아차리게 해주었다. 그래서 들숨은 인연을 근거로 하고, 날숨은 어떤 일에도 머물러 있지 않은 것이 된다. 그렇게 함으로써 도인은 본래 오는 바가 없음을 알았고, 어떤 것에도 머물지 않은 그런 것까지 깡그리 없애버리는 그것을 의식 집중(sati)이라고 했다.

이 말을 달리 표현하면 내가 상대방의 마음속에 들어가 있어야 된다는 뜻이기도 했다. 자환은 그것을 중요한 실천 덕목으로 삼아 수련을 쌓도록 했다. 화장암과 안심사 모든 연수생들에게 바로 자기 자신이 중심이 되어 숨을 들이마시고 내뱉는 호흡의 이치로 자연의 원리를 통찰하게 해 무예를 연수함으로써 먼저 자신의 몸을 보호하고 차츰 선의 길을 걷는 길잡이가 되게끔 해주었다.

이제는 제2단계 계획을 실행해야 할 때가 된 것 같았다. 능담과 여러 차례 상의를 해온 것이었지만, 첫 번째 계획은 화장암 수련생 가운데 몸놀림이 빠르고 동작이 유연한 사사들을 골라 특수 훈련을 시켜 묘향산 인근의 사암으로 내려보내 더 넓은 지역에까지 조직을 확대해 무예를 확산 연마시키자는 일이었다.

그 대상은 묘향산 너머 묵봉산 원명사, 부용봉 아래 두타사, 두첩산 두첩사, 가마봉 아래 법련사, 영변 약산 서운사, 용문산 용문사, 봉림산 심원사, 광성령 아래 성룡사, 금성산 금성사, 봉덕산 법련사, 봉두산 천황사, 청룡산 청룡사, 고사산 관음사를 비롯 대상 사찰이 헤아릴 수 없이 많았다. 그 점은 비구니 사사도 마찬가지였다. 사암 숫자야 비구 사찰보다 많지는 않았지만 큰 사찰 인근에 끼어 있는 비구니 사암을 손가락으로 다 헤아릴 수 없었다.

두 번째 계획은 안심사 여승 가운데 몸이 날렵하고 눈치가 빠른 몇 사람에게 머리를 기르도록 하자는 것이었다. 그것은 앞으로 일어날 불가피한 경우를 대비해 두자는 것이었는데, 노비구니 스님들의 반대가 예상외로 완강했다. 출가사문이 다시 머리를 기른다 함은 계를 파하는 것이라며 한사코 반대만 했다. 그래서 능담이 아조는 유가들 세상이라 사찰을 부수고 불을 질러 강제로 환속을 시키는 바람에 큰스님들도 머리를 길러 환속한 것처럼 행세하는 분들이 많다는 점을 들어 설득해 나갔다.

그 결과 사사의 정신에 투철하고 학식이 높을 뿐 아니라 임기응변에 능하면서 수행이 완벽하다시피 갖춰진 세 사람이 선정되어 머리를 기르게 하라는 지시가 내려졌다.

머리를 기르기로 선정된 사람은 안심사 선원에서 찰중 소임을 맡고 있는 신혜였고, 강원 입승인 자옥과 나한전 부전을 맡고 있는 여윤이었다. 신혜의 사사 이름은 묘희이고, 자옥은 묘조, 여윤은 묘원이었다.

사사의 일이 이처럼 빈틈없이 진행되자, 자환은 학소대사를 모시고 와 관서지방을 중심으로 묘향산이 사사의 거점이 되어야 한다는 생각을 했다. 그 점은 오래전에 능담과 상의해 매듭이 지어진 일이었다.

일이 여기까지 진척이 된 가운데 운재노장님이 열반을 하고 선화자가 묘향산을 떠나버려 어수선해 있던 때였다.

자환은 오랜만에 틈을 내 금강굴로 운선선인을 뵈러 갔다. 운선선인이 승가는 아니었으나 연륜이 높으신 어른이어서 자주 뵙게 되면 더 유용한 가르침을 받을 수 있으리라는 생각도 없지 않았지만, 같은 산 안에 있으면서 자주 문안을 드리지 못해 늘 죄스러움을 갖고 있던 터였다.

자환이 금강굴에 이르러 풍회를 찾았다. 그런데 암자가 비어 있었다. 스승 제자가 함께 산책을 나갔나 싶어, 방에 들어가 기다렸다 뵙고 갈 요량으로 방문을 열어보니 안이 썰렁했다.

풍회가 있다면 의당 있어야 할 찻잔도 없었고 박달나무 탁자도 없었다. 부엌문을 열어보니 세간이 말끔히 치워져 있었다. 원래 신선의 삶이라 세간이랄 것도 없었지만 밥그릇 한 개와 하다못해 간장종지 정도는 있어야 할 터인데, 그것마저 눈에 띄지 않았다.

암자가 깨끗이 닦여 있는 것을 보니, 누구 다른 수행자가 들어와 살 수 있도록 청소를 해놓고 떠난 것이 확실해 보였다. 풍회가 암자를 떠나면서 왜 이야기를 해주지 않았을까? 십십한 마음이 가슴을 아리게 했다. 텅 빈 가슴이 애틋함이 되어 돌아왔다. 애틋함이 다시 그리움으로 바뀌면서 화장암으로 올라가는 자환의 발걸음을 무겁게 했다.

# 천명을 받은 아이

　운선선인은 선도 수행을 하려면 삼신산으로 가야 한다는 이야기를 여러 번 했다. 금강굴을 비워줘야 할 때가 되었다는 이야기도 했는데, 풍회는 삼신산이 있는 두류산으로 거처를 옮기겠다는 의도 외에 더는 알려 하지 않았다.

　법왕봉 꼭대기에는 흰 눈이 그대로 쌓였건만, 산자락 아래 개울에는 얼음이 녹아 졸졸 흐르고 나뭇가지에 새 움이 돋기 시작한 완연한 봄날, 풍회는 운선선인을 모시고 묘향산을 나섰다.

　금강굴은 10년 넘게 살아온 곳이었다. 한곳에 그토록 오래 발붙일 수 있게 된 것은 학소노장의 힘이 컸다. 불가는 유가들처럼 도가를 이단시하지 않았지만, 수좌가 들어가 살아야 할 천연의 수행처에 선도(仙道)를 닦는 운선자가 들어가 살 수 있었던 것은 학소대사의 배려로 운재노장의 흔쾌한 허락이 있었기에 가능한 일이었다.

그렇다고 운재노장이 열반에 들어 묘향산을 떠난 것은 아니었다. 예로부터 동방은 산수가 온 천지에 널린 곳인데, 묘향산에서만 10년 넘게 머문 것은 너무 오랜 세월이기도 했다.

자환이 금강굴에 내려온 날, 운선선인과 풍회는 안주 말뫼말 최세창 향로 집에 가 있었다. 그렇지 않아도 한 번 뵈려고 했던 운선선인이 나타나자 최 향로는 두 손으로 방외의 객을 사랑으로 맞아들여 안부를 나눈 뒤 좌정을 하고 앉았다.

"어찌 이리 발걸음이 더디십니까?"

"집안은 두루 평안하신지요?"

"덕분에 별일 없이 잘 지냅니다."

"늦게 찾아뵈 송구합니다."

"원 별말씀을……."

그때 서당에서 여신이 돌아왔다.

"아버지, 서당에 다녀왔습니다."

어릴 적 이름을 운학으로 쓰던 바로 그 아이였다. 여신은 같은 마을 첨지어른이 연 학당에 다니고 있었다.

"오늘 우리 집에 훌륭하신 어른이 오셨구나. 어서 들어와서 인사 올리거라."

다부지고 영민하게 생긴 여신이 "예!" 하고 대답을 하더니, 사랑으로 들어와 운선선인에게 큰절을 올렸다. 꼬마 여신이 절하는 것을 주의 깊게 바라보던 운선선인이 합장으로 절을 받았다. 산에서 살지만 선도를 닦기 때문에 스님들을 만날 때가 아니고는 합장하는 것을 쉬 볼 수 없었다. 그런데 어린 꼬마가 절을 하는데 합장하는 모습을 보니 예사로운 일이 아니라는 생각이 들었다. 더구나 여신의 얼굴을 살피는 운선선인의 얼굴에 긴장한 기색이 나타나 있었다. 이런 일련의 일은 순식간의 일로, 그것을 알아차린 사람은 풍회 한 사람뿐이었다.

"이름이 뭐고?"

"너 여 자 믿을 신 자, 여신이라 하옵니다."

"그래, 학당에서는 뭘 배우는고?"

"사자소학을 떼고 지금은 소학을 읽고 있사옵니다."

"소학에 뭐라고 쓰여 있던고?"

"자식이 부모를 섬길 때 닭이 처음 울면 모두 일어나 세수하고, 양치질하고, 머리를 빗고, 검은 비단으로 머리털을 싸매고, 비녀를 꽂고, 비단으로 머리를 묶어서 상투를 장식하고, 다팔머리 위의 먼지를 털고, 관을 쓴 후 관 끈을 드리우고, 현단복을 입고, 슬갑을 착용하고, 큰 띠를 두르고, 홀을 꽂고, 행전을 치고, 왼쪽과 오른쪽에 쓸 물건들을 차고, 신을 신고, 신 끈을 맨 다음 부모님이 계신 곳으로 아침문안을 드리러 간다고 했습니다."

꼬마 여신이 학당에서 배운 걸 줄줄 외웠다.

"호호! 공부가 아주 깊구나."

운선선인이 칭찬을 하자 최 향로가 말했다.

"부모를 문안하려면 먼저 따뜻한 정이 앞서야지 매일 꽂고, 묶고, 닦고, 털고 하다가 밥은 언제 먹느냐?"

"그래도 매일 그렇게 해야 한다고 했습니다."

"오냐, 알았다. 너는 나가 보아라."

"예."

향로의 말에 여신이 공손히 대답한 뒤, 한 번 더 절을 하고 밖으로 나갔다. 몸가짐이 아이답지 않게 반듯했다.

"선자님의 훌륭한 식견을 내 모르는 바 아니나, 오십이 다 되어 아이를 잊고 산 지 오래인 우리 집 내외에게 미구에 나라의 동량이 될 아이를 보게 될 것이라 하셨던 선자님 말씀 잊지 않고 있습니다."

"좋습니다. 훌륭한 사람이 될 것이외다. 그냥 훌륭한 사람이 아니라 후세에 온 세상 사람들이 모두 우러러 받드는 아주 높은 사람이 될 얼굴을 가지고 태어났소이다."

운선선인은 뭔가 알고 있으면서도 이야기를 하지 않으려는 눈치가 역력해 보였다. 그것을 풍회만이 알아차렸다.

"허허허…… 내 선인의 말을 덕담으로 받아들이겠소이다."

풍회는 두 어른들 하는 이야기를 듣다가 때가 되어 점심을 먹은 뒤, 스승을 모시고 말뫼말을 떠났다.

"스승님, 이 길로 두류산으로 가실 건가요?"

"아니다. 구월산을 들러서 내려가야겠다."

구월산을 들른다 함은 학소노장을 만나보겠다는 뜻이다. 그러고 보니 학소노장을 뵌 지도 여러 해 된 것 같았다.

"무평불피(无平不陂)라 하더니, 평탄한 것치고 기울어지지 않은 것이 없구나……."

혼자 하신 말씀이지만 매우 안타깝게 들렸다. 하나 풍회는 딴생각을 하느라 스승의 뜻을 헤아리지 못했다. 오랜만에 산을 벗어난 발걸음이니 서경에 들러 숭령전 참배도 하고 아직 상춘은 아니지만 을밀대의 봄, 광개토대왕이 영명사를 창건하면서 종루로 건립했다는 부벽루, 물이 넘치는 대동강의 모습, 그리고 구월산으로 와 투구봉 아래 앞이 확 트인 낙산암에서 며칠 쉬었다 갔으면 좋겠다는 생각을 했다. 풍회는 마음이 한가해져 최 향로댁 여신이 이야기를 꺼냈다.

"스승님, 향로어른댁 아드님 말이에요?"

여신이란 아이를 대하던 선인의 모습이 새삼스러워 운을 뗐다.

"음, 그 아이가 어떻더냐?"

"스승님께서 합장을 하시고 절 받으시는 모습을 보고 범상치 않은 아이구나 하는 생각을 했습니다."

"천하를 호령할 큰스님이 되겠기에 그리했느니라."

"큰스님이라니요?"

풍회가 걸음을 우뚝 멈추었다.

"우리가 살고 온 암자에서 차후 그 아이가 수행하게 될 게야."

갈수록 모를 이야기였다.

"금강굴 말씀이세요?"

선인이 고개를 끄덕였다.

"그럼 향로어른께 왜 그런 말씀을 해드리지 않으셨어요?"

"함부로 발설해서는 안 될 말이기에 하지 않았느니라."

"그렇다면 천기 아니옵니까?"

"암, 천기지……. 우리 저기 정자에서 잠깐 다리쉼 좀 해가자."

산모퉁이를 돌아가기 앞서 커다란 바위 위에 '유천정'이라 현판이 걸린 정자를 가리켰다. 주변에 아름드리 느티나무가 서 있고, 잎눈이 부푼 가지가 하늘거리는 봄바람에 맡겨져 있었다.

"정자 이름이 좋습니다. 무슨 뜻이옵니까?"

"성리대전의 천명유천도(天命猶天道)에서 따온 말 같구나."

"천명은 천도와 같다, 그런 뜻 아니옵니까?"

선인을 모시고 정자 위로 올라갔다. 정자는 바위를 대로 삼고 굽이쳐 도는 냇물을 내려다보고 있었다. 멀리 봄볕 아련한 들녘에 춘궁기를 맞은 아낙네들이 나물을 캐러 나온 듯 밭둑 여기저기에 엎드려 있었다.

선인은 신을 벗고 정자 마루로 올라가 가부좌를 하고 앉았다.

"천기라면 그 아이가 예사 아이가 아닌가 보군요?"

"얼굴에 왕기(王氣)가 서려 있는 것을 보았느니라."

"네에?"

풍회는 깜짝 놀랐다.

"지금은 전주 이씨 중종대왕 치세 아니냐? 한데 안주의 완산 최씨 집에 왕기가 서린 아이가 태어났다고 해봐라. 그 아이 목숨이 온전히 붙어 있겠느냐? 연전에 유세창이란 무뢰배가 제 동료들과 술을 마시고 헛소리를 했다가, 제 동료 한 놈과 능지처참되었고, 동료 세 놈이 참형에 처해져 사흘 동안 효수된 일이 있었느니라."

"역모였사옵니까?"

"역모가 아니라, 술을 마신 취기에 헛소리를 한 게지. 그런

천명을 받은 아이 **203**

것도 갖다 붙이면 역모가 되는 게야. 주리를 틀어대면서 모질게 추국하면 하지 않은 일도 했다고 할 밖에…… . 그 뒤에 숨은 것은 관료들이 성과만 앞세우기 때문이야. 공을 세우겠다는 과도한 아첨에 누구든 걸리면 사실 아닌 것을 사실인 양 만들어 고변하는 자들이 있기 마련이니. 그래서 유세창 그 사건도 아무것도 모르는 열서넛 된 아이들까지 처형을 당했다는 거 아니더냐?"

"관리들 풍습이 그렇게까지 어그러져 있사옵니까?"

풍회가 고개를 저으며 선인의 얼굴을 살펴보았다.

"만약 최 향로댁 여신이란 아이가 왕기가 있다는 소문이 세상에 퍼져 왕실에 들어가 봐라. 그 아이 목숨은 말할 것 없고, 최 향로는 물론 일가친척 모두의 목숨이 모조리 도륙당할 일 아니겠느냐? 그래서 해서는 안 될 말이 반드시 있는 법이니라."

풍회가 고개를 끄덕였다.

"그게 사실이라면 여신이가 장성해 철이 들면 그것 또한 나라가 시끄러울 징조 아니겠습니까?"

정자에 앉아 이야기를 나누는 두 사람의 옷차림이 낯설어 보여서 그런지 길을 가던 사람들이 모두 흘깃거리며 지나갔다.

"저기 나뭇짐을 지고 가는 사람들이 보이느냐?"

선인이 먼빛에 나무를 해 짊어지고 마을로 내려가는 사람들을 가리켰다. 선인이 가리킨 나무꾼들은 지붕이 썩은새가 되어 검게 내려앉은 초가마을 뒷길로 향하고 있었다.

"예!"

"같은 이씨인데도 새 임금이 자리에 오르면 시끄러운 판에, 성씨가 다른 임금이 그 자리에 오른다고 해봐라. 얼마나 야단이 나겠느냐? 하나 임금이 이씨에서 최씨로 바뀐다고 해도, 저기 저 초가에 사는 백성들은 임금이 바뀌었는지 어쨌는지 그것도 모르고 살아갈 것 아니겠느냐? 전자에 여조(麗朝)에서 아조로 나라가 바뀔 때, 저런 백성들이 나라가 바뀌어 고통을 겪었다는 이야기를 들어본 적이 있었더냐? 신분 낮은 백성들은 이씨 임금이 최씨 임금으로 바뀐다고 해도 당장 큰 변동이 없을 터……. 하기야 애매한 두꺼비 떡돌에 치인다고, 억울한 사람이 하나도 없을 수 있겠느냐마는, 저렇게 나무를 해 짊어지고 가는 백성들에게는 임금이 이씨면 어떻고 최씨면 어떠하며 정씨라 한들 어떠하겠느냐?"

그때 정자 윗길로 허름한 옷을 입고 쪽박을 든 여인이, 허리를 구부려 배를 움켜 안고 뒤따라오는 아이를 손짓해 힘겨운 발걸음을 옮기고 있었다. 운선선인이 가여운 눈길로 그 여인을 바라보았다.

"스승님, 지금처럼 신분이 반상으로 갈려 양반은 상놈을 함부로 해도 뒤탈 없는 세상이다 보니, 관아의 벼슬아치는 물론이려니와 저 아래 하리들까지 백성들 등만 쳐 먹고사는 아조의 이씨 임금 치세보다 차라리 최씨 임금이라도 새로 나와, 기강을 바로 세워 편을 가른 반상을 없애 백성들을 편안히 살게 해주면, 저런 아녀자들에게는 반가운 일 아니겠습니까?"

운선선인이 고개를 끄덕이면서 대답했다.

"그게 어디 쉬운 일이겠느냐? 더 두려운 것은 두만강 건너 야인이나 남쪽 섬나라 왜구가 쳐들어오는 날이면, 저런 백성들도 말로 못할 큰 고통을 겪어야 할 것이니라. 그래서 나라를 안으로 잘 다스리고 밖으로 굳건히 토대를 쌓아 물샐틈없이 안팎을 탄탄히 유지해야 할 이유가 거기에 있거늘, 그간 전란이 없었다 하여 유생들은 태평성대라 하나, 그들이 말한 태평성대가 어찌 저런 불쌍한 백성들까지 참다운 태평성대를 산다 할 수 있겠느냐?"

운선선인은 잠시 말을 멈추고 초가지붕들이 게딱지처럼 내려앉은 마을로 시선을 돌렸다. 보릿고개를 맞은 마을은 더욱 스산해 보였고, 밭둑으로 나물을 캐러 나온 아낙들도 본래 그 자리에 박혀 있는 것처럼 움직임이 없어 보였다.

"같은 나라 안에서 임금이 이씨에서 최씨로 바뀐다 하면, 전날 여조의 왕씨들처럼 이씨들 또한 드러내놓고 자기의 성을 쓰기 어려운 세상이 될 터인즉, 그간 왕실에 줄이 닿거나 벼슬살이를 해 권세를 누려온 자들을 가만 놔두고 보겠느냐? 문제는 태조 송헌(이성계)이 타계한 후, 나라를 잘 다스려왔고 이(利)가 의(義)에 맞아 공리가 되어 모든 백성들이 두루 공평하게 다 잘사는 화목한 나라가 되었다면 모르겠거니와, 과연 지금 아조를 그런 나라로 볼 수 있겠느냐?"

"스승님 말씀은 어떤 변혁이든 있어야 할 것 같다는 말씀으로 들리옵니다만……?"

"허허허……."

운선선인이 너털웃음을 웃었다.

"좋은 쪽으로 변혁이라면야 참 좋은 일이다만 그게 쉬운 일은 아닐 터……."

"지난 연산조에 그런 명분이 많이 나타났던 것 같습니다. 올바로 힘을 쏟아야 할 그때 반정공신들이 새 임금을 앉혀놓았으나, 속을 들여다보면 연산조나 다를 것 없는 전횡이 이루어져, 그 그릇에 그 덮개가 되지 않았습니까?"

"연산조야 워낙 임금 자질이 없는 사람이었으니 그렇다 쳐도, 주자학을 한다는 유생들 생리가 그런 그릇밖에 되지 않으니, 중종대왕이 들어선 지금도 이런 산골짜기에서 박토를 파면서 힘겹게 사는 백성들이나 천민으로 주저앉은 사람들 처지에서 보면 뭐 하나 달라진 게 없지 않느냐? 지금 중종대왕 주변 사람들 가지고는 근본적으로 밑바닥까지 바꾸어놓지는 못할 터. 제 그릇에 맞는 권세에 제 턱수염만 쓰다듬으며 입으로는 백성을 위한다고 떠들어대지만, 앞에서는 벼슬을 지속하기 위한 아첨이고, 뒤로는 허가가 난 큰 도적들인데, 백성들이 강도 당한 세상을 사는 판세이고 보니, 아조의 치세가 참새들 치세라 해야 마땅할 것이니라."

"그런 연유가 어디에 있사옵니까?"

"도상무위(道常無爲)의 정신이 없어서 그리된 거지."

"유자들 지식이나 욕심이 도리어 세상을 혼란시키니, 사는 그대로 그냥 놔두고 보자는 뜻으로 받아들여도 되겠사옵니까?"

"이야기야 그렇기는 하다만, 인위적 예를 버리고 허망한 꽃을 피우지 않게 정이 두텁고 후하게 처신하여 신실한 열매를 맺게 해야 참다운 장부라 할 수 있거늘, 요즘 유자들 가운데 그만한 장부가 몇이나 되겠느냐?"

"그것을 도상무위라 해도 되겠사옵니까?"

신인이 고개를 끄떡였다.

"그렇게 못해 진즉 문을 닫아야 할 왕조가, 무학대사가 제 무덤 파는 것도 모르고 한양에 쇠를 잘 놓아주어 이토록 끈이 질긴 게 아니겠느냐."

"무학대사가 제 무덤을 파다니요?"

"석씨 집안을 보지 않았느냐? 본래 자기 면목(本來面目)을 찾겠다는 것이 수행인에겐 당연한 일이고, 나라에도 전혀 해가 없거늘, 그저 단견만 가지고 여조의 일부 권승들 작태만 내세워, 깊은 산속에 들어가 심신을 올바로 세워 수행에 전념하는 수좌들을 어찌 기생, 광대, 백정의 반열에 놓아 천시를 해야 되겠느냐? 그들도 같은 나라에 태어난 백성들이고 또 나라가 위급하면 떨치고 일어나 승군이 되어 나라를 구한 적이 어디 한두 번이었더냐? 우대는 못한다 할지라도 건드리지는 말아야 할 것인즉, 따지고 보면 무학대사가 석씨 집안의 현자이나, 불과 백여 년 뒤 석씨 가문에 불어닥칠 일을 내다보지 못하고, 여조를 창칼로 뒤엎은 무부 송헌의 손을 이끌어 왕업을 이루도록 한양에 길지를 잡아 경복궁을 세우게 했으니, 불가에서는 그것이 도리어 큰 화근으로 돌아온 것 아니겠느냐?"

"무학대사께서 그걸 어떻게 아셨겠사옵니까?"

"그러니 헛공부를 한 게지. 무학이 석씨 가의 사문이 아니었다면 무어 할 말이 있겠느냐마는, 주자를 저리 높이 받드는 조선왕조 창업에 나서려면 주자학을 폭넓게 수용한 사람들이어야 함에도, 주자를 받든 포은은 도리어 주자를 받든다는 자들에게 죽임을 당했고, 목은과 야은은 초야에 숨었거늘, 어찌 그것을 천도라 해야겠느냐? 무학이 맥도 모르고 아조의 왕조 창업에 나섰으니, 축구서종(蓄狗噬踵)이라 할 밖에……."

"축구서종이라니요?"

"제가 기른 개에게 제 발뒤꿈치를 물렸다는 게지. 송헌이 반역을 한 무부 아니더냐? 당대 현인으로 추앙받은 목은, 야은은 숨는데 무학이 하는 짓이라니……. 이왕 나서려면 여조 태상왕이 훈요십조를 남겼던 것처럼, 국가의 대업이 제불(諸佛)의 호위와 지덕에 힘입었으니 불가를 잘 호위하라고까지는 못한다 해도, 후세에 석씨의 도를 훼손 못하도록 처방은 해놓았어야 했을 터인즉, 그마저도 못했으니 제 코앞만 본 한낱 권승이라는 게지 무어 더 있겠느냐?"

"보조국사와 같은 대선지식이 없었던 것은 아니옵니다만, 여조에서 너무 많은 영달을 누려온 그들인지라, 귀히 받드는 영화에만 취해 코앞에서 벌어진 일 외에 더 넓게 보지 못했던 터에, 정도전이 칼을 쥔 송헌의 손을 잡고 석씨 도에 주자학을 들이밀어 창칼로 내려누르는 데야, 무학대사보다 더 현명한 이가 있었다 한들 별수 있었겠습니까?"

운선선인이 고개를 저었다.

"그렇다면, 삼봉(정도전)이 제 명대로 살았더냐? 삼봉이야 송헌과 같은 무리이니 그렇다 쳐도, 권승이 왜 권승이겠느냐? 일신의 영달이 눈에 보이는데 석씨 가문의 먼 미래가 눈에 보였겠느냐? 하나 달이 차면 기우는 법이다. 기울면 또 차는 법이거늘 이런 과제를 풀기란 참으로 어려운 문제로구나."

"그래서 백성들만 고달픈 게 아니겠습니까?"

운선선인이 고개를 끄덕였다.

"원형이정(元亨利貞, 주역에서 얘기하는 사물의 근본원리)이니라."

"스승님, 원형이정이라 해도 왕기가 서린 여신이 장차 큰스님이 될 거라면, 결국 그 아이가 왕위에 나아가지는 못할 것이라는 말씀 아니옵니까?"

멀리 텅 빈 들판을 바라보고 있던 운선선인이 풍회를 바라보았다.

"어려운 문제이니라."

"사문은 세손이 없어 왕위 세습에도 문제가 있지 않겠습니까?"

"그거야 법을 전해 오듯 사자상승(師資相承)으로 이어가면, 백성들 편에서는 치자의 주변에 탐욕이 제거된 자들만 모였으니 세습보다 오히려 더 바람직한 일이라 할 수 있겠으나, 왕패(王覇)가 문제라는 생각이 드는구나."

"왕패라니요?"

"맹부자가 말하기를, 모든 일을 덕으로 실천하는 것을 어진 임금이라 하나, 나라가 크면 그게 쓸모가 없는 일이라 했더구나. 옛날 탕왕이나 문왕은 백 리를 벗어나지 못한 작은 나라여서 덕과 어짊으로 다스렸으나, 나라가 크면 어진 척하면서 강한 힘으로 제압하라는 게 바로 패(霸)라는 것이다. 어느 한편은 힘으로 내리누르고 어느 한편은 어루만지라는 것인바, 사문도 나라를 다스리자면 그런 패를 쓰지 않을 수 없을 터인즉, 그렇게 되면 그들의 치세가 율과 상치되어 나타나면 어찌 되겠느냐?"

유천정에서 건너다보이는 길로 제법 많은 사람들이 오갔다. 행세깨나 하는 양반댁 안사람 행차인 듯 종자를 여럿 거느린 사인교를 메고 가던 사람들이 그들과는 행색이 판이한 풍회와 운선선인을 쳐다보면서 지나갔다.

운선선인이 막 정자에서 일어서려고 할 때였다. 갓을 뒤로 젖혀 쓴 젊은이가 말을 타고 산모퉁이에 나타났다. 그 뒤를 따르는 자도 갓을 비스듬히 옆으로 내려 썼는데, 퍽 한가한 모습으로 두 사람 다 말구종이 딸린 말을 타고 있었다. 옥색도포를 입고 갓을 뒤로 젖혀 쓴 사내가 낮술을 한잔 걸쳤는지 콧노래를 흥얼거렸다. 말이 걷는 율동에 상체가 맡겨져 흐느적흐느적하였는데, 때가 묻은 수건을 이마에 질끈 동인 말구종이 채찍을 아래로 내려 잡고 천천히 말을 몰아 정자 앞에 이르렀다. 앞선 사내가 흐느적거리는 자세로 정자 안을 이윽히 바라보았다.

"우리도 정자에 올라가 매향이나 생각하면서 시나 한 수 읊고 가세."

"허허, 이 사람……. 매향이보다 강월이란 년 궁둥짝이 더 깊다는데두."

기녀들 이름을 입술에 바르는 것을 보니, 어느 시회에 갔거나 아니면 색주가에 들러 한잔 걸치고 오는 듯했다.

운선선인이 정자 아래로 내려서려던 찰나, 옥색도포를 입은 사내가 수정주영이 달린 호박갓끈을 치렁거리며 말에서 내려 정자로 올라왔다.

"이게 누군가?"

호박갓끈의 사내가 게슴츠레한 눈으로 운선선인의 위아래를 쭉 훑더니 하는 소리가 대번 버르장머리가 없었다.

"요놈 중놈 아니냐?"

뒤를 따르던 놈이 한마디 보탰다.

"머리가 너풀거리는 걸 보니 중놈은 아닐세."

"요즘 조정에서, 중놈들 너희들도 장가를 가 계집 맛도 보고 살아라 하여 절집에서 내어 쫓으니, 유발을 한 중놈들이 많다는구먼."

그러고는 호박갓끈이 옆으로 돌아 비켜 가려는 운선선인 앞을 턱 가로막았다.

"허! 이 작자 수염 한번 볼만하다."

하얗게 휘날리는 운선선인의 은빛 백수를 손바닥으로 쓰다듬는가 싶더니 두어 번 회회 감아쥐었다.

"어디서 뭘 하는 놈이기에 수염이 이리 요란한고?"

수염을 움켜쥔 자가 뒤따라온 동행을 돌아보았다.

"이봐 일곡, 낭도 가진 것 있나? 요놈의 수염을 잘라봐야겠네."

하나 선인은 얼굴색 하나 변하지 않았다. 그때 풍회가 호박갓끈 앞으로 다가섰다. 수염 움켜쥔 호박갓끈의 손목을 잡고 힘을 주어 양계를 누르니 얼굴빛이 대번 샛노래졌다.

"어어어!"

불한당 같은 호박갓끈을 단번에 그 자리에 주저앉히고 뒤따라 정자로 다가온, 일곡이라 부르던 자의 왼쪽 어깨를 잡아채면서 왼발 뒤꿈치로 녀석의 무릎께 양구를 내질러 그 자리에 쓰러뜨렸다. 그리고 곧 운선선인을 모시고 산자락 모퉁이로 내려갔다.

"곧 뒤따라가겠습니다. 스승님, 잠시 앞서가시지요."

풍회는 선인을 산모퉁이 길로 안내해 드리고, 정자로 다시 올라오니 불한당 같은 두 작자가 하인들의 부축을 받고 일어서서, 읍내에서 뺨 맞고 장거리에서 악쓰는 본새로 꽥꽥 고성을 지르고 있었다. 풍회가 다시 모습을 나타내니, 내심 움츠러든 기색이 역력했으나 입으로는 자못 기세가 등등했다.

"네 이놈! 네놈이 양반을 이래 놓고도 무사할 줄 아느냐?"

"예, 나리. 관아로 끌고 가 치도곤을 쳐 죽여주십시오."

그러고 부드러운 손놀림으로 두 양반 녀석의 오른쪽 턱밑 목 언저리를 손가락으로 툭 튕기듯 했는데, 대번 눈을 휘둥그레 뜨더니 잠을 자듯 그 자리에 쓰러졌다. 그 모습을 본 두 구종놈이 불알아 빠져라 하고 달아났다.

"존 말로 할 때 이리 오너라. 네놈들도 이 꼴 안 되려면?"

풍회의 그 말에 달아나던 두 놈이 질겁하고 그 자리에 우뚝 섰다.

"너희들 앞에 있는 말을 이리 끌고 가까이 오너라."

서슬에 겁을 먹은 두 구종놈이 주춤주춤 말을 끌고 정자 앞으로 내려왔다. 풍회가 말고삐를 넘겨받은 뒤, 정자 아래 쓰러진 두 주인 녀석의 손목을 꽁꽁 묶게 했다. 손목이 잘 묶였는지 확인한 뒤, 이번에는 고삐 줄을 양반의 손에 매달면서 두 구종에게 말했다.

"이제는 너희들이 말을 타고 갈 차례다. 말 위로 냉큼 올라가거라."

감히 그 말이 누구의 말인데…… 두 녀석이 올라가지 못하고 머뭇거리는 것을 엉덩이를 걷어차 말 위로 오르게 했다. 그렇게 해놓으니 주인과 종이 뒤바뀐 셈이었다. 이번에는 두 구종놈이 말에서 내려오지 못하도록 안장에 손목을 꽁꽁 묶어놓고, 양반 두 놈의 머리 위에 얹힌 갓을 벗겨 두 놈에게 씌워주었다.

"한 식경 지나면 네 주인놈들이 깨어날 것이야. 놈들이 깨어나거든 말은 너희들이 타고 가고 저놈들을 견마잡이로 부려라. 알아들었는가?"

겁을 먹은 두 종놈은 대답조차 제대로 못했다. 풍회가 길 위의 솔숲을 손가락으로 가리켰다.

"내가 저 숲속에 사람을 숨겨 너희들 망을 보게 할 것이야. 만약 시킨 대로 하지 않았다가는 내 다시 돌아와 너희 놈들 모두를 물고를 낼 테니 그리 알라."

그러고는 곧 길을 떠났다. 지나가는 사람들이 말 위에 앉아 있는 두 구종 녀석을 흘깃흘깃 쳐다보면서 지나갔다. 어떤 사람은 아예 발길을 멈추고 바라보기도 했고, 아이들은 헤헤헤! 소리 내어 웃으며 그 광경을 바라보고 있었다. 풍회는 두 양반 녀석을 구경거리로 만들어놓은 뒤 속보로 운선선인을 쫓아갔다.

# 붉은 꽃은 이슬을 머금고

묘향산 문수암을 떠난 선화자는 밥그릇 하나만 들고 평양으로 올라왔다. 그는 금강산으로 갈까 하다가 지엄화상이 두류산에 있다는 이야기를 듣고 남쪽으로 향했다.

가는 걸음에 정방산을 거쳐 양주 회암사까지 내려왔다. 걷다가 날이 저물면 인근의 절을 찾아가 잠을 청해 자면서 계속 남쪽으로 향하던 길이었다.

그러던 어느 날, 어떤 고을 저잣거리 앞을 지나는데 양태 넓은 갓을 뒤로 젖혀 쓰고 쭉 빠진 도포를 차려입은 유생과 마주쳤다.

"여봐라?"

환한 대낮에 기분 좋게 한잔 걸쳤는지 하대를 하기에 쳐다보니, 아래턱에 털도 안 난 새파란 젊은 놈이었다. 선화자는 하도 같잖아서 들은 체도 하지 않았다.

"양반이 부르는데 왜 대답이 없느냐?"

이럴 때는 귀머거리 시늉이 상책이었다. 눈만 말똥말똥 뜨고 그냥 쳐다만 보고 있었더니 그가 소리를 꽥 질렀다.

"허허, 이놈 봐라?"

그래도 눈만 껌벅껌벅하면서 쳐다보고 있으니, 귓불을 잡아 당겼다.

"이 자식 귀머거리 아냐?"

꿈쩍도 않고 계속 눈을 부릅뜨고 쳐다보았다. 양반이라는 자가 귓불을 두어 번 더 잡아당기다가 귀뺨을 딱! 하고 올려붙였다. 그래서 손짓발짓으로 벙어리 시늉을 하니, 재수 더럽다는 듯 길바닥에 침을 탁! 뱉고 가던 길을 그냥 지나가 버렸다. 그 광경을 놓칠세라 꼬맹이들이 선화자 뒤를 줄지어 따라왔다.

중중 까까중,
장다리 밭에 똥 싼 중!
귀머거리 멍덕중!

아이들이 합창으로 소리소리 지르며 뒤를 따랐다. 공맹의 도가 저울추처럼 올바로 걸려 평범하고 두루뭉술하다는 유가사회의 백성들, 그들의 자식들이 수행승을 바라보는 풍속이 이러했다. 그래서 선화자는 너희들도 앞으로 웃으면서 살라고 뒤돌아서서 빙그죽죽 웃어주었다. 그랬더니 아이들이 더욱 신바람이 났다.

중중 까까중,
장다리 밭에 똥 싼 중!
귀머거리 멍덕중!

그러거나 말거나, 선화자는 걸음을 빨리해 저잣거리를 벗어났는데, 아이들이 보이지 않는 데까지 따라와 '중중 까까중'을 합창으로 외쳐댔다.

선화자는 덕이산을 거쳐 남원으로 들어섰다. 여원치를 넘어 운봉을 지나 날이 저물어 실상사로 들어왔다.

저녁을 먹고 객실에 들어가 앉아 있었더니, 그만그만한 객승들이 방으로 들어왔다. 그들이 먼저 들어와 있는 선화자를 보고 인사를 청했다.

"인사 나눕시다요. 난 송광사에 사는 도운이오."

눈먼 거북이 드넓은 바다에 띄워놓은 딱 하나의 나무토막에 올라타는 것만큼 만나기 어렵다는 바가범(부처의 다른 호칭)의 가르침을 요행으로 만나 해탈에 이르겠다고 같이 떠도는 처지인데, 청해 오는 인사를 외면할 수 없었다.

"난 묘향산 문수암에서 온 선화자올시다."

"저는 직지사 중 도형이라 합니다."

"나는 해인사에서 왔수다. 현종이우."

망아지 우는 데 망아지가 가고 송아지 우는 데 송아지가 간
다고, 해제가 되어 객질을 다니다 끼리끼리 만난 것 같았다. 그
들이 어디로 가느냐고 묻길래, 칠선동 벽송사로 지엄화상을 찾
아간다고 그랬더니, 손사래를 쳤다.

"벽송사라니? 꿈도 꾸지 마시오."

"벽송사가 어때서요?"

"지엄화상은 독야청청이오. 혼자만 고고해 봐서 문을 걸어
잠그고 객승 나부랭이는 들어서지도 못하게 하오."

"아, 그렇습디까?"

선화자는 그들 이야기를 한 귀로 흘려들으면서, 너무 먼 길
을 걸었더니 다리가 아프다는 핑계를 대고 객실 한쪽에 누워버
렸다.

바야흐로 그들 사이에서 도가 무엇이냐 하는 갑론을박이 벌
어졌다.

"도란 차나무 씨앗 같은 것이다."

"아니, 차나무 씨앗이라니? 이 중이 상여 메고 가다 귀 후벼

파는 소리를 하고 자빠졌네."

송광사 중이라는 자가 말을 받았다.

"차나무 씨 속에도 우주가 들어 있는 거여. 한데 그놈의 우주가 좀처럼 속내를 드러내지 않는당께. 왜 그러는 줄 알어? 원체 껍데기가 뚜꺼워놓게 그대로 나뒀었다가는 알갱이가 빼빼 말라 싹을 트지 못한다 그 말이여. 그럼 으뜨케 해야 되냐? 습기가 축축한 낙엽 속에 오래오래 파묻어 둬야. 그래야만 뚜꺼운 껍데기가 촉촉해져 알맹이가 씽씽하게 싹을 틔우게 된당께."

"그래 그것이 어떻다는 말이여?"

직지사 중이 송광사 중 말투를 흉내 냈다.

"허허 이 사람아. 도라는 놈도 껍데기로 치면, 차나무 종자 껍데기는 저리 가라 그런단 말이여. 도라는 놈 껍데기가 원체 두꺼워놓게, 깨고 나오기가 징그럽게 힘들다 그 말이라. 도라는 놈이 껍데기를 깨고 나올라치면 차나무 씨맹키로 양지쪽 촉촉한 낙엽 속에 오래오래 파묻어 보호를 해줘야 하는디 씨부랄, 달구새끼마냥 자꾸 후벼 파. 그 말이 무슨 말인지 알아듣겠어?"

"파긴 누가 파?"

"봐봐, 저런다닝께. 저런 청맹과니하고 도반이 되어가지고 돌아댕기는 나도 똑같은 청맹과니제……. 아니 시방까장 그것도 몰랐어? 아조 유생들은 중들이 차나무 씨맹키로 촉촉한 낙엽 속에 편안히 묻혀 있는 것을 도통 못 본다 그 말이여. 그놈들은 부도라고 하면 달구새끼 모래 후벼 파듯 자꾸 후벼 파. 그래서 우리들 꼬락서니가 요 모양 아니여?"

"그래, 자네는 시방 아조에서는 부도에 외호(外護)가 없다 그 말 아닌가?"

"아따 유식한 소리 한번 들어보겠네. 맞어, 외호다 그 말이 여."

"그래서 요놈들을 모조리 쓸어엎자 한 거 아닌가?"

"맞다. 금강산, 묘향산에 그런 수좌들이 있다더만."

"두류산에도 있을 거라. 우리가 몰라서 그러제."

"그러면 이왕 나선 김에 묘향산, 금강산으로 한 바꾸 돌아보 자고."

선화자는 잠을 자는 체 누워 수좌들 이야기를 듣고 있자니 생각이 많아졌다. 여기나 저기나 그놈의 갑론을박이 문제였다. 묘향산에도 그런 움직임이 없지는 않았다. 그렇다고 닭들이 꼭 차나무 종자를 후벼 파 싹이 트지 않는다고 말할 수는 없었다. 우주의 모든 것이 하나에서 시작되었고, 다시 하나로 돌아간다 는데, 그 이치를 깨닫지 못한 것이 닭이 모래를 후벼 파듯 유생 들이 불가를 헤집어놓기 때문이라고 한 것은 한낱 핑계라는 생 각이 들었다.

여하간 그는 이런 것 저런 것에 귀를 막고, 만법귀일의 궁극적인 그것 하나가 무엇인가를 깨달아 알겠다고 몸부림쳐 대며 참구해 왔다. 하나 아직까지 탁 퉁기듯 그것을 알아내지 못했다. 그래서 지엄화상을 찾아갈 생각으로 두류산까지 왔던 것이다.

실상사에서 잠을 잔 선화자는 이튿날 일찍 식사를 끝내고 칠선동으로 향했다. 그는 벽송사로 올라가 독야청청 혼자 고고하다는 지엄화상의 산문 빗장을 풀고 안으로 들어갔다.

지엄화상이 날카로운 시선으로 선화자의 앉아 있는 모습을 쓱 훑더니 입을 열었다.

"이름이 뭐고?"

"일선입니다."

"음……!"

고개를 끄덕끄덕했다. 그래서 하나를 찾겠다고 이 산 저 산 떠돌아 다녔던 이야기를 쓱 꺼내보았다.

"모든 것이 하나로 돌아간다는데 그 하나가 무엇이옵니까? 속 시원히 말씀 좀 하소서."

그 말이 떨어지기가 바빴다.

"다람쥐와 토끼는 뿔이 났는데 염소하고 사슴은 뿔이 없다."

이 무슨 소린가. 무언가가 뒤바뀐 소리였다. 한데 뒤바뀐 소리가 가슴을 콱! 치고 들어왔다.

"어헛! 그럼 환한 데서 속았군요?"

그 말에 지엄이 일선을 이윽히 바라보았다.

"이 우주의 본성이 그대 마음 본바탕이다. 눈에 드러나는 이 우주의 모든 형상이 그대의 본래 성품이다. 자, 말해 보아라. 마음과 성품이 하나인가 둘인가?"

지엄은 첫눈에 일선이 큰 그릇임을 알아보았다. 이어서 '하나'라는 것 본체와 그 작용을, 또 그것들의 원리와 응용의 용례를 알아내는 선정의 진수를 자세히 일러주었다.

"하나라는 것에는, 이미 실재다 아니다 하는 이름과 형태를 떠나 있느니. 크고 넓고 깨끗하고 맑아 상쾌해서 그대로 쇄쇄락락한 것이니, 무엇을 일러 선(禪)이라 할 것인가. 굳이 설명을 한다면 삼라만상 그대로가 여래의 실상이고, 보고 듣고 깨달아 아는 그것이 참다운 지혜로, 신령스러운 빛 아닌 것이 없다고 한다면, 그것은 천마외도의 요사스러운 무리들 말이라 해야 맞다. 그렇다면 어떻게 해야만 하나(一)를 아는 선의 경지요, 선의 의의라 할 것인가?"

지엄은 불자(拂子)를 들고 한 번 내리치고는 흔들어 보이더니, 시자에게 차를 한 잔 올리라 한 뒤, 한참 동안 침묵하고 있다가 게송으로 말했다.

푸른 대나무는 바람에 화답하고 곧게 서는데
붉은 꽃은 이슬을 머금고 향기를 피운다.

그래서 선화자는 두류산에 오래 머물렀다.

# 허공과 하나 되다

학소대사의 명을 받은 법준이 장수산 현암으로 올라가려 하자, 법현이 "대주선사가 괴각스러운 데가 있으니 서둘지 말라."고 주의를 주면서 주먹밥 한 꾸러미를 싸주었다. 괴각스럽다는 말은 괴팍하다는 뜻이었다. 현암은 하늘로 높이 치솟은 벼랑에 제비집처럼 얹혀 있었다.

바위 계단을 타고 올라가 보니, 암자가 텅 비어 있었다. 기다리는 수밖에 다른 묘수가 없었다. 암자 귀퉁이 바위로 올라가 아래를 내려다보니 열두 폭 병풍을 세워놓은 듯 기묘하게 구부러진 계곡에 물이 흐르고 있었다.

장수산 경관에 취해 스승을 기다리는 일조차 잊고 잠시 정신을 딴 데 팔고 있는 사이, 서쪽 하늘에 채반만 한 빨간 해가 천마산 너머로 자취를 감추고, 산새들이 둥지로 찾아드는 소리가 들렸다. 땅거미가 내리기 시작하자 묘음사 저녁 종소리가 들리면서 어둠이 짙어졌다. 서쪽에 나타난 초승달마저 자취를 감추자 하늘은 별밭이 되어 있었다. 그때까지 대주선사는 나타나지 않았다. 벌써 삼경이 지났는지 묘음사에서 새벽 예불을 알리는 종소리가 들렸다. 법준은 잠시 바위에 몸을 기대고 눈을 감고 있는다는 것이 깜빡 잠이 들었다. 깨어나 보니 별들이 모두 자취를 감추고 산성 너머에서 아침 해가 붉게 솟아올랐다.

그렇게 하루를 보내고, 이틀째 되던 날 아침 산새들의 깃 터는 소리가 들릴 무렵, 암자 아래 벼랑 바위틈에서 키가 팔척장신인 걸레뭉치가 모습을 드러냈다. 쐐기나방 애벌레라 할까. 누덕누덕 걸레로 몸을 감싼 자가 암자 앞으로 다가가는 것을 보고, 바위에서 뛰어 내려와 합장을 했다. 걸레더미는 거들떠보지도 않고 암자 안으로 들어가 버렸다.

누더기를 걸쳤건 물겹것을 걸쳤건, 대주선사가 저런 걸레더미를 뒤집어쓰고 다니겠느냐는 생각이 들었으나, 현암에는 대주선사 혼자 계신다는 것을 알고 있었으므로 법준은 그가 대주선사라고 믿고 신방돌 앞으로 가 장검을 탁! 하고 꽂았다.

"대사님!"

마당으로 내려서서 무릎을 꿇고 큰 소리로 불렀다. 한참을 기다려도 아무 응답이 없었다.

"대주선사님!"

더 큰소리로 외쳤다. 무응답이었다.

"학소대사님 명으로 가르침을 받으러 왔나이다"

그래도 대답이 없었다. 이번에는 암자가 쩌렁하고 울릴 만큼 큰 소리로 말했다.

"학소대사님 명으로 대사님을 모시러 왔나이다!"

평반에 담긴 물처럼 고요했다. 뭐 부스럭거린 기척이라도 있어야겠는데, 귀를 곤두세워도 소리 나는 것이 없었다. 법준은 방문을 가만가만 두드렸다. 여전히 반응이 없었다. 이번에는 더 세게 방문을 두드렸다. 마찬가지였다. 문을 열어볼까 하는 생각이 들었지만, 곧 그것은 예의가 아니라는 생각에 그냥 기다리기로 했다.

그렇게 한나절을 기다리다 보니, 기다린다는 것 자체가 다만 망단일 뿐, 어디가 처음이고 어디가 끝이 될 줄을 몰랐다. 그 자리에 꿇어 엎드려 이틀 낮밤을 기다리면서 법현이 주먹밥을 싸준 연유를 알았다.

삼일째 되던 날, 지난번처럼 암자 아래 바위틈에서 누더기 모습이 나타났다. 무슨 수수께끼가 이런가? 암자를 언제 빠져나갔기에, 마당에 사람이 무릎 꿇고 엎드려 있는 것을 보고도 실실 웃으며 숨바꼭질을 하자는 것인가? 저 걸레더미가 대주 선사가 맞다면 이건 망령이다. 법준은 홀렸다는 생각으로 마당에서 부스스 일어섰다. 걸레뭉치에 둘둘 말린 듯한 사람이 방으로 들어가더니 이번에는 암자 문을 활짝활짝 열어젖혔다. 안을 들여다보니 인법당이었고, 부처가 모셔진 단 아래 죽비가 놓인 탁자와 그 아래 방석 한 장이 단정하게 깔려 있었다.

삼일 동안 네 근기(根氣)를 보았다는 듯 걸레더미가 어간으로 와 앉았다.

"이리로 올라와 앉아라!"

마당에서 세 번 절하고, 검술에는 한가락 솜씨가 있다는 뜻으로 토방에 꽂인 장검을 뽑아 툇마루에 올려놓고 무릎을 꿇고 앉았다. 가까이서 얼굴을 보니 손가락 두 개 넓이의 숱이 많은 검은 눈썹 아래 형형한 눈빛이 섬광처럼 번뜩였다. 섬뜩한 위엄이 서린 얼굴이었다. 머리는 반백인데, 깎지 않은 채 가지런히 뒤로 빗어 넘겼고, 거친 수염이 양쪽 귀밑에서 아래턱까지 뒤덮여 도인이라기보다는 전쟁터에서 격전을 치르고 돌아온 장수처럼 보였다. 딱 하나 깨끗한 것이 이마였다. 책줄깨나 읽어 도량 깊은 사람에게서 흔히 느껴지는 해맑은 윤기가 흘렀다. 목이 백옥처럼 하얀 것으로 보아 실백잣 알맹이를 걸레로 감추고 세상의 더러운 것을 다 닦고 다닌 사람 같았다.

"편히 앉거라!"

배려가 담긴 목소리였다. 법준은 솔직히 무릎뼈가 부서지는

것 같은 아픔을 참고 반가부좌로 앉았다

"교학은 배웠느냐?"

뭔가 교감이 느껴지는 목소리였다.

"예, 대교를 마쳤사옵니다."

"그럼 능엄신주를 알겠구나."

"예!"

걸레더미가 고개를 끄덕였다.

"앞으로 내가 말하는 것은 문자에 있지 않고, 몸자세에 있다. 앉는 것에도 여러 방법이 있으나, 우선 결가부좌를 해보아라."

법준이 결가부좌로 고쳐 앉자, 허리를 곧게 펴라고 했다.

"오늘부터 그러고 앉아 능엄신주를 외거라."

"네! 알겠사옵니다."

법준의 목소리는 이미 기가 죽어 있었다.

"암자 뒤편에 공양간이 있다. 끼니는 반드시 때를 맞춰 먹도록 해라."

"네!"

그러고는 자리에서 일어서더니 어디론지 사라져버렸다.

법준은 그날부터 능엄신주 외는 것이 일과가 되었다.


나모바가바테 타타가타쿠라야 나모바가바테 파드마쿠라

야……

사시(巳時)는 바가바(석가모니를 높이는 말)가 식사하는 시간이라 마짓밥을 지어 올리고 혼자 예배를 드렸다. 예배에는 죽비를 사용했고, 아침저녁 예불도 빠지지 않았다. 대주선사는 삼일에 한 차례씩 모습을 나타냈는데, 사시쯤 올라와 식사를 하고 곧 자취를 감추었다. 무슨 도깨비가 이러냐? 며칠을 그러고 지내다 보니 그것이 현암에서의 생활이 되어버렸다.

법준은 방을 쓸고 닦고, 마루와 마당 청소를 하고, 계단을 쓸고 낙엽을 주우면서 열심히 신주를 외웠다.

나모바가바테 가르자쿠라야 나모데바르시남 나모싣다……

열흘쯤 지난 어느 날이었다. 암자로 올라온 대주선사가 능엄신주 외우는 소리를 들었던 듯 꾸짖는 목소리로 말했다.

"생각을 다른 데 두고 입술만 들썩거려 신주를 외는 것은 아무 쓸모가 없느니라. 내가 곧 신주가 되어 그 속에 들어가 있어도 일이 될 듯 말 듯한데, 장수산이 항상 이대로 있으리라는 생각을 해서는 안 된다."

"……?"

처음으로 듣는 꾸지람이라 얼이 빠진 눈으로 얼굴을 바라보았다.

"등불이 모든 것을 비추지만 자기를 태우듯 그렇게 해야 한다."

"마음을 집중해도 딴생각이 들어오면 어찌해야 합니까?"

"그럴 때는 내가 지금 딴생각을 하고 있구나, 그리 생각하면 저절로 마음이 집중될 터."

대주선사가 가르쳐준 대로 신주 외우는 일을 다시 시작해 열심히 외웠더니, 어느 한순간 몸이 있는지 없는지 그것조차 몰랐다. 몇 달 지난 뒤에는 밥을 먹었는지 어쨌는지 그것도 몰랐고, 대주선사가 암자에 들렀는지 어땠는지 그것도 몰랐다. 나뭇잎이 피었다 지기를 여러 차례 그랬건만 그것조차 모르고 지나갔다.

하루는 암자 입구 바위 위로 올라가 신주를 외우고 있는데, 낮은 항상 밝은 그대로이니 그렇다 쳐도 밤까지 대낮처럼 밝았다. 밤과 낮 구별 없는 밝음 속에서 봄과 겨울이 여러 번 바뀌었으나 그것마저 잊고 있던 어느 날, 그윽한 전단향 향기가 암자 주변을 스쳤다. 성성히 깨어 있는 법준으로서는 그런 향기가 어디서 날아오는지, 감고 있던 눈을 뜨고 주변을 살펴보았다. 현암 위 벼랑 꼭대기에 운무가 짙게 서려 있고, 베 자락을 하얗게 아래로 드리우듯 운무가 서서히 암자로 내려오고 있었다. 운무는 더 짙은 향기로 법준이 앉아 있는 바위를 감싸더니, 석동 계곡으로 깔려 내려갔다. 장수산 전체가 전단향 운무로 파묻혀 갔다.

암자 뒤편 기암을 바라보니, 꼭대기를 짙게 감싼 운무 속에 줄사다리가 내려와 있었다. 법준은 줄사다리를 타고 올라갔다. 기암 봉우리 위에 전에 보지 못했던 정사(精舍)가 있었다. 저 정사 안에 누가 있을까. 청정향광명의 세계가 이런 것일까. 그렇다면 거기에 연꽃 사자좌가 있고 바가바가 앉아 계실지 모른다는 생각이 들었다.

"반다반다니 바사라방니반 훔 도로옹반 사바하……"

신주를 계속 외면서 정사 앞으로 다가갔더니 문이 활짝 열리고 안에서 사람이 나오는데, 다름 아닌 대주선사였다.

"허허! 법준이 왔구나. 어서 들어오너라."

선사는 걸레더미 차림이 아니었다. 맑고 깨끗한 날개옷 같은 장삼을 입고 있는데, 모습이 유난히 화사했다. 대사를 따라 정사 안으로 들어갔다. 방 안은 아무 치장이 없었으나 그처럼 산뜻하고 쾌적할 수 없었다. 대주선사는 맑고 투명해 보였고, 향기는 방 안에서도, 대주선사의 몸에서도 났다.

"무얼 원하느냐?"

음성 또한 그처럼 부드러울 수 없었다.

"저는 부처가 되려고 했습니다만 거치적거리는 것이 많았습니다."

"그것이 무엇이더냐?"

"세상이 심지 뽑힌 초처럼 불을 켤 수 없사옵니다."

"사방이 암흑이더냐?"

"암흑보다 더 깜깜하옵니다."

"초에 불을 밝히면 주변이 환해지고, 환한 불에 거울을 비추면 거울 속이 같이 환해진다. 환한 거울에 또 거울을 갖다 비추면 거울 속 촛불이 여러 개의 꽃처럼 여러 곳이 더욱 환해진다. 세상을 이와 같이 비추어 밝혀야 하는데, 심지가 뽑힌 초는 거울도 소용없더라 그 말이렷다?"

"네, 그러하옵니다."

"유가의 학이 그러했겠다?"

"예!"

"그것을 뛰어넘는 것이 부처 아니더냐?"

"지당하신 말씀이옵니다만, 부처는 왕족이나 권문세도가에 있는 것도 아니요, 빈궁하여 고통 받는 자들 속에 있는 것도 아니옵니다. 세상이 평평하고 올곧아야 하온데, 아조 정주학에는 그런 것을 찾을 수 없사옵니다."

"네 이야기가 틀렸다 할 수는 없으나, 인간의 한 생이 억겁에 비추어 한 찰나이거늘 크게 보면 크게 얻을 것이요, 작게 보면 작게 얻을 것이니라."

"대사님 말씀 말씀이 저에게는 아픔으로 들려옵니다. 하오나 하천한 백성들에게는 지옥이나 다를 바 없는 작금의 사바세계를 돌아보지 않고 혼자만의 열반락이 무어 그리 대단한 기쁨이 겠사옵니까?"

"대원본존 지장보살님 생각도 그와 같았거니, 네 뜻이 그러하다 쳐도, 생명 있는 모든 것들은 깨달음의 지혜가 있느니라. 본성이란 허공처럼 텅 빈 것으로 사방사유 상하의 허공이 이리 원만하고 저리 자상한데 거기에 무슨 기쁨과 고통이 따로 있겠느냐? 네가 인지하고 식별하는 것은 거짓 사물인바, 그림자만 보고 그것이 본래 있는 것이라 여기니, 사바세계는 말만 있고 실제가 없는 것이니라."

"대사님의 말씀 깊이 새겨두겠사옵니다."

"실재는 곧 피안이니, 네 뜻이 그렇다면 이것을 읽고 산란함을 가라앉혀 보아라."

대주선사가 품에서 안반수의경 한 권을 내주었다.

"이것이 바가바께서 숨을 쉬셨던 법이다."

법준은 안반수의경을 받아들었다.

"허공에 공기가 가득하다 해도 아껴서 마셔야 하느니."

정사에서의 첫날은 공기도 아껴서 마시라는 이야기로 끝났고, 법준은 안반수의경을 읽고 경에서 밝혀놓은 원리대로 호흡을 해보았다. 아랫배에 마음을 모으고 들숨과 날숨을 헤아리면서 호흡을 따라 저절로 하나가 되어 한곳에 머무르게 했다. 안반수의의 가르침대로 마음과 일치된 호흡이 몸 전체가 되어 사물의 모습을 자유로이 비추어 근본 상태로 돌아가 흩어지는 일이 없게 했다.

그런 호흡이 자리를 잡자 그 어디에도 걸리는 것이 없었다. 법준은 스스로 텅 빈 것 같았고, 텅 빈 그것이 본래의 자유로움이었다. 자유로움은 곧 몸놀림에서도 나타났다. 몸 따로 마음 따로가 아닌 몸과 마음이 허공과 하나가 되어 마음먹은 대로 움직여주었다. 몸을 뒤로 젖히면 저절로 한 바퀴 돌아 제자리로 와 섰고 앞으로 숙여도 같은 움직임이 일어났다. 마음만 먹으면 공중을 날 것 같았고, 허공에 둥 떠 정지해 있을 것 같았다.

화타가 말한 호랑이, 곰, 사슴, 원숭이, 새의 몸놀림을 본떠서 만든 권법의 동작은 말할 것 없고 용, 표범, 뱀, 학, 닭, 거북이와 똑같은 고난도 몸놀림이 현실로 나타나 한 치의 어긋남이 없었다.

법준은 모든 것이 완성 단계에 이른 것 같았다. 특히 무예에 있어서 그러했다. 정사에서 그렇게 되기까지 걸린 기간이 길지 않은 것 같았는데, 느낌이 그렇다는 것일 뿐 실제로 몇 년이나 걸렸는지 알 수 없었다. 거기에는 대주선사의 세심한 가르침이 뒤를 받쳐주었다.

그러던 어느 날 대주선사가 불러 함께 차를 마셨다.

"그만하면 무공은 더 연마할 것이 없다. 하나 모든 것이 불보살님 가피요. 능엄신주의 공덕인바, 허투루 해서는 안 될 것이니라. 우주의 본체가 하나요. 하나의 본성이 자비인바, 삼라만상이 자비의 본성에서 나왔거늘 하나를 잃으면 모든 것을 잃게 된다는 것을 명심해야 하느니."

"명심하겠사옵니다."

"그러면 여기에 더 머무를 것이 없느니라."

그것이 대주선사의 작별인사였다.

"아직 부족함이 많사오니, 가르침을 더 주소서."

"그만하면 되었으니, 이제 내려가 보아라."

대주선사와 작별이 몹시 아쉬웠으나 삼배를 하고 방을 나왔다. 마루로 따라 나온 대주선사께 합장을 하고 돌아서서, 다람절에서 타고 올라온 줄사다리가 걸린 곳으로 가보니 사다리가 없었다. 뒤를 돌아보니 정사도 온데간데없이 안개 흩어진 듯 순식간에 사라져버렸다.

정신이 아뜩하여 살펴보니 법준은 다람절 입구 바위 위에 그대로 앉아 있었다. 꿈이라고 하기에는 현실 같고, 현실이라고 하기에는 믿어지지 않아 어리둥절했다. 바위에서 일어나 암자로 걸어가는데 몸뚱이가 깃털처럼 가벼웠다.

암자의 문도 열린 그대로였고, 부엌도 그대로였다. 그릇도 씻어놓은 그대로인 것으로 보아 그동안 누구 한 사람 다녀간 흔적이 없었다. 삼일에 한 번씩 암자에 들러 식사를 하고 벼랑 아래로 내려가던 걸레더미 대주선사가 과연 누구일까?

꿈같은 그런 일이 있었음에도 일과는 달라지지 않았다. 달라진 것이 있다면 그런 일을 겪은 뒤로 대주선사가 한 번도 암자에 모습을 나타낸 적이 없다는 점이었다. 그래서 법준은 정사에서 했던 것처럼 호랑이나 곰, 사슴 따위의 동작을 해보니 마음먹은 대로 똑같이 움직여주었다. 그것이 사실인지 아닌지 시험을 해보려고 암벽 사이에 두어 길 높이로 길게 뻗어 나온 나뭇가지를 잡으려고 무릎을 굽혀 위로 올랐더니, 몸이 깃털처럼 날아올라 나뭇가지가 한손에 가볍게 잡혔다. 이게 도대체 어떻게 된 건가. 그렇다고 일상이 달라진 것은 하나도 없었다.

법준은 아무 생각 없이 그렇게 나날을 보냈다. 그러함에도 귀와 눈은 청명하고 모든 것이 또렷했다. 그러던 어느 날, "어서 오너라." 하는 소리가 멀리서 들려왔다. 그것은 분명 환청이었는데, 귀에 익은 목소리였다. 하늘을 바라보니, 장수산 창공에 봄볕이 묶음으로 빛을 내쏘아 산천이 화사하게 밝았다. 화사한 장수산 하늘에 학소대사의 얼굴이 나타났다.

'패엽사에 무슨 일이 있는 모양이군?'

법준은 현암에서 내려와 신천에서 문화현으로 넘어가는 색장현 고개에 이르렀는데, 학소대사가 패엽사가 아닌 낙산암에 계실 것으로 여겨져 투구봉을 향해 하늘을 날듯 둥둥 날아서 낙산암에 이르렀다. 대사는 시자 하나만 데리고 암자 법당에 앉아 있었다.

법준이 안으로 들어가 인사를 드리자 얼굴을 쳐다보았다.

"이제 좀 차분해졌구나."

한데 대사의 얼굴이 예전 모습이 아니었다.

"많이 편찮아 보입니다. 큰스님, 여기보다는 대중이 많은 큰절로 가 계시는 게 좋지 않겠습니까?"

"여태 큰절에 있다 쉬고 싶어 이리로 왔다."

목소리에 힘이 없었다.

"내 원래 아픈 데가 많았지……."

아! 이것은 임종의 전조다.

"사사 일로 너무 무리를 하셨군요?"

"그야 때가 되면 사람은 가는 것이지만……. 그렇지 않아도 사람을 보내 너를 부르려던 참인데, 이렇게 와주어서 고맙구나."

"사사 일은 다른 스님들에게 맡기고 이제 좀 쉬셔야겠어요."

"글쎄다……. 그간 내가 해왔던 해서 일원과 구월산 사사는 학산스님한테 맡겼고, 법산수좌한테는 해주, 평산, 곡산까지 지역을 넓혀 조직을 살펴 관리하라고 했으니 그건 되었고, 나는 묘향산으로 올라가 관서 일원의 식구들을 다잡아 추진하면 되겠다 했는데, 뜻대로 안 되는구나."

"묘향산에는 자환수좌가 있지 않습니까?"

"그야 밑에 딸린 어린 사사들 훈련이나 시키고 닦달이나 하는 일이지 전체를 아우를 수 있겠느냐? 게다가 운재노장까지 입적을 하셨으니, 뒤를 살펴줄 사람은 나밖에 없어서 그리로 가려 했는데, 내가 이리 꼼짝을 못하게 되었구나."

대사는 시자를 불러 따뜻한 물 한 잔을 가져오게 해 마시고는 곧 밖으로 내보냈다. 그리고 부처님을 모신 좌대 밑을 젖혀보라고 했다. 좌대 밑 미닫이를 열자 열쇠가 채워진 커다란 궤 두 개가 바닥 밑에 감추어져 있었다.

법준이 대사에게서 열쇠를 받아 자물쇠를 푸니 궤 하나에는 전답문서인 듯 오래된 문서가 빼곡히 담겨 있고, 다른 하나는 은병, 쇄은, 은자를 비롯한 금괴와 은이 가득 들어 있었다. 그 궤 한쪽에 엽전 꾸러미가 빼곡히 쌓여 있었다.

"이 위 월정사와 패엽사 사위전 문서는 그 절에 보관되어 있고, 최근에 되찾은 몇 개가 그 궤 안에 있다. 하고 나머지 문서들은 황악산 직지사 사위전 문서인바, 너희 스승 학조대사께서 관리해 오던 것 일부를 내가 맡아 관리를 해온 것들이다. 또 거기 문서의 일부는 사유전답으로 내가 속가에서 받은 유산이고, 보시로 받은 문서도 두어 개 있느니라. 다른 궤에 든 은병, 쇄은, 금궤, 은궤는 불사에 쓰려고 오래전에 모아둔 것들이고, 엽전은 도조(賭租)를 현물 대신으로 받아 모아둔 것들이다."

법준은 대사가 두 궤에 간직해 둔 것들을 보여주는 연유를 알아차렸다.

"사사를 확대하고 활성화하자면 거기에는 알게 모르게 많은 자금이 들어가게 된다. 이제 그것을 너에게 넘겨주려고 부르려던 참이었는데, 스스로 네가 와주었으니 이는 필시 불보살님의 보살핌이라……"

대사는 잠시 말을 멈추었다.

"내 뜻은…… 내 생에 사명을 갖고 사사의 일을 꼭 이루려 했다만……"

법준은 저절로 눈시울이 뜨거워졌다.

"그런데 내 목숨이 여기까지뿐인 걸 어찌하겠느냐? 승가의 앞날을 생각하면 가슴이 미어질 듯하다만, 이것이 내게 지워진 운명이라면 받아들이는 도리밖에……. 얼마 안 되는 자금이다 만, 내가 평생에 못다 한 사사의 일을 네가 뒤를 이어 더욱 정선하고 더욱 정예화해 승가에 강력한 승군을 양성해 놓도록 해라. 그렇게만 해놓으면 유가들의 행패에 맞서 징치할 것도 없이 저절로 다 잠잠해지려니……. 유가의 문신들이란 태생이 허장성세요, 겉으로는 강한 척 조악함을 드러내나, 그 사람들도 본심은 선한 사람들이니라. 다만 성리학을 폭넓게 수용 못해 풍습을 뒤틀어지게 만들어, 자기보다 못한 사람들 앞에서는 모질고 간악함을 드러낸 탓이니, 따로 징치할 것도 없느니라. 우리 산문이 어쩌다 여기에 이르렀는지 가슴 아픈 일이 한둘이 아니다마는, 손자의 병법에 그러지 않았더냐? 싸움을 하지 않고 이기는 것이 최상의 방법이라고……. 아무튼 우리가 사사를 도모하는 일은 단지 그런 이유만이 아님을 알 것이다. 옛날에도 나라가 위기에 처하면 승군이 일어나 국토를 방위한 사례는 늘 있어 왔느니라. 그래서 사사가 하나의 집단으로 세력이 커지면, 승군으로 바꿔 안으로는 승가를 굳건히 하고 밖으로는 나라를 지키겠다는 것이, 내가 사사의 일을 시작하게 된 본래 취지였느니라. 하나 사심 없는 우리의 뜻이, 작금 유가들 치세에서 보면 모역에 해당하는 일 아니겠느냐? 그것을 우려해 시작도 하기 전에 더 큰 환란이 일어나서는 안 되겠기에 은밀히 감추어 왔던 터이고……."

법준은 눈물이 비친 긴장한 눈빛으로 대사를 바라보았다.

"이놈아, 장부가 이딴 일로 어디서 눈물을 보이느냐? 밖으로 나가 얼굴을 씻고 들어오너라!"

법준이 문을 열고 우물로 내려가 손을 씻고 세수를 한 다음 다시 방으로 들어왔다. 학소대사가 문갑을 열고 서찰 하나를 끄집어내 펼쳐 법준 앞으로 내밀었다. 서찰 내용은 대사의 유언이었다. 궤 속에 든 전답문서의 항목이 요연히 적혀 있고, 귀중품 항목도 소상하게 적혀 있었는데, 그 모든 유산을 사사 조직을 육성하기 위해 법준에게 상속한다는 내용이었다. 그리고 끝에 대사의 수결이 그어져 있었다.

"자, 이것을 간직하도록 해라. 그리고 자금이 더 필요할 것 같으면 해인사로 너희 스님을 찾아가 뵈어라. 너희 스님께서도 세수가 있으셔서 잔존의 세월이 많지 않을 터, 근간에 찾아가 뵙고 내 이야기를 전하거라. 그리하면 큰 도움을 주실 것이니라."

법준은 눈물을 주체 못해 또 고개를 숙였다.

"그리고 너는……."

학소대사가 아픈 사람 같지 않게 날카로운 시선을 꼿꼿이 세워 법준을 쳐다보았다.

"내 말 듣고 있느냐?"

"예!"

"이놈아! 목숨이라는 것이 원래 이런 것이다."

법준이 눈물을 비벼 닦고 다시 고개를 들었다.

"내가 세상을 뜨거든 곧바로 금강산으로 가거라."

"예?"

대사가 법준의 눈을 주시하면서 또박또박 말을 이었다.

"마하연에 가면 무부(無斧)라는 수좌가 있을 터인즉, 그를 만나 구월산 봉준(棒俊)이 왔다고 하여라!"

이 말은 사숙이 아닌 구월산 사사의 사주로서 법준에게 내린 마지막 명령이었다.

"예!"

"그리고 무부와 무불대사를 뵙고, 전국 산문의 사사에 대한 어떤 대안이 나오거든 두류산 각완대사를 만나 전국 사사를 하나로 묶어 키워내도록 해라!"

"예! 뜻을 좇아 시행하겠사옵니다."

학소대사는 그 말을 마치고 벽에 몸을 기대더니 눈을 감았다.

법준은 냉정해지려고 해도 자꾸 눈물이 앞을 가렸다.

"스님, 괜찮사옵니까?"

곧 대사를 아랫목에 눕혀드렸다.

"괜찮다. 이제야 눈을 감을 수 있겠구나."

대사는 고개를 끄덕인 후 편안히 자리에 누웠다.

이튿날, 법준은 학소대사의 열반은 큰절에서 해야 되겠기에 학산스님과 패엽사 주승과 법산수좌와 상의해 대사를 패엽사로 모셨다.

대사는 패엽사 방장실로 돌아온 지 사흘째 되는 날 동이 틀 무렵 단정하게 가부좌로 앉아 좌탈입망(坐脫立亡)했다. 그때 학소대사의 세수는 78세였고, 법랍은 65세였다.


풍회는 운선선인을 따라 삼화현으로 올라왔다. 그날은 바람이 몹시 불고 날이 저물어 강을 건널 수 없었다. 하는 수 없이 남포나루 객주에서 밤이 어두워지기를 기다려 제비가 날듯 강물 위를 걸어 대진나루로 올라왔다.

고정사 옆을 지나 봉황산 아래 장연으로 들어서면서부터 선인의 발걸음은 매우 빨랐다. 황량한 들길을 휘적휘적이 아니라 날다시피 속보로 걸어 삼파령 고개에 이르렀다. 한데 앞서가던 운선선인이 갑자기 발걸음을 멈추고 패엽사를 내려다보면서 긴 한숨을 토해냈다.

"허허! 어쩌면 좋으냐?"

풍회는 선인이 그처럼 긴 한숨을 내쉰 것을 일찍이 본 적 없었다.

"무슨 일이옵니까? 스승님."

"한발 늦었구나."

"늦다니요?"

"대사께서 열반을 하고 계신다."

"네에?"

되돌아 생각해 보니, 이번 출행은 놀라움의 연속이었다. 대동강을 건너고부터 선인은 줄곧 속보로 걸었고, 풍회는 발이 땅에 닿는 듯 마는 듯 선인의 등 뒤에 바짝 붙어 쌩쌩, 귓가를 스치는 바람소리만 듣고 따라갔다. 그랬건만 학소대사의 생전 모습을 볼 수 없게 된 상황이 벌어졌다.

삼파령 고개 아래에서 선인은 눈을 감고 있었다.

"살아 계신 모습을 뵙겠다고 서둘러 나섰는데 열반하시는구려!"

구만 구천 두나 됨직한 긴 한숨을 토해냈다. 풍회는 예기치 않은 일로 자신 때문에 늦어진 것만 같아 송구스러웠다.

삼파령에서 한참 아래로 내려가면 패엽사가 있다. 하나 간발의 차이로 학소대사의 운명 전 모습을 볼 수 없게 된 것이 몹시 안타까운 듯, 선인은 밝아오는 먼 하늘을 바라보았다.

"대사께서는 보고 계시겠지요. 내가 여기 있음을……."

선인이 패엽사를 향해 고개 숙여 합장을 하고 있다가 천천히 고갯길을 내려갔다. 일은 이미 어긋나 버렸으니, 빨리 걸을 필요도 없다는 듯 서둘지 않고 월출암 앞을 지나 도솔암 아래 골짜기로 내려와 패엽사로 들어갔다.

패엽사 분위기는 침통해 있었다. 청풍루 계단을 올라 한산전 안마당으로 들어서자 운선선인을 알아보는 사람이 하나도 없었다. 옷차림이며 머리 모양새가 이상한, 방외의 사람이 왔다는 듯, 사람들이 흘끔거리며 마지못해 합장의 예를 보일 뿐 누구 하나 맞아들이는 사람이 없었다.

대사가 이제 막 운명을 한 뒤라 방장실 마루와 뜰에는 많은 사람들이 서성거렸다. 운선선인이 법당 앞을 지나 방장실로 다가가자 장삼을 입은 젊은 수좌 하나가 안에서 걸어 나왔다. 풍회가 앞으로 다가가 물었다.

"학소대사님을 뵈러 왔습니다."

젊은 수좌가 허리를 굽히며 대답했다.

"지금은 뵐 수가 없습니다."

"알고 왔소이다."

운선선인이 두 손을 올려 도교 예법으로 말을 건네자, 그가 방장실 안으로 들어가더니 곧 안에서 사람이 나오는데, 학산스님을 모시고 나왔다.

"큰스님께서 방금 입적하셨습니다."

운선선인이 말했다.

"열반하신 용안이라도 뵙고자 이렇게 왔습니다."

학산스님이 운선선인의 말뜻을 알아챈 듯 방장실로 선인을 안내했다. 방장실 안으로 들어서자 방 윗목에 금강경 병풍이 펼쳐져 있고, 그 앞에 촛불이 켜진 탁자가 있었다. 탁자 위에는 생전에 대사가 가지고 다녔던 단주가 놓여 있고, 탁자 앞 향로에서 향이 피어오르고 있었다.

선인이 탁자 앞에서 삼배를 올리고 꿇어앉자 학산스님이 병풍을 접어 한쪽에 세웠다. 좌탈입망이 마치 이런 것이라는 듯 학소대사는 생전의 모습 그대로 깨끗하게 장삼을 입고 살아 계신 사람처럼 단정히 가부좌를 하고 있었다.

"대사! 학소대사!"

운선선인이 큰소리로 불렀지만 대사는 움직임이 없었다.

"학소대사, 운선자가 왔소이다."

선인의 목소리는 생전의 모습을 뵙지 못한 회한이 서린 듯 듣는 사람의 가슴속을 아리게 파고들었다. 곧 고개를 숙여 눈을 감고 한참 꿇어앉아 있다가 일어서서 다시 삼배를 올리고 돌아서자, 키가 크고 몸이 건장한 스님 하나가 운선선인에게 상주의 예로 절을 올렸다. 풍회는 그 스님이 법준이라는 것을 첫눈에 알아보았다. 법준이 방장실에서 운선선인을 모시고 나와 청풍루 옆 객실로 안내를 해 들어갔다. 풍회가 객실로 따라 들어가자 그때서야 법준이 훌쩍 커버린 풍회를 알아보고 손을 꼭 잡았다.

"풍회 도령이 이렇게 커버렸구면?"

법준의 목소리에 반가움이 넘친 무엇이 묻어 있었다.

"오랜만에 뵙습니다."

풍회가 법준을 쳐다보니, 옛날 법준의 모습이 아니었다. 그의 얼굴은 맑았고 눈빛이 매우 푸르렀다. 객실에서 선인을 모시고 이야기를 하는 말씨와 앉아 있는 모양새는 이전의 그 우악스럽고 덜렁거리던 법준수좌 모습이 아니었다. 저 사람이 언제 저렇게 변해 버렸을까 하는 생각을 하고 있는데, 법준이 돌아보았다.

"풍회 도령한테 할 이야기가 참 많은데 어쩌면 좋지?"

상중이라 난감하다는 표정을 얼굴에 나타냈다.

"저도 할 이야기가 많습니다. 스님."

"차분히 좀 만났으면 좋겠어……."

"만날 수 있을 거예요."

그때 예전 학소대사 시자가 법준을 찾았다. 상중이라 긴 이야기를 나눌 틈이 없는 듯 운선선인에게 앉아 계시라는 인사를 한 뒤 풍회의 손을 꼭 쥐어주고 밖으로 나갔다. 법준이 나간 뒤 학산스님이 들어와 운선선인에게 차를 대접하면서 그동안 있었던 대사의 이야기를 들려주었다.

학산스님 역시 오래 앉아 있을 계제가 아닌 듯, 차가 두어 잔 차례가 오자 운선선인은 기미를 알아채고, 밖에 볼일이 많을 테니 어서 나가 일을 보라고 내쫓듯 학산스님을 밖으로 내몰았다.

학산스님이 밖으로 나가자 선인은 옷매무새를 고치고 객실을 나섰다.

"스승님, 어딜 가시려구요?"

"열반은 하셨지만 용안을 뵙고 말씀을 나눴으니 됐지 않느냐?"

풍회는 운선선인을 따라 아무도 모르게 패엽사를 나왔다.

# 쾌도난마의 침묵

법준은 크고 작은 고개를 여럿 넘어 새벽 어스름에 바위들이 얽혀 구부러져 빙빙 돌아가는 비탈길을 올라 단발령에 이르렀다. 아래를 내려다보니 천 층 만 층 쌓여 있는 하얀 옥더미가 하늘 가운데 걸려 있었다.

조금 있자니 하늘에 오색구름이 덮여 붉은빛을 내쏘는데, 마치 층을 이룬 물결이 출렁거리면서 둥근 해를 떠받쳐 올리는 듯했다. 구름바다에 빛이 밝아지자 곧 구름이 흩어졌다. 아아, 이 장관을 어쩌랴! 상서로운 햇빛이 번쩍거려 눈이 부셨고, 둥근 해의 바퀴가 빙글빙글 솟아오르니, 우주가 광명하고 멀고 가까운 묏부리들이 수를 놓은 것처럼 얽히고설키어 있었다. 그 사이사이로 쏟아지는 물줄기가 수십 갈래로 나누어지는데, 더는 달리 형언할 수가 없었다. 금강은 화엄경에서 나왔고, 향적여래를 상징하는 중향성은 반야경에서 나왔다. 그렇다면 이곳이 불국토가 틀림없다는 뜻이다.

법준은 장양으로 내려가 물을 열 번 건너고 굽이를 아홉 번 돌아 장안사에 이르렀다. 소나무와 전나무가 높은 하늘을 찌르고, 석양 햇살을 받은 봉우리들이 맑은 물에 거꾸로 잠겨 있었다.

장안사 대웅보전은 웅장하기 그지없었다. 대웅보전과 사성지전, 두 구역으로 이루어진 두 전각이 모두 2층이었고, 공포(栱包)의 조각 솜씨가 우아하고 정교했다. 문은 꽃살문이었고 조금 퇴색하기는 했지만 단청이 아직 화려해 아름다워 보였다.

장안사가 천하제일의 명산에 이름 있는 사찰이다 보니 유람객들로 넘쳐났다. 법준은 마하연사에 오르는 것을 다음날로 미뤘다. 초행길이라면 험하다는 이야기를 들었지만, 올라가기로 하면 댓 걸음에 오를 수 있었다. 하나 급할 것도 없었고, 객이 밤중에 주인을 찾는다는 것도 예의가 아닐 것이므로 장안사에서 하루를 묵었다.

이튿날 후원에 들러 아침을 먹고 천천히 길을 나섰다. 백화암 앞을 지나 표훈사는 들르지 않고 곧바로 금강문을 나섰다. 눈앞에 흰 봉우리들이 서로를 시샘하듯 죽순처럼 솟아 있고, 계곡에는 맑은 물이 흐르는지 구르는지 분간할 수조차 없었다. 돌들은 첩첩, 물줄기는 콸콸, 소(沼)는 푸른빛을 토해냈다.

좀 더 위로 오르자, 수백 길 벼랑이 하늘에 기대었고, 뭇 봉우리들이 연이어 묶인 듯 치솟아 앞을 막아섰다. 흰 바위는 매끄럽고 둥글어 널따랗게 깔려 있고, 소나무와 전나무의 푸른 산그늘 사이로 맑은 물이 소곤대듯 졸졸댔다. 지저귀는 산새소리 낭랑한 가운데, 하늘에 떠 있는 구름이 못 속에 함께 떠서 폭포와 바위와 숲이 한데 어울려 천 가지 만 가지 조화를 부리고 있었다.

법준이 금강대 아래 청룡담이라는 소 앞에 이르렀을 때였다. 바윗길 오르막을 남여(덮개 없는 가마)를 타고 오르는 사람이 있었다. 남여를 메고 가는 사람은 사문이었고, 남여 위에 올라앉아 있는 사람을 보니, 중치막에 양태가 넓은 통영갓을 쓰고 있었다. 앞뒤 거느린 종자들이 풀이 죽어 있는 것으로 보아, 거드름깨나 피우는 지방 관리임이 틀림없어 보였다.

두 사람의 승려가 앞에서는 낮추어 잡고 뒤에서는 남여를 치켜올리느라 땀방울이 뚝뚝 떨어졌다. 앞선 승려는 얼굴과 등줄기에 땀방울이 젖긴 했어도, 어깨가 벌어진 젊은이어서 민망스러움이 덜했다. 하나 뒤에서 남여를 어깨 높이로 받쳐 들고 따라가는 등 굽은 스님을 보니, 법준은 스스로의 모멸감으로 고개를 들 수 없었다. 무엇이 잘못되어 수행의 길이 저런 치욕으로 돌아오는가? 남여 위에 올라앉은 유생을 눈여겨 바라보았다. 그는 백치처럼 태평스러워 보였다. 저들도 정자와 주자를 읽었겠으나, 그들의 눈에 사문은 사람이 아니라 한낱 우마에 불과한 듯했다. 저런 사람도 천하제일 금강산을 유람하노라면, 그들 눈에 금강산의 모습이 아름답게 비처질까? 하나 제멋에 겨워 술잔 기울여 운을 달아 읊어대는 음영(吟詠)이 공맹의 도에 이르고 정주의 속뜻에 어찌 통한다 할 것인가.

법준은 남여 앞으로 다가가 잠시 진행을 멈추게 하고, 두 손을 깍지 껴 유생에게 고개를 조아렸다.

"소승이 대감님의 행차를 도울까 합니다."

양태 넓은 갓을 쓴 중늙은이가 별 표정 없이 법준을 바라보더니 고개를 끄덕였다. 법준은 뒤로 돌아가 힘들어 하는, 나이든 스님을 잠시 쉬라 하고 대신 남여를 받쳐 들고 앞으로 밀어올렸다. 남여 위에 올라앉아 전말을 지켜본 유생이 제멋에 겨워 고개를 끄덕였다.

"그래, 체력이 자네만큼은 돼야 내가 편안히 가겠구먼."

행세가 지극히 당연해 보였다. 금강산에서도 양반은 사람 위에 사람이었고 사문과 천출은 노새나 다를 것이 없었다. 법준은 내면 깊은 곳으로부터 치솟아 오르는 분노를 누르고, 마음속으로 능엄신주를 외면서 건성으로 대답했다.

"그러믄요, 남여꾼 하나는 제대로 만나셨습니다."

웃는 얼굴로 작자의 거드름을 받아주면서, 남여를 떠받쳐 밀어 올려 오르막길을 올랐다. 월은사 노스님의 이야기처럼 진정코 인과라는 것이 있다면, 그 원인이 무엇이기에 아조에서 사문에게 돌아온 결과가 이런 것이어야 하는지 답답하기만 했다. 시국이 만들어낸 아픔을 씹고 또 씹어도 깊이 묻어둔 앙금이 자꾸 되살아 올랐다. 법준은 스스로도 슬펐고 남여 위에 올라앉은 유생도 슬퍼 보였다.

슬픔에 젖어 보덕굴로 오르는 개울 앞에 이르렀다. 거기서 남여를 내려놓고 땀을 닦았다. 그래도 만폭동은 달라진 것이 없었다. 높은 봉우리들이 우뚝우뚝 겹쳐 서 있고, 층암절벽에 소나무들이 발돋움을 하는 듯 기괴한 절경의 바위 끝에서 폭포가 날아내렸다.

"대감님께서는 보덕암으로 오르시지요. 이 내를 건너 올라가면 보덕암이 있다 합니다."

법준은 두 손을 깍지 껴 또 한 번 예를 갖췄다.

"만폭동에 오셔서 보덕암을 들르시지 않으면, 금강산을 오시지 않은 것과 같다는 말이 있습지요."

양태 넓은 중치막 유생이 못마땅한 얼굴로 법준을 쳐다보았다.

"소승은 여기서 곧장 마하연사로 가겠습니다. 자, 그럼 좋은 유람 되십시오."

작별을 고하자 작자가 말을 더듬었다.

"저, 저 젊은이⋯⋯."

법준과 헤어지게 되리라고는 생각 못한 얼굴이었다.

"우리랑 같이 가지 그러나?"

"저도 그러고 싶습니다만, 마하연사에 찾아뵐 분이 있어서 가봐야겠습니다."

그러고는 애초 남여를 멨던 사문을 돌아보았다.

"이 두 스님께서 안내를 잘해 드릴 것입니다."

다시 합장을 해 보이고 돌아서려는데, 작자의 얼굴에 노기가 나타나 있었다. 초록이 동색이라 했던가. 법준이 잠시나마 남여를 들어준 것은 그 잘난 유생의 만폭동 유람을 즐겁게 하라고 한 게 아니라, 땀을 뻘뻘 흘리며 가파른 길을 오르느라 힘겨워 하는 사문의 처지가 자신의 처지와 다르지 않았기 때문이었다. 그런데 신분의 우월로 길들여진 터무니없는 작자들은 사문을 노비 취급했다. 만일 남여를 내려놓은 그곳이 그 작자가 다스리는 고을이었다면, 대번 곤장을 치라는 명령이 떨어질 법한 얼굴이었다.

"고이얀⋯⋯."

편치 않다는 작자의 노한 음성이 등 뒤에서 들려왔지만, 법준은 싸늘한 모습으로 마하연사를 향해 돌아섰다.


　보이는 것이 바위요, 치솟은 것은 봉우리였다. 떨어지는 것이 폭포요 고였다 하면 소뿐인 만폭동을 지나 화룡담이 내려다보이는 사자바위 위로 올라서니 널따란 분지가 나왔다. 믿기지 않을 만큼 너른 분지 위쪽에 기역자 모양의 큰 집채덩이가 있었다. 그곳이 마하연사였다. 워낙 큰 집채덩이라 칸수조차 헤아리기 어려웠다. 보나 마나 마하연사도 산비탈 기괴한 벼랑을 등지고 옹색하게 붙어 있는 암자려니 했는데, 보기 드문 대규모 사찰이었다.

　당우는 컸지만 기거하는 사람은 몇 안 되는 듯 대낮인데도 적막에 잠겨 행댕그렁했다. 법준은 텅 빈 마당을 뚜벅뚜벅 걸어 토방으로 올라가 원주실로 보이는 방 앞에서 걸음을 멈추었다.

　"객승 문안이요!"

　한참 있다가 방문이 열리는데, 원주 소임을 맡고 있는 듯한 이마가 벗겨진 노승이 마루로 나와 합장으로 맞았다.

　"이곳이 마하연사가 맞지요?"

　"네, 그렇습니다만……."

　"자루 빠진 도끼를 찾으러 왔소이다."

　뜬금없이 도끼라는 말에 상대가 눈을 동그랗게 떴다.

이윽고 법준의 위아래를 쓱 훑더니, 말을 알아듣고 대거리를 건넸다.

"자루 빠진 도끼는 원효대사가 파계한 구멍이오."

"마하연사에도 그런 도끼가 있다는 소릴 들었소."

"그럼 자루는 가지고 오셨소?"

"암, 가지고 왔지."

"안으로 드시지요."

선문답 같은 대화를 나누고 두 사람은 방으로 들어와 예의를 갖추고 마주 앉았다.

"어디서 오셨소?"

"구월산에서 왔소이다."

"공양은 드셨소?"

"공양은 천천히 하기로 하고 도끼부터 봅시다."

원주가 곧 밖으로 나가더니 한참 있다가 돌아와 방문을 열었다.

"날 따라오십시오."

앞장을 서 법준을 안내한 곳은 커다란 당우가 기역자로 구부러진 모퉁이 갓방이었다. 안에 대고 손님을 모셔 왔노라 알리자, 문이 열리며 밖을 내다보는 사람이 있는데, 키가 구척장신에 어깨가 쫙 벌어진 사내였다.

"도끼자루를 가지고 왔다구?"

원주가 미리 통을 넣은 듯 그가 서슴없이 물었다.

"그렇소이다."

"들어오시오!"

두 사람의 절집 인사가 끝나자 그가 큰소리로 물었다.

"오시면서 뭘 본 게 없수?"

법준이 대답했다.

"고양이를 보았소이다."

"금강산은 잠자는 호랑이오!"

잠자는 호랑이는 금강산 사주 무불대사를 가리킨 말이었다.

"구월산 몽둥이가 왔소이다."

"허허, 그대가 학소 문하의 몽둥이란 말인가?"

"그렇소."

"그렇다면 호랑이 수염을 뽑아보시오, 몽둥이 부러지지 않게……. 허허허."

장비 수염 속에 가려진 그의 입술꼬리가 쫙 찢어지면서 무쇠 같은 팔을 불쑥 내밀었다.

"내가 무부요."

그러고는 법준의 손을 꽉 잡았다.

"말하지 않아도 구월산 봉준이라는 것, 첫눈에 알아보았지."

두 사람의 대면은 이렇게 시작되었다.

"법명이 몽둥이는 아닐 테고?"

이번에는 법명을 물었다.

"법준이라 합니다."

"나는 상월이외다. 한데 여기선 흑발(黑髮)로 더 알려져 있소."

구레나룻 수염 탓인 듯했다. 두 사람은 암호로 쓰는 사사의 이름을 집어넣고 대화를 시작했다.

"학소대사께서 열반에 드셨다는 이야기를 늦게야 접하고 문상을 못 가 몸 둘 바를 모르던 차에, 이렇게 찾아주시니 황공하기 그지없소이다."

"금강산과 구월산이 하룻길이 아니니, 이제 그 점은 허공중이야기요……. 그래, 잠자는 호랑이 수염은 언제 뽑을 것이오?"

그러고 무부를 똑바로 쳐다보았다. 머리는 배코로 밀어 민들민들했고, 별로 넓지 않은 이마 밑 검은 눈썹이 구월산 왕솔밭처럼 촘촘했다. 눈썹 밑으로 움푹 들어간 눈이 그윽해 보였으나, 치켜올라간 눈꼬리와 숱이 많은 구레나룻이 장비 수염처럼 거칠게 솟구쳐 있었다.

"황하강 물이 맑아지기를 기다리는 심정이외다."

"실기를 하면 실타래는 더욱 엉킬 것이오."

"쾌도참난마(快刀斬亂麻)라, 엉킨 실타래를 칼로 자르자는 말 같은데, 쉽게 잘려나갈 실타래가 아닌데다, 호랑이의 깊은 생각을 통 알 수가 없소."

금강산 사주가 장고를 거듭하고 있다는 이야기 같았다. 그러고는 상월이 법준의 얼굴을 쳐다보았다.

"풍(丰)이라! 하늘과 땅과 사람(三)을 한 꿰미로 꿰어야(ㅣ) 뿌리가 깊고 튼튼하다는 점은 다 알고는 있으나 그 일이 작은 일이 아닌즉……."

더 말을 잇지 않은 것은 금강산 사주 무불대사의 반응이 없다는 점을 암시했다. 한데 상월은 혁(革)이라는 글자를 쓰지 않고 풍이라는 글자에 자기의 의도를 담고 있었다. 풍은 사사들 사이에만 통용되는 혁명의 이야기였으나 아직 때가 이르지 않았음을 사주 무불대사의 뜻으로 돌렸다. 그러나 상월의 서탁 위에 경서와 여러 권의 병서가 함께 놓여 있음은, 상월이 말한 풍을 향해 가고 있음을 나타낸 것이라 할 수 있었다.

"허면, 바람이 절로 일어나 산천이 뒤바뀌기를 기다리잔 말이오?"

"석존께서 나라의 방패를 치우고 가비라위국 국경을 스스로 허물어버린 큰 뜻이 사문의 본질인바, 내가 살자고 남을 베는 일이 그 가르침에 크게 배치된다 함인즉, 나로서도 그 대목에 이르면 더는 어쩌지 못하오."

결국은 금강산 사주가 열쇠를 쥐고 있다는 이야기였다.

"일단 호랑이부터 만나봅시다."

"그러지요. 당연히 인사를 드려야지요."

밖으로 나온 두 사람은 마하연사와 이웃해 있는 만회암을 비껴 개울을 타고 숲길로 올라갔다. 백운동과 화계동으로 나누어지는 지점에 이르러 사잇길을 따라 위로 올라가니, 평평한 곳에 자리 잡은 암자가 불지암이었다.

암자는 백운대를 등지고 망군대 아래 계곡을 향하고 있었다. 울창한 숲 주위를 산봉우리들이 둘러싸 물소리조차 들리지 않는, 금강산 여느 사암과는 달리 적요함이 느껴지는 으슥한 곳이었다.

상월이 암자 앞에서 인기척을 내면서 앞으로 다가가 손가락으로 방문을 탁탁 두드렸다. 아무 소리가 없었다. 한 차례 더 문을 두드렸다. 그렇게 세 번 문을 두드린 뒤 방문을 열고 안으로 들어갔다. 법준도 같이 따라 들어갔다.

노승 한 사람이 맞은편 벽을 향해 가부좌를 틀고 앉아 있었다. 사람이 안으로 들어왔는데도 고개를 돌리는 법도 없이 등신불처럼 벽만 향하고 있었다.

상월이 노승의 등 뒤에 대고 세 번 절했다. 이건 또 무슨 수

작인가. 법준은 두 사람을 번갈아 바라보았다. 법준은 마음을 모으고 무불화상을 향해 시간을 압축해 들어갔다. 한곳에 모아진 마음이 과거와 미래가 흩어지면서 응축되어 한 점으로 나타났을 때, 무불은 금강산 사사의 사주가 아니라 보살의 화신이었다.

벽을 향해 앉은 노승은 굳이 눈으로 보지 않고 귀로 듣지 않아도 모든 것들을 다 읽고 있었다. 상월도 그것을 아는지 무불화상의 등 뒤에 무릎을 꿇고 앉았다. 법준도 상월을 따라 세 번 절하고 나란히 앉았다.

"대사님, 구월산 학소대사 사자(社子) 봉준이 문안 올리옵니다."

상월의 그 말에 노승은 숙였던 고개를 약간 들어 끄덕인 것으로 인사를 받았다.

"구월산에서, 무부가 자루 빠진 도끼인 줄 알고 자루를 가지고 왔사옵니다."

또 노승이 보이지 않을 만큼 고개를 끄덕였다. 그리고는 다시 침묵이 흘렀다. 상월이 침묵에 대고 말했다.

"그럼 저희들은 물러가옵니다."

노승은 여전히 미동도 하지 않았다. 두 사람은 밖으로 나왔다. 법준은 상월을 따라 불지암을 내려왔다.

"금강산에는 포효만 남았을 따름이오."

상월의 말이었다.

"잠자는 호랑이가 포효를 한다?"

두 사람은 우물가로 내려왔다. 감로수라 이름이 붙은 물을 손으로 한 움큼 떠서 들이켜고 상월을 바라보았다. 상월의 검은 눈썹 밑의 파란 눈이 하늘을 보고 있었다. 그래서 법준도 파란 하늘을 보면서 물었다.

"석불의 침묵이 무엇이오?"

"때가 이르지 않았다 함이오."

"그럼 포효할 날은 언제쯤이오?"

"금강산 사사를 군병으로 바뀌어 병법으로 훈련을 바꾼 것이 저 침묵에서 나왔소이다. 봉준이 구월산에서 금강으로 들었으니, 무슨 지시가 있을 것이오."

법준이 고개를 끄덕였다.

# 부벽루의 가야금

운재노장이 입적한 뒤 어수선했던 보현사 분위기는 얼마 지나지 않아 안정을 되찾았다. 능담이 보현사 주지가 되어 화장암에서 내려왔고, 묘향산 사주까지 겸하게 되었다. 그로부터 모든 일들이 일사불란하게 진행되었다.

화장암에 혼자 남게 된 자환은 같은 산 안에 방외의 특별한 운선선인이 계셨음에도 소홀했다는 생각이 들어 마음이 편치 못했다. 그래서 사사의 연락망을 통해 선인의 행방을 추적해 보았으나, 사사의 범위 밖에 있는 분이라 종적을 알 수 없었다.

법준과는 종종 서찰을 주고받고 있었으므로, 금강산 무부를 만나 사사를 군사체제로 전환, 훈련에 들어가 있다는 것을 알고, 머지않아 묘향산 사사도 군사체제로 전환할 계획을 세워 놓고 있었다.

구월산에도 학산스님이 사주가 되어 법산과 도문이 한 조를 이루어 잘 이끌어가고 있다는 전언이어서, 이제는 전국적으로 조직을 확대할 필요가 있다고 생각했다. 어떻든 강력한 결집이 요구되는 시기였다.

두류산 사사도 마하가 금강산 무부와 긴밀히 연락하여 군사화하는 일에 착수했다는 이야기가 들렸다. 하나 운선선인과 풍회의 소식은 영 들을 수 없었다. 그들이 묘향산을 떠났다면 어디로 갔겠는가? 가 있을 만한 곳은 금강산 아니면 두류산 두 군데뿐이었다.

운선선인이 금강산으로 갔다면 법준이 그곳에 있으므로 사사의 연락망에 잡혔을 터인즉, 아무 소식이 없는 것을 보면 두류산에 가 있을 가능성이 더 많아 보였다.

자환은 능담에게 두류산으로 해서 가야산, 오대산, 금강산을 거쳐 전국의 사사 현황을 돌아보고 오겠다는 이야기를 했더니, 두류산 마하가 오랜 도반이라고 하면서 자환의 뜻을 환영했다.

"그 친구 멧돼집니다. 지금도 멧돼지를 잡는지 모르겠군요."

"멧돼지라니요?"

"불여일견이라, 가보면 압니다."

자환은 순행길에 안심사 비구니와 동행하기로 했다. 사중 어른들의 허락을 어렵게 받아내 머리를 기른 신혜와 자옥, 여윤과 같이 길을 떠나기로 했다. 이 세 사람을 데리고 가겠다고 생각한 것은 그동안 갈고닦은 그들의 수련이 실전에서 얼마만큼 효력을 발휘할 수 있는지, 그 점을 시험해 보기 위함이었다.

우선 키가 크고 얼굴이 흰한 신혜에게 남색 겹치마에 분홍 속저고리를 입히고, 그 위에 연분홍 모시적삼을 입힌 다음 당의를 걸치게 해 너울을 씌워놓으니, 점잖은 사대부가의 규수가 분명해 보였다. 자옥과 여윤에게는 단치마에 옥색 저고리와 당저고리를 입혀 신혜를 모시는 하종배로 위장했다.

산간에서 빈틈없는 예절로 바르게 수행을 한 이 세 사람에게 사대부가의 규수 복장을 해놓으니 얼굴이 박꽃처럼 맑았다. 거기에다 움직임 하나하나에 고아한 교양까지 더해져 조선 여인들 예절의 전형보다 뛰어나 보였다. 세간에서 자색이 뛰어난 그 어떤 여인도 신혜, 자옥, 여윤에게 비길 바 아니었다. 감히 범접하기조차 어려운 기품이 서려 보이기까지 했다.

묘향산을 나선 자환은 개천을 거쳐 순천으로 들어섰다. 예상했던 대로 그들 일행을 만난 세간 사람들은 벌어진 입을 다물지 못했다. 어쩌면 세상에 저런 규수가 있느냐며 눈이 휘둥그레진 사람들이 많았으나, 감히 해코지하려 드는 사람은 없었다.

자환은 순천에 이르러 견마잡이가 딸린 세마를 내 신혜를 태우고 자옥과 여윤이 그 뒤를 따르게 했다. 기왕이면 환하게

편 박꽃을 더욱 돋보이게 해보자는 뜻이었다.

일행은 평양 근교에 이르러 칠성문으로 들어가 북성 안에 고구려 때 창건한 금수산 영명사로 향했다.

영명사 앞에 이르니 부벽루에서 질탕한 연회가 벌어져 있었다. 자환이 몸을 휘적이며 앞서 올라가 그들의 기미를 살펴보니, 차림차림은 어디다 내놓아도 빠지지 않을 것 같았으나, 노는 짓이 격조 높은 자들이 아니었다. 분위기가 형편없이 흐트러져 보이는 것은 술 때문만은 아니었다. 품위를 존중하는 사대부들의 풍류에 한참 모자라, 등급을 매기기조차 어려운 자들이었다. 한마디로 시정잡배나 별반 달라 보이지 않았다. 가야금을 안고 있는 기녀가 보이긴 했으나, 그 밥에 그 나물이듯 노는 꼴이 저잣거리 왈짜패가 풍류를 빙자해 술판을 벌인 듯했다.

신혜가 견마잡이를 앞세워 부벽루 앞으로 지나가자, 학창의에 술띠를 두르고 통영갓을 비뚜름히 내려 쓴 자가 쓱 쳐다보더니 눈을 끔벅끔벅했다. 연회의 주빈인 듯한 그자는 술기운에 정신이 혼미해 보였는데, 신혜가 눈에 띄자 금세 금산 체장수 말꼬리 보듯 눈빛이 살아났다. 그러더니 입술에 야릇한 웃음을 흘렸다.

"여봐라!"

고누놀이로 연회가 끝나기만을 기다리는 아랫것들을 불렀다. 학창의 하인인 듯 동저고리에 민바지 차림이 벌떡 일어나 부벽루 앞으로 달려가 고개를 숙였다.

"예, 나리!"

"저기 가는 규수가 뉘 댁 규수냐고 여쭈어보아라!"

동저고리 하인배가 연방 예, 예, 콧소리를 내면서 신혜가 탄 말 견마잡이 앞으로 달려왔다.

"뉘 댁 규수냐고 여쭈라 하옵니다."

세마를 따라온 견마꾼이 신혜의 신분을 알 리 없었다. 더구나 눈이 부셔 쳐다보지도 못했는데, 새삼 누구냐고 물을 수도 없어서 뒤를 따르는 자옥을 돌아보았다. 자옥은 물론 여윤도 이런 일을 처음 겪는지라 무슨 답을 해야 할지 몰랐다. 그때 앞서 걷던 자환이 급히 견마잡이 앞으로 돌아와 나서려는데, 신혜가 차가운 목소리로 대답했다.

"의주 강 진사댁 규수라 여쭈어라."

신혜의 대답에 동저고리 하인배가 깡충거리며 부벽루로 달려갔다.

"의주 강 진사댁 규수라 하옵니다."

"의주라면 나리께서 계셨던 곳 아닙니까?"

"그래, 숙부께서 만호로 계셔서 잠시 가 있었느니……."

재수 없는 놈은 넘어져도 개똥밭에 넘어진다더니, 관련이 없으리라 여겨 의주라는 변경의 이름을 갖다 댔는데, 학창의 그자가 의주 속내를 환히 꿰뚫고 있는 한량놈이었다.

"의주 강 진사라……."

생각을 해보더니 빙긋 웃으면서 고개를 좌우로 저었다.

"허허, 강 진사댁 규수가 시하에 아랫것들만 데리고 예까지 왔더란 말이더냐?"

강 진사를 잘 아는 것처럼 입을 열었다.

"양반댁 규수가 양반가에 의탁 않고 부벽루를 찾은 연유가 무엇이냐고 여쭈어라."

동저고리 하인배가 다시 신혜의 견마잡이 앞으로 달려왔다.

"양반가로 가지 않고 부벽루로 오신 연유가 무엇이냐고 여쭈옵니다."

"부벽루에 온 게 아니라, 영명사에 왔다고 여쭈어라."

동저고리가 학창의에게 달려갔다.

"규수께서는 영명사에 왔다 하옵니다."

"사암(寺庵)은 상것들이 드나드는 곳이거늘, 양반댁 규수가 영명사에 온 연유가 무엇이냐고 여쭈어라."

동저고리가 신혜에게로 쫓아왔다.

"상것들이 드나드는 영명사에 온 연유가 무엇이냐고 여쭈옵니다."

신혜는 어이없다는 듯 대동강 푸른 물을 한참 바라보고 있다가 대답했다.

"사삿일로 왔으니 개의치 말라 여쭈어라."

그러고는 견마잡이를 앞세워 영명사로 향했다. 동저고리가 학창의에게로 달음질쳐 뛰어갔다.

"사삿일이니 개의치 말라 여쭈랍니다."

"허어, 당돌한 계집이로다!"

혼잣소리로 중얼거리자 건너편에 앉은 중치막이 나섰다.

"당돌한 계집이라니, 그게 무슨 소린가?"

"의주에 강씨 성을 가진 진사는 없네."

"그럼 거짓말을 하고 있단 말인가?"

누각에 모인 사람들이 학창의의 얼굴을 쳐다보았다. 학창의는 영명사로 가고 있는 신혜 일행의 뒷모습을 바라보면서 좋은 먹잇감이라는 듯 입술을 좌우로 쭉 찢으며 쾌활하게 웃었다.

"하하하, 뭣들 하느냐? 너는 술을 치고 너는 흥을 돋구어라."

손가락으로 기녀들을 가리키자 같은 여자로서 신혜의 그 아리따운 모습에 넋을 놓아버린 기녀들이 다시 잔에 술을 치고 가야금을 끌어안으니, 한 기생이 부채를 펴들고 일어섰다.

두리둥둥 북소리는 풍년 불러서 흥이로다.

정자나무 그늘 아래 쌍봉학이 날아들고

상쇠잡이 꽹매기 쩡쩡 열두 발 상모가 춤을 추누나.

에라만수 풍년이로구나.


"이년아, 너는 노래가 어찌 풍년타령뿐이더냐?"

학창의가 감홍로 한 잔을 쭉 들이켜고 나더니 노래 기생에게 트집을 부렸다.

"그럼 무슨 노래를 하오리까?"

"천하에 잡놈 변강쇠가 남쪽에서 올라오고 밤낮 없이 사내만 탐하다 마을에서 쫓겨난 옹녀란 년이 북쪽에서 내려가다 만나는 대목 있지 않더냐?"

기녀가 학창의 그 말에 쿡쿡 웃음을 삼키더니 노래를 시작했다.


……이상히도 생겼구나. 맹랑히도 생겼구나. 늙은 스님 입일는지 털은 돋고 이는 없다. 소나기를 맞았던지 언덕 깊게 패엇구나. 콩밭 팥밭 지났는지 돔부꽃이 비치었고 도끼날을 맞았는지 금바르게 터져 있다. 생수처 옥답인지 물이 항상 고여 있고 무슨 말을 하려는지 옴질옴질하고 있노. 천리행룡 내려오다 주먹바

위 신통하다. 만경창파 조개인지 혀를 삐쭘 빼었고나. 임실 곳감 먹었는지 곳감 씨가 장물이요, 만첩산중 으름인지 제가 절로 벌어졌다…….

부벽루에 모든 자들이 배꼽을 움켜쥐었다. 다시 한 차례 술이 돌고 기생이 입을 너부죽이 벌리며 자리에 주저앉았다. 그때 학창의가 일어나 대동강을 바라보는데 강물에 붉은 낙조가 드리워져 있었다.

다시 술잔이 오가며 몇 순배 돌아가는 사이에 땅거미가 짙어지고 부벽루에 어둠이 내렸다. 곧 하인들이 횃불을 밝혔고 부벽루 처마에 오색 초롱이 걸렸다.

밤이 되었으나 연회는 끝날 줄 몰랐다. 한참 연회가 무르익어가는데 학창의가 무슨 생각을 했는지 아랫것에게 영명사 주승을 데려오라 일렀다. 이번에도 하종배 민바지가 영명사로 내려갔고, 그리 오래지 않아 깡마른 체구에 무색 윗막이가 헐겁게 걸린 승려가 부벽루로 올라왔다.

"나리, 찾으셨사옵니까?"

두 손을 모아 공손히 허리를 굽혔다.

"나는 이 고을 감사의 척질이 되는 사람이니라. 일찍이 변경에 나가 있다가 본고을로 돌아와 문자 그대로 물 위에 떠 있다는 부벽루에 올라 한잔 마시는데, 어찌 풍류가 없을쏘냐? 아까 의주에서 왔다는 강 진사댁 규수가 영명사로 들어가는 것을 보았거니, 아직 떠나지 않았느냐?"

"예, 계시옵니다."

"허면 오늘 밤 영명사에서 유숙을 하겠다는 것이더냐?"

"예로부터 영명사 약사여래가 영험한지라 소문을 듣고 찾아왔다고 하시며, 날을 새워 기도를 하신다 하옵니다."

"어허! 양반집 규수가 석씨 이단의 소굴에서 밤을 새우다니, 말이 되느냐?"

학창의가 거기서 말을 잠시 멈추더니 주승에게 고개를 들라고 했다. 주승이 숙이고 있던 고개를 들자 말을 이었다.

"거 참 잘되었구나. 내 일찍이 숙부께서 의주 만호로 계셔 잠시 그곳에 머문 적이 있었느니라. 강 진사와는 서로 알음이 긴한 사이거늘, 부벽루는 바람도 차고 하여 오늘 밤 영명사 약사전에서 한잔하면서 강 진사 문안도 여쭙고 그 규수와 시흥을 즐기려 하느니 주안상을 준비하렷다!"

학창의가 기어이 일을 내겠다는 것이었다.

"나리, 그거는……."

영명사 주승이 무슨 말을 하려고 하자 이번에는 중치막이 말을 막았다.

"무슨 말이 많으냐? 어서 하명을 받들지 않고!"

주승이 주눅이 들어 발걸음을 돌리는데, 홑옷자락이 바람에 펄럭거렸다.

"뭣들 하느냐? 저 주승을 영명사까지 안내해 드려라!"

학창의의 그 말에 아랫것들이 주승의 앞뒤에 횃불을 밝혀 들고 영명사로 올라갔다.


학창의의 부름을 받고 부벽루를 다녀온 주승은 자환의 일행이 쉬고 있는 큰방으로 들어갔다. 그때 후원에서 기르는 고양이가 잽싸게 주승을 따라 같이 들어왔다. 주승이 신혜에게 오늘 밤 약사전 기도가 어렵게 되었음을 알리면서, 부벽루 유생들이 술장으로 쓰겠다는 말을 전했다.

"무슨 말씀이시오? 약사전을 술청으로 쓰다니요?"

"평양감사님 척질이라 하온데, 의주의 진사님을 잘 아신다 하옵니다."

주승의 말에 네 사람의 시선이 일시에 신혜의 얼굴로 모아졌다.

"진사님이라니, 의주 강 진사님 말씀이옵니까?"

자환의 물음에 주승이 고개를 끄덕이면서 대답했다.

"강 진사님과 긴한 사이라 하옵니다."

신혜는 가슴이 뜨끔했다. 세 사람이 신혜의 얼굴을 다시 쳐다보는데, 낮에 신혜가 둘러댄 임기응변이 거짓말로 들통났음이 확연했다.

"어찌하면 좋겠습니까?"

신혜가 다급하게 물었다. 자환은 웃었다. 낮에 보았던 그대로 그들의 행태가 능히 그러고도 남을 위인들임이 확실해진 것뿐이었다. 약사전에서 기도를 하겠다고 한 말은 양갓집 규수로 위장한 신혜와 자옥, 여윤이 하룻밤 묵어가겠다는 핑계였는데, 일이 이렇게 되고 보니 매우 난감해져 버렸다. 그렇다면 단단히 준비를 해둘 필요가 있었다.

"알겠습니다. 스님. 그럼 약사전에다 술청을 차려야겠군요."

"조선에 들어와 유생들의 행태가 어찌 여기까지 이르렀는지 모르겠습니다그려."

주승이 큰방 천장을 바라보면서 한숨을 토해냈다.

"스님 마음은 알겠습니다만 오늘 밤 영명사에 피해는 없도록 합시다."

"무슨 피해야 있겠습니까? 지체 높으신 보살님께서 기도를 못 올리게 되었으니, 그 점이 저로서는 송구스럽고 죄송할 따름이옵니다."

"걱정 마십시오. 저희들이 부벽루로 나가든지 어쩌든지 궁리를 해보겠습니다."

그 말에 방 안의 모든 사람의 시선이 자환에게로 쏠렸다.

"우리가 여기서 저들의 비위를 거스르면 영명사에 예측 못할 어떤 사태가 일어날지 아무도 모르오. 그렇지만 부벽루로 나가 설령 저자들의 비위를 거스른다 해도 영명사로 와서 화풀이를 하지는 않을 것입니다."

자환의 그 말은 영명사에 피해가 돌아오지 않도록 하겠다는 배려였고, 다음은 저들의 비위를 거슬려놓겠다는 것을 전제로 한 말 같았다.

"보살님들께는 제가 알아서 잘 말씀을 드릴 테니 스님께서는 나가서 일을 보십시오. 저희들이 곧 부벽루로 나가는 방향을 강구해 보겠습니다."

주승을 밖으로 내보낸 후 네 사람이 머리를 맞댔다.

"유생들의 목표는 신혜수좌요."

신혜도 알고 있다는 듯 고개를 끄덕였다. 그때 주승을 따라 들어왔던 고양이가 밖으로 나가지 않고 허리를 쭉 늘어뜨리며 자환 옆으로 다가왔다. 자환이 고양이를 보듬어 무릎 위에 올려놓으면서 말을 이었다.

"만약의 사태에 대비하십시다."

"만약의 사태라니요?"

"보아하니 저자들이 북방 변장 밑에서 떠돌다 들어온 자들이니, 보고 배운 것이 있다면 오랑캐의 행악질일 터. 승가는 조선조 내내 저런 자들의 행악에 시달려만 왔을 뿐 한 번도 맞서 본 적이 없었소. 우리가 묘향산에서 갈고닦은 무예가 바로 이럴 때 쓰자는 것인바, 어쩌면 칼을 맞잡고 서로 맞서야 할지도 모를 일이오. 단 문제는 저들이 화가 나면 그 행악이 영명사로 돌아올지 모르니 우리가 부벽루로 나가자는 것이오."

"행악이라면?"

"불을 지를지도 모르오."

"설마 불이야 지르겠습니까?"

"보십시오. 기도를 드리겠다는 약사전에 술상을 차리라는 자들입니다. 저들은 절집 알기를 상여집 알듯 하는 자들인데, 홧김에 하인배들의 횃불을 뺏어 약사전에다 집어 던지는 날이면 영명사는 순식간에 잿더미가 되고 말 것이오."

신혜, 자옥, 여윤의 얼굴이 심각해졌다.

"그러니 우리가 부벽루로 나가 선수를 치자는 얘기요."

"우리에겐 이래도 불리하고 저래도 불리하니, 선수를 친다고 해서 손해날 일은 없을 것 같습니다."

짜낸 작전의 핵심은 신혜와 자옥, 여윤이 부벽루로 나가 그들과 자리를 같이해 줌으로써 만약의 사태를 미리 막자는 것이었다. 한데 그 계획을 가장 곤혹스럽게 여긴 사람이 신혜였다. 낮에는 당황한 나머지 임기응변으로 강 진사댁 규수라고 했지만, 공교롭게 그것이 역작용을 불러왔다. 보나 마나 학창의 그자가 신혜를 집중해서 지분거릴 터인즉, 봉변을 당하지 않으려면 자환수좌의 말처럼 칼끝을 맞대고 서야 할지 모를 일이었다.

"신혜수좌, 너무 상심 마십시오. 이번 발걸음이 이런 경험을 쌓자는 것이기도 하려니와 지금부터가 중요합니다. 마음을 단단히 먹고 대처합시다. 저들 대부분은 무부가 분명합니다. 무과에 급제했거나 무과를 준비하는 자들임에 칼과 활을 다룰 줄 아는 것은 물론이려니와, 권술 또한 수준에 달한 자들일 것이외다. 그자들은 내가 담당할 터이니, 세 수좌께서는 하리배들을 처결하시오. 저자들은 정주학을 공부하는 자들과는 달리 무뢰배에 가까우니 첫째는 말조심을 해야 하고, 둘째는 몸조심을 해야 합니다. 모두 알아들었소?"

"네, 알겠습니다."

"사태를 봐야겠지만 일이 어떻게 끝날지 모르니 몸에 모두 단검을 지니고 표창 주머니를 허리에 두르십시오."

자환의 명령이 떨어지자, 세 사람 다 긴장한 얼굴로 자환의 지시에 따랐다.

"다시 이야기하지만, 사정이 여의치 못해 몸을 피해야 할 일이 생기게 되면 영명사로 들어가지 말고 모두 읍성으로 나가는 통로를 빠져 칠성문 밖으로 나오십시오!"

"문이 닫혔으면 어떻게 합니까?"

"바로 그 점이오. 삼경이 지나면 문이 닫힐 것이므로, 우리 편에서 먼저 일을 끝내고 삼경 전에 밖으로 나와야 하오. 만약 문이 닫혔거든 성 위에서 뛰어내리시오. 뛰어내리기가 여의치 않으면 총안(銃眼)에 줄을 매둘 테니 내려뜨려 타고 내려오십시오. 우리가 먼저 성 밖으로 나와야 할 이유는 평양 관아가 중성에 있기 때문이오. 그리고 오늘 암호는 '건'이오. 건, 하면 '곤'으로 대답하시오! 알겠소?"

"알겠습니다."

"자, 그럼 따라 해보시오. 건?"

신혜와 자옥, 여윤이 대답했다.

"곤!"

자환이 고개를 끄덕였다.

"가지고 있는 소지품은 모두 나한테 맡기시오. 저자들을 쓰러뜨린 후 내가 바랑에 넣어 먼저 나가 있을 테니 그리 알고. 자, 그럼 바람을 쐬러 가는 척 슬슬 부벽루로 가십시오. 그리고 또 한 가지……"

자환이 무릎에 안고 있는 고양이를 들어 보였다.

"내가 이 고양이를 집어던질 테니, 고양이가 주안상 위로 떨어지거든 각자 위치에서 최선을 다하시오!"

"그것이 신홉니까?"

"그렇소! 그때는 무기를 써서 상대방을 쓰러뜨려도 좋소."

"알겠습니다."

자환이 말을 마치고 자리를 비켜주었다. 신혜와 자옥, 여윤이 평상복으로 갈아입고 부벽루로 나가기 위함이었다. 잠시 밖에서 기다렸다 세 사람이 평상복으로 갈아입고 소지품을 챙겨나오자, 자환은 그것을 바랑에 넣었다. 본래가 비구니들이라 특별히 소지품이랄 것도 없었다. 중 살림이라는 게 쪽박 하나뿐인데, 쪽박마저 가져오지 않았으니 입고 온 옷이 전부였다. 자환은 세 사람의 세속 옷을 개켜 넣은 바랑을 둘러멘 뒤 고양이를 안고 영명사 밖으로 나왔다.

부벽루의 한량들이 약사전으로 자리를 옮기려는 듯 막 일어서려던 참이었다. 세 미녀가 긴 치마 끝을 발끝으로 톡톡 차면서 춤을 추듯 걸어 나왔다. 하인들이 들고 서 있는 횃불 사이로 세 여인이 마치 꼬리잡기를 하듯 사뿐거리는데, 나비가 춤을 추는 듯도 하고, 학이 나는 듯도 하였다. 바야흐로 학창의를 둘러싼 사내들의 눈이 휘둥그레졌다.

"자, 자, 앉자, 앉자."

학창의가 팔을 벌려 손을 까불어대 도로 자리에 주저앉혔다. 학창의 일행이 자리를 정돈하고 난 뒤, 앞장을 선 신혜가 치맛자락을 살짝 거머쥐고 그들을 내려다보았다. 사내들 가운데에서 학창의가 일어섰다.

"낮에 규수께 무례를 범한 듯하오이다."

무슨 속셈이 있는지 사과라고 하는 것 같은데, 신혜의 대답이 걸작이었다.

"꽃을 본 나비라니, 장부가 그만한 뱃심도 없이 어찌 큰일을 하려 하오?"

대낮의 그 도도하던 신혜가 달라진 것을 보고 학창의가 도리어 어리둥절한 눈치였다.

"의주 강 진사댁 규수라 하셨던가요?"

"네, 그러하옵니다."

대답도 스스럼없었다.

"자리는 이러하옵니다만 평양의 경승 부벽루에서 먼 길을 오신 객고를 푸심이 어떠하려는지요?"

"화간반개(花看半開)한데 주음미훈(酒飮微醺)이 되겠소이까?"

그 말에 학창의가 허허허, 통쾌하게 소리를 내어 웃어젖혔다.

"내 이백은 아니오나, 술잔 들고 달에게 묻는 꼴이 되었소그려."

"그러면 제가 달빛이 되어 그대의 금 술통을 비추겠소이다."

학창의의 입이 쫙 벌어지면서 주변에 대고 소리쳤다.

"저기 자리를 내어 방석을 놓아드려라."

신혜 일행이 새로 놓아준 방석 위에 사뿐히 앉자, 가야금 선율에 변강쇠타령을 뽑아대던 기녀들이 전당 잡힌 촛대 꼴로 한쪽으로 밀려났다. 파장을 하려던 술자리라 다담상이 심히 어질러져 있었는데, 신혜가 그것을 민망스러운 시선으로 내려다보자, 학창의가 그 점을 시급한 문제로 인식한 듯 소리부터 질렀다.

"여봐라!"

"예에."

아랫것들이 학창의 앞으로 모여들었다.

"영명사 주승더러 약사전에 보아둔 다담상을 이리로 옮겨 오라 하여라!"

덩달아 신이 난 아랫것들이 예, 예, 소리를 내지르며 달려갔고, 곧이어 주승의 안내로 영명사 대중들이 다담상을 떠메고 부벽루로 내려오는데, 한쪽 손에 고양이를 감추어 든 자환이 그 사이에 끼어 있었다.

새로 다담상이 바뀌고 어질러진 자리가 말끔히 치워지면서 다소 분위기가 숙연해졌다. 부벽루 한쪽에 모닥불이 다시 피워지고, 기녀의 손가락을 타기 시작한 가야금산조가 산들바람에 흔들거리는 청사초롱을 희롱하며 흘러나오기 시작했다.

평양 감홍로 술잔이 몇 순배 오가는 사이, 학창의가 손수 따른 술잔이 신혜 앞으로 내밀어졌다. 이게 첫 번째 고비였다. 모친의 탯줄에서 떨어져 나온 이후 술이라는 것을 처음 대한 신혜는 난감하기 그지없어 어찌할 줄 몰랐으나 기색을 내보이지 않았다.

꾸어다 놓은 보릿자루 같던 기생들이 갑자기 시샘이 났는지, 뚱땅뚱땅 가야금을 타더니 낮에 부르다 놔둔 변강쇠타령을 다시 뽑아내면서, 분위기가 어수선해졌다.

……이상히도 생겼네. 맹랑히도 생겼네. 전배사령 서려는지 쌍 걸낭을 느직이 달았구나. 오군문 군뇌든가 복덕이를 붉게 쓰고 냇물 가에 물방안지 떨구덩 떨구덩 끄덕인다. 송아지 말뚝인지 털 고삐를 둘렀구나. 감기를 얻었던지 맑은 콧물이 무슨 일인가. 성정도 혹독하다 화나면 눈물 난다. 어린아이 병일는지 젖은 어찌 게웠으며, 제사상의 숭어더냐 꼬챙이 구멍이 그저 있고, 뒷절 큰방 노승인지 민대가리 둥글린다. 소년 인사 다 배웠다. 꼬박꼬박 절을 하네. 고추 찧던 절굿댄가 검붉기는 웬일인고. 칠팔월 알밤인지 두 쪽이 한데 붙어, 물방아 절굿대며 쇠고삐 걸

낭……

  그 야한 사설이 신혜 일행의 얼굴을 붉게 물들였지만, 학창
의를 비롯한 사내들은 신바람이 난 모양이었다. 술이 다시 몇
순배 돌고 자리가 어지러워지기 시작했다.

  "저 의주에서 온 규수, 자 한잔 드시오. 내 강 진사를 잘 아
는지라 의주에서 맺어져야 할 우리의 연분이 멀리 타향 부벽루
에서 소생하다니, 천지조화와 음양 이치가 참으로 공교하여 알
수가 없소이다. 하나 이러해도 한 세상 저러해도 한 세상, 그냥
순리에 따름이 어떠하리오?"

  "듣자 하니 싫은 소리는 아니오만, 이리 쾌활하신 장부를 만
나니 대동강물이 아래에서 위로 흐르는 듯하오."

  "허허허! 규수의 성정이 여장부로다. 어서 통쾌하게 쭉 한잔
하시오."

  "물이 아래에서 위로 흐름은 춤을 추자는 것인즉, 어찌 즐거
운 일이 아니겠소. 의주에서 지냈다 하니 하는 말이오만, 그 장
쾌하신 장부께서 변경에서는 누구와 더불어 대작을 하시다 여
기로 오시었소?"

  "대작이라니. 앞에는 압강이요 뒤에는 천마라, 산과 강 사이
에 갇혀 꼼짝 못한 홀몸이었소이다."

"화간일호주(花間一壺酒)라. 부벽루에도 앞에는 대동강이요, 뒤에는 모란봉인데 술 한 동이를 꽃 사이에 놓고 혼자 잔을 들어 달을 마주해 마시려 하나이까?"

"허허허! 내 규수와 함께 있고 달이 함께 있으니, 더 무엇을 바라겠소."

"규수는 그대를 모르고 달은 술을 마실 줄 모르며 그림자는 규수만 따르니, 장부께서는 부벽루에서도 어찌할 수 없이 혼자의 몸이로소이다."

비구니가 언제 저런 쾌활통쾌한 망발을 배워두었는지 학창의의 말발이 신혜를 따르지 못했다.

"규수의 시흥을 더는 기다리지 못하겠소. 자, 한잔 받으시오!"

학창의는 평계 없는 놈 막말하듯 술만 권하기 시작했다. 신혜는 학창의가 한눈을 파는 사이 따라준 술을 다담상 아래에 쏟고 잔을 다시 학창의에게로 건넸다.

"자, 소원하신 소랑(小娘)의 술잔이오."

학창의가 신혜가 건넨 술을 받아 쭉 들이켜고 다시 잔을 신혜에게로 넘겨 감홍로를 철철 넘치게 따랐다. 막 분위기가 익어가는 찰나에 신혜의 곁에 있던 자옥이 나섰다.

"사내들 노는 것이 변방 모리배가 따로 없구나!"

쫙, 찬물을 끼얹는 소리였다. 어차피 끝이 아름답게 끝나지는 않을 것, 일치감치 판을 깨자는 듯 자옥이 직설화법으로 중간에 끼어드니, 사내들의 안색이 바뀌며 노기가 스쳐 지나갔다.

"감히 이 자리가 어디라고, 노방의 잡견은 뒤로 물러나 있거라!"

학창의 곁에서 중치막이 나섰다. 규수를 모시는 종년이라 함부로 해도 되는 터이나 규수가 워낙 말발이 고상해 모처럼 분위기가 고고해져 가는 판에, 더는 판을 그르치고 싶지 않은 듯 학창의는 그쯤해서 그쳤으면 그런 눈치였다.

그런데 이번에는 여윤이 나섰다.

"노방은 어디고 본방은 어디요?"

말투가 벌써 아랫것들 말투가 아니었다. 그때 학창의가 더는 못 참겠다는 듯 본색을 드러냈다.

"허, 그년들 주둥이가 색주가에서 놀아먹은 창기년들 뺨치게 생겼구나. 저 종년들을 번쩍 들어 영명사로 돌려보내라!"

학창의의 그 말에 하인배 몇 놈이 자옥이와 여윤의 곁을 둘러쌌다. 바야흐로 사단이 일어날 찰나가 온 듯했다. 키가 크고 건장한 하인배 하나가 뚜벅뚜벅 곁으로 다가서더니 자옥의 어깨춤을 붙들어 일으켜 세우려 했다. 그것이 화근이 되었다. 자옥이 팔꿈치로 무방비 상태에 있는 하인배의 젖가슴 아래 천지(天池)를 눈치채지 못하게 쿡 찍었던 것인데, 마치 세워놓은 헌

멍석 나자빠지듯 그 자리에 발랑 주저앉아 숨을 쉬지 못했다. 다른 하인들은 영문을 몰랐고 학창의는 더더욱 영문을 몰랐다.

"뭣들 하느냐? 저년들을 내치지 않고?"

다시 하인배들이 자옥과 여윤이를 끌어내리려고 어깻죽지에 손을 대자 자옥과 여윤의 손만 가면 앤생이처럼 그 자리에 픽픽 꼬꾸라졌다. 참다 못한 학창의가 자리에서 발딱 일어섰고, 자옥과 여윤은 늠름하게 자리를 지키고 앉아 있었다.

"허, 저년들이 사람인가 도깨빈가. 이 무슨 해괴한 짓이냐?"

"놓아두시오. 거 아랫것들과 똑같이 채신머리없다 하겠소."

신혜의 그 말에 학창의가 체면을 구기지 않으려는 듯 도로 자리에 앉았다. 신혜가 그 틈을 이용해 잔에 차 있던 감홍로를 다시 다담상 아래에 쏟고 학창의에게로 건넸다.

"자, 소랑의 잔이나 받으시오."

학창의의 입이 너부죽해지면서 잔을 받았다.

"이 술을 드시고 벼슬이 기룡천리(驥龍千里)에 반천(攀天)하시오."

그때 어디선가 고양이가 야옹! 하면서 술상 위로 뛰어들었다. 엄격하게 말하면 뛰어든 것이 아니라 집어던져졌다. 그것이 자환의 신호였다.

"어마나!"

신혜가 깜짝 놀란 듯 부러 무릎으로 상을 엎으면서 벌떡 일어서는데 쨍그렁 그릇 깨지는 소리와 함께 다담상이 학창의 앞으로 엎어져 고춧가루에 참기름, 양념이 범벅된 찌개와 갖가지 시뻘건 반찬들이 검은 천을 넓게 댄 창의 위로 산사태가 났다. 그 경황에 고양이란 놈이 학창의의 어깨로 기어올라 뛰어 달아났고, 신혜는 민망한 척 발을 동동 구르며 학창의를 바라보고 서 있었다.

일이 이쯤 되면 공맹의 글줄을 올바로 읽은 사람일진대 발걸음이야 떨어지지 않겠지만, 점잖게 일어나 털털 옷자락을 털고 헛기침을 내뱉으며 집으로 발길을 돌렸을 것이다.

그토록 양반의 체면을 높이던 학창의가 삽시에 주안상을 설거지한 행주 꼴이 되어 자리에서 벌떡 일어서, 고양이를 베려는지 사람을 베려는지 불문곡직 장검을 빼들었다. 하나 고양이는 날 잡아잡수시우 하고 대동강이 까마득히 내려다보이는 벼랑 밑에서 야옹거렸다. 학창의 얼굴에 몽니가 서리면서 씩씩 헛바람이 일어났다.

"나리!"

아까부터 충성을 바쳐오던 동저고리 하인배가 횃불을 치켜들고 그에게로 다가왔다.

"고양이가 뛰어든 것이 아니라, 저기 저놈이 집어던졌습니다요."

덩달아 분심을 못 참겠다는 듯 자환을 가리켰다. 모든 사람들의 시선이 두어 발짝 뒤로 물러서 있는 어둠 속의 자환에게로 시선이 쏠렸다.

"뭐야?"

분기가 탱천해 칼을 잡은 학창의의 손이 떨리며 한달음에 달려갈 것 같은 자세로 자환을 노려보았다.

"저 중놈이 나와 무슨 원수가 졌다고⋯⋯?"

하나 곧 양반의 체면을 생각한 듯 주변을 돌아보았다

"여봐라! 저 중놈에게 오라를 지어 무릎을 꿇리어라!"

사내의 한마디에 하인배들이 횃불을 집어던지고 자환에게로 우르르 몰려들었다. 자환은 멀찍이 물러나 있다가 가까이 접근하는 놈부터 삼칼로 삼잎을 떨쳐내듯 별로 힘도 들이지 않고 차례차례 하인배들을 땅바닥에 꺼꾸러뜨렸다.

일이 쉽지 않음을 깨달았는지 학창의가 부벽루에서 내려와 자환에게로 달려가는데, 신혜가 슬쩍 학창의의 발을 걸어 앞으로 쓰러뜨렸다.

"이년 봐라!"

신혜의 발놀림을 본 것은 학창의가 아니라, 그 뒤를 따르던 놈의 친구 중치막짜리였다.

"이제 보니 이년이!"

볼따구니를 때리려고 손바닥을 날렸으나, 신혜가 날아온 손을 낚아채니 중치막의 몸이 앞으로 굽혀졌다. 순간 신혜가 꼭 모아 쥔 다섯 개의 손가락 끝으로 사내의 명치를 쑤시자 너부죽하게 앞으로 꼬꾸라졌다. 한데 그 뒤를 따르던 놈들은 아직 감을 못 잡은 터라, 상대가 힘없는 여자인 줄만 알고 불에 각다귀 덤비듯 되는 대로 돌진해 들어왔다. 그때 자옥과 여윤은 전사로 돌변해 있었다. 연이어 몰려드는 놈들의 손을 낚아채 집어던지니 고목이 무너지듯 모두 비탈 아래로 나동그라졌다.

결국 낌새를 알아챈 그들이 전열을 가다듬었다. 그들 또한 한다 하는 한량들이요, 창검을 다룰 줄 아는 무사들이라 섣불리 대적할 수 없었다. 자환과 학창의는 부벽루 뒤 숲속에서 한 판 어우러졌고, 신혜와 자옥은 학창의를 따라다니던 세 놈의 사내와 맞붙었다. 그들은 장검을 가지고 있었고, 숫자가 우세해 얕잡아 볼 계제가 아니었다. 거기에다 하인배들이 목숨을 내놓고 무더기로 달려들고 보니, 먹줄을 띄워 배운 무술이 저잣거리 왈짜패들의 난전이나 다를 것 없게 되었다.

여윤은 하인배들을 혼자 도맡아 두드려 패는 일에 나섰다. 놈들도 사내라고 힘으로 맞서 만만치 않았지만, 그러나 하인배들이 가진 것은 그저 몽달이 같은 힘뿐이어서 부지깽이로 콩깍지를 패듯 두들겨 패기만 하면 되었다.

한참을 두들겨 패다가 주변을 살펴보니, 칼보다는 창을 더 잘 쓸 것 같은 체구를 가진 놈이 장검을 들고 자옥에게 좌요격세(左腰擊勢)로 달려드는데, 키가 작고 날렵하게 생긴 녀석이 등 뒤에서 장검으로 자옥을 노리고 있었다.

"큰일 났네?"

소리와 함께 여윤이 자기도 모르게 허리춤에 손을 넣어 일촉즉발 표창을 날리자, 핑! 소리와 함께 어둠을 뚫고 날아간 표창이 자옥의 등을 노리던 자의 어깻죽지에 꽂혔다. 윽! 소리와 함께 한 녀석이 그 자리에 꼬꾸라졌고, 자옥은 공격해 들어오는 사내의 오른쪽으로 몸을 틀어 팔꿈치로 경문(갈비뼈 아래 혈자리)을 냅다 내질렀다. 녀석은 그 자리에서 때굴 한 바퀴 뒹굴면서 꼬꾸라졌다.

한꺼번에 두 녀석을 제압한 뒤 자옥은 신혜를 지원하러 올라가고, 여윤은 나머지 하인배들을 모조리 두드려 패는 데 종사했다. 자옥이 위로 올라가 보니 단검이 어깻죽지에 꽂힌 한 녀석은 꼬꾸라져 있고, 신혜가 중치막의 장검을 뺏어 들고 비탈에 쓰러진 녀석의 목을 겨누고 있었다.

"이러고도 너희 놈들이 변방을 지키는 무사더냐?"

자옥이 신혜 곁으로 다가가 중치막의 옆구리를 냅다 내질러

주고 자환수좌를 찾으러 아래로 내려갔다. 하지만 자환수좌는 보이지 않았다. 대신 어둠 속 나뭇가지에 사람 같은 것이 검게 서 있는 것 같아 단검을 빼들고 가까이 다가가니, 부벽루에서 술상이 엎어지면서 안주와 찌개 세례를 받은 도련, 깃, 수구, 옷고름 등 검은 헝겊을 댄 학창의가 벗겨져 나뭇가지에 걸려 있었다. 알맹이는 빠져나가고 학창의만 바람에 흩날렸다.

주변을 둘러보았으나 별다른 기척이 없어서 자옥은 을밀대 앞길로 들어서 북성에서 중성으로 연결된 통로를 빠져나가 성벽 아래로 몸을 숨겨 칠성문으로 발길을 빨리했다. 성문이 닫히면 꼼짝없이 성에 갇힌 처지가 된다. 자환이 어떤 일이 있어도 성문 밖으로 빠져나오라 하지 않았던가. 부벽루에서 변을 당한 그들 가운데 누구 하나라도 관아에 들어가 발고를 했다 하면 붙잡히지 않는다는 보장이 없었다.

앞뒤 돌아보지 않고 칠성문에 다다랐으나 문이 이미 닫혀 있었다. 하긴 삼경이 지난 지가 언제인데 성문이 열려 있을 까닭이 없었다. 그렇다면 어떻게 빠져나가야 하는가. 성문으로 나가기는 틀렸으니 뛰어넘어야 한다는 생각으로 성곽 위로 올라갔다. 성가퀴에 몸을 숨기고 근총안을 기웃거리며 한참을 올라가다 보니, 성 밖 아래 숲속에서 가냘픈 피리소리가 들려왔다. 끊일 듯 말 듯 아련히 이어지는 곡이 매우 귀에 익었다.

그랬다. 피리소리는 범패의 곡조였고, 범패를 할 줄 아는 사람은 그들 가운데 누구일 것이다. 자옥은 범패소리에 끌리듯 더 위로 올라가니, 피리소리는 성곽 바로 아래에서 들려왔다.

자옥은 근총안에 얼굴을 대고 성 밖을 내다보면서 목소리를 낮췄다.

"건!"

아니나 다를까, 피리소리가 멎더니 성 아래에서 답이 왔다.

"곤!"

자환수좌였다. 근총안을 딛고 올라서서 성 아래를 내려다보니, 성 밑 어둠 속에서 자환이 그림자처럼 손을 흔들어 보였다. 그러고는 성벽에 드리워진 줄 같은 것을 들추어 보이기에 가까이 가보니, 근총안을 버팀목으로 밧줄을 묶어 성벽 아래로 늘어뜨려 놓았다. 참으로 치밀하고 빈틈없는 작전이 아닐 수 없었다.

"신혜와 여윤이 도착하지 않았습니다."

"더 기다렸다가 함께 내려오시오."

"꼬레잇!"

알았다는 신호였다. 자옥은 여첩(女堞)에 몸을 숨겨 다시 위로 올라갔다. 정자 사이의 성곽을 돌아 북성으로 통하는 성문 가까이에 이르러 발자국 소리가 들려와 나무 밑동에 납작 엎드려 살펴보니, 살금살금 수풀 사이로 몸을 숨기고 내려오는 그림자가 있었다.

여윤이었다. 여윤이 곧 나무 밑동 뒤로 돌아와 합세했다.

"신혜는 어떻게 됐니?"

"아직 안 왔어?"

자옥이 고개를 끄덕여 보이자 여윤이 주변을 살피면서 대답했다.

"먼저 내려간 줄 알았는데?"

"축시가 가까워졌을 터인데 큰일 났군."

"자환교수님은 어떻게 됐어?"

"성 밖에서 기다리고 있어."

"다시 가서 찾아봐야겠네."

그러고는 막 나무 뒤에서 앞으로 나서려는데, 위에서 뛰어내려오는 그림자가 있었다. 그림자가 점점 가까워지면서 키가 큰 모습을 보니 신혜가 분명해 보였다. 혹시 몰라 두 사람은 가만히 엎드려 있다가 신혜가 앞을 스쳐 지나간 뒤, 아무도 뒤를 따르는 사람이 없음을 확인하고 암호를 보냈다.

"건!"

키 큰 그림자가 재빠르게 숲속으로 몸을 숨겼다. 한참 동안 주변이 잠잠해지자 암호를 보냈다.

"곤!"

신혜가 확실했다.

"묘조다."

"여기는 묘희."

세 사람은 곧 숲에서 일어나 칠성문 방향으로 뛰었다.

"왜 이렇게 늦었니?"

"그럴 일이 있었어."

자옥이 두 사람과 여첩에 몸을 붙여 자환이 기다리는 성곽 위치에 이르렀다. 자환이 성 밑에서 성벽에 드리워진 굵은 밧줄을 들치고 있었고, 자옥이 재빠르게 성가퀴를 넘어 밧줄을 타고 내려갔다. 그 뒤를 여윤과 신혜가 따랐다.

"무사히 빠져나왔으니 다행이오. 빨리 떠납시다."

자환이 바랑을 짊어지고 앞을 섰다.

"한시바삐 여기서 멀어져야 하오. 이 길은 의주로 가는 길이니, 왼쪽으로 내려가 대보산 앞으로 해서 운천교를 건너 강서로 갑시다. 강서에서도 삼화가 가깝지 않으니 빨리 서둘러야 합니다."

따지고 보니 서둘러야 할 상황이었다. 그것도 성안에서 감사와 연줄이 있는 의주 변경 한량놈을 반 죽여놓았으니, 발고가 들어가면 기졸들이 득달같이 뒤를 쫓을 것은 불을 보듯 빤했다. 만일 붙잡히게 될 상황에 빠지면 스스로 자결해야 할 중대한 문제였다.

　그들은 대동강 연안의 낮은 평야를 나는 듯이 달려 강서를 거쳐 남포나루로 향했다.

# 연꽃 속의 세상

　여름이면 연못에 소담스러운 연꽃이 피는 마을, 남강 건너 진촌(진주)에 그 연꽃을 바라보며 생각을 키워온 아이가 있었다. 아이는 연꽃 속으로 들어가면 틀림없이 그 안에 좋은 세상이 있을 것이라 믿었다. 우리네가 사는 세상처럼 누가 성가시게 하거나 귀찮게 구는 일이 없고, 병이 들어 아픈 일이 없어 늙지도 죽지도 않는다고 믿었다. 착한 사람들만 사는, 일을 하지 않아도 즐거운 일만 있는 상서로운 세상, 아이는 연꽃 속에 그런 세상이 있다고 믿었다. 그래서 늘 착한 생각을 갖고 있었다.

　아이의 아버지는 대가댁 종살이를 하고 있어서 아이도 그집 종이었다. 하루는 아버지가 고기를 잡으러 가자고 해서 따라나섰다. 강을 따라 내려가 어람 그득 고기를 낚았다.

　집으로 돌아오는 길에 아버지가 어람을 들고 가라 하여, 아이가 들고 가게 되었다. 냇물을 건너게 되었는데, 소리 없이 흐르는 물을 보자 어람 속의 고기들이 불쌍하다는 생각이 들었다. 그래서 아버지가 낚은 고기들을 모두 꺼내 냇물에 놓아주었다.

"이눔의 자석이, 애써 잡은 고기를 놓아주다니?"

아버지가 화를 내면서 때렸다. 아이는 울면서 말했다.

"아버지, 사람이나 고기나 목숨은 같은 것이옵니다. 답답한 어람 속에서 참느라 괴로워하는 모습이 사람과 똑같습니다. 용서해 주세요."

아이는 아버지한테 절을 했고, 그래서 아버지도 화가 풀렸다.

집 근처 강가에는 신비스러운 용이 산다는 굴이 있었다. 굴 언저리는 늘 안개가 끼었고, 안개가 낀 날 굴 안에서 거문고를 타는 소리가 들렸다. 어른들은 용이 하늘을 날려고 내는 소리라 했다. 그런데 아이가 지팡이로 바위를 땅땅 두드리면 소리가 뚝 그쳤다.

하루는 어떤 사람이 집으로 찾아와 아버지에게 말했다.

"이 아이는 세속의 사람이 아니오."

하지만 아이의 아버지는 그 말을 괘념치 않았다.

아이가 열세 살 나던 해 가을이었다. 아이는 집을 떠나기로 했다. 어딘가 깊은 산속으로 들어가면 늘 꿈꾸어 왔던 연꽃 속의 세계가 있을 것 같았다.

삽짝문을 열고 길을 나서자 밤이 깊어 사방이 고요한데 달빛만 교교했다. 아이는 동네를 등지고 달빛에 드러난 높은 산을 향해 걸었다. 발걸음이 이상하게 가벼웠다. 마치 하늘처럼 생긴, 눈에 보이지 않은 신령한 사람의 손에 끌리듯 사뿐사뿐 걸어서 십 리 넘게 갔을 때였다. 냇물을 건너게 되었는데, 바닥이 하얀 모래였다. 그때 등 뒤에서 끙! 소리가 나서 돌아보니, 집에서 기른 삽살이가 거기까지 따라와 지켜보고 있었다.

아이는 삽살이를 부둥켜안고 머리를 쓰다듬어주었다.

"너는 어른들을 모시고 있어야 해. 어서 집으로 돌아가."

그렇게 타이르자 삽살이가 몇 번 끄웅! 소리만 내다가 말을 알아들었는지 잠자코 고개를 숙였다.

"나는 구름과 바람 같은 사람이 될 거야. 잘 있어."

등을 토닥거려 주며 왔던 길을 손가락으로 가리키자 삽살이가 돌아서서 걸어갔다. 아이는 한참 동안 그 자리에 서서 삽살이의 뒷모습을 지켜보았다. 삽살이도 자꾸 뒤를 돌아보며 끙끙거렸다. 아이는 마음이 아뜩해져 눈시울을 적시며 개울 앞에 앉았다.

다만 삽살이 때문만이 아니었다. 아버지가 아침에 일어나 집을 떠난 것을 알고, 옆구리가 비어버린 허전함으로 얼마나 마음이 아프실까 하는 생각이 떠오르자 눈물이 그렁그렁해졌다.

아이는 삽살이의 모습이 사라지자 발걸음을 돌렸다. 푸른 달빛에 드리워진 그림자를 밟으며 냇물을 건넜다. 하늘을 바라보니 달이 서쪽 산봉우리에 걸려 있었다.

아이의 이름은 구언이었고 본향은 비안이었다. 성은 중국에 많은 원(袁)씨였다.

구언은 덕이산으로 갔다. 덕이산에 도를 닦는 사람이 있다는 소리에 묻고 물어 여러 날 걸려 당도했다. 산을 헤매고 돌아다니던 어느 날, 한 노인을 만났다. 노인은 바위굴에서 살고 있었다. 의복은 남루했고 몸이 삭정이처럼 마른 사람이었다.

구언은 딱히 갈 만한 곳이 없어 노인을 스승님이라 부르고 곁에서 심부름을 해주며 눌러앉았다. 그런데 노인은 하루에 한 끼가 아니라 이틀에 한 끼, 어떤 때는 사흘에 한 끼, 그것도 나무열매나 풀뿌리로 끼니를 때울 때가 많았다.

도를 닦는 일이 풀뿌리나 나무열매로 연명하면서 날마다 바위굴에 쭈그리고 앉아 있는 일인가 싶어 하루는 작정하고 물었다.

"스승님, 날마다 무슨 생각을 하십니까?"

노인이 감은 눈을 뜨지 않고 대답했다.

"눈을 감고 산다."

대답이 하도 이상해서 다시 물었다.

"왜 눈을 감습니까?"

"눈을 뜨면 고장이 생겨, 이놈아."

내 참! 눈을 감으면 아무것도 보이지 않으니 자빠지거나 부딪쳐서 고장이 생기면 생기지, 눈을 뜨고 있는데 왜 고장이 생긴다는 걸까? 그래서 다시 물었다.

"눈을 떴는데 왜 고장이 생깁니까?"

그랬더니 노인이 큰소리로 대답했다.

"그 이유를 가르쳐주랴?"

"네, 가르쳐주세요."

구언의 대답이 떨어지기가 바쁘게 노인이 굴 밖으로 나갔다. 그리고 한참 있다가 들어오는데 주먹을 불끈 쥐고 있었다.

"이 손바닥 안에 무엇이 들었겠느냐?"

노인이 구언의 턱 밑에 주먹을 불쑥 들이밀었다. 구언은 깜짝 놀라 노인의 얼굴만 바라보았다. 평소 아무 말 없이 늘 눈을 아래로 내리깔고 잠잠히 앉아만 있던 노인이 굴 밖에서 무엇을 가지고 왔을까 곰곰이 생각을 해보았으나, 노인의 손 안에 든 것을 알아낼 길이 없었다.

예전에는 있는 듯 없는 듯 조용하던 노인이 느닷없이 실성한 사람처럼 마구 자랑을 하면서 떠드는 걸 보면 손 안에 굉장한 무엇이 들어 있겠거니 했다. 구언은 하도 야단을 떠는 노인을 골려주려고 무심코 대답했다.

"그거 빈주먹 아니에요?"

노인이 눈을 부릅뜨고 바라보더니 굴 밖으로 휭 나가 버렸다. 그리고 한참 있다가 다시 굴 안으로 들어왔다.

"어딜 다녀오세요?"

"감춰두고 왔다."

"손 안에 든 걸요?"

노인이 고개를 끄덕였다.

"그게 뭔데요?"

"이놈아, 그걸 가르쳐주면 네놈이 가만있겠냐?"

"왜요?"

"그것만 가지면 삼정승은 물론 그 어떤 부자놈도 안 부럽지. 아암, 나라님도 안 부러운데 네놈이 가만 놔둘 리 없지. 나를 당장 개울 속에 처박아 넣고 금방 빼앗아 달아날걸?"

그러고는 굴 밖을 한참 동안 바라보더니 얼굴이 갑자기 새침해졌다.

"이거 큰일 났네?"

여태 뽐을 내던 노인이 금방 겁을 먹은 사람처럼 얼굴이 바뀌었다.

"허허, 이런……?"

안절부절못했다.

"어디 아프세요?"

"이놈아, 아픈 데가 어디 있어?"

"그럼 왜 그러세요?"

"내가 요놈한테 왜 그 큰 비밀을 가르쳐줬지?"

정말 큰 비밀을 발설한 사람처럼 전전긍긍이었다. 그러더니 주먹으로 가슴을 쿵쿵 치면서 눈물을 찔끔거렸다. 구언은 정말 노인이 귀중한 보물을 가지고 있나 보다 생각했다.

"걱정 마세요, 안 훔쳐 갈게요."

"나는 네놈 말을 안 믿어."

"나 도둑놈 아니에요."

그랬더니 노인이 다시 굴 밖으로 나갔다. 살금살금 뒤따라가 봤더니 노인이 굴 위 큰 바위 뒤로 돌아가 뭔가를 찾아내는 듯싶더니 다시 능선 너머로 모습을 감추었다.

노인이 다시 바위굴로 돌아온 것은 한 식경이 지난 뒤였다.

"어딜 다녀오셨어요?"

"나만 아는 곳에다 감춰두고 왔다."

"보물을요?"

"오냐."

"저는 그런 거 가져가는 도둑놈 아니라고 그랬잖아요."

"그걸 어떻게 믿냐?"

못 믿으면 할 수 없다고 생각하면서 며칠 지났다. 그런데 보여주지도 않은 노인의 보물이 구언의 머릿속에서 꼼지락거리기 시작했다. 잊으려고 하면 할수록 머릿속에 보물이 샛별처럼 박혀 반짝거렸다. 어떤 때는 머릿속에서 별이 되어 밖으로 빠져나와 하늘을 빙빙 돌아다니기도 했다. 구언은 노인의 보물에 사로잡혀 견딜 수 없었다.

노인은 그런 속도 모르고 굴 안에 가부좌를 틀고 앉아 언제 그런 일이 있었느냐는 듯 태평한 모습이었다. 예전에 늘 했던 모습 그대로 숨소리마저 죽이고 있었다. 참 이상한 노인이다 싶었다. 노인이 그럴수록 구언의 궁금증은 더욱 커졌다. 노인이 정말 부처님 눈썹 사이에서 반짝거리는 보석 같은 보물을 가지고 있다고 믿어졌다. 팔려고 해도 값이 원체 비싸 팔 수도 없는, 저런 행색으로 그런 보석을 팔려고 했다가는 도리어 도둑으로 몰려 경을 치게 될지도 모른다는 생각도 들었다. 그런 뒤탈이 무서워 팔지도 못하는 보석을 틀림없이 노인이 가지고 있다고 여겼다.

어떤 때는 아니라고 고개를 흔들어 보기도 했지만 소용이 없었다. 날이 갈수록 산 너머 자기만 아는 곳에 감춰두었다는 노인의 보물이 무얼까…… 잠시도 머릿속을 떠나지 않았다. 한 번 그렇게 생각이 자리를 잡아버리니, 그놈의 생각이 구름처럼 뭉게뭉게 피어올랐다. 뭉게구름 같은 생각 속에 노인의 얼굴까지 겹쳐 샛별만 하게 생각했던 보물이 덕이산 꼭대기 바윗덩어리처럼 커져버렸다.

그러고 일 년이 지나갔다. 구언은 바윗덩어리만큼 커져버린 노인의 보물에 갇혀 꼼짝 못했다. 그놈의 보물 속에 빠져 숨도 제대로 쉬지 못하게 된 어느 날, 하는 수 없이 노인에게 매달렸다.

"스승님, 산 너머 숲속에 감춰둔 그거 말예요……?"

벌써 일 년이 지난 일이어서 노인은 잊어버렸는지 들은 체도 하지 않았다.

"스승님, 그때 손바닥 안에 감춘 게 그게 뭐냐니까요?"

여전히 눈을 감은 채 미동도 하지 않았다.

"제 말 안 들리세요?"

그래도 요지부동이었다. 구언이 노인의 얼굴을 찬찬히 들여다보았다. 그랬더니 노인은 팽팽하게 여문 명감나무 열매로 귓구멍을 막고 있었다. 구언이 노인의 귀에 대고 큰 소리로 외쳤다.

"왜 귓구멍을 막고 계세요?"

그때서야 노인이 성가시다는 듯 얼굴을 찡그리며 귓구멍 속의 명감 열매를 빼냈다.

"이놈아, 눈 열고, 귀 열고, 코 열고, 입 열면 사달이 생겨."

"무슨 사달이 생깁니까?"

노인이 구언을 빤히 바라보았다.

"눈과 귀는 절로 열렸고, 코도 구멍이 절로 뚫렸다."

"그래요, 그건 나도 알아요. 입도 절로 열려 말이 솔솔 나오는데 왜 사달이 생깁니까?"

구언의 말이 떨어지기가 바쁘게 노인의 손이 구언의 볼따귀를 후려갈겼다.

"요게 사달이다! 이제 알겠느냐?"

갑자기 뺨을 얻어맞은 구언은 뿔다귀가 나 볼을 실실 만지며 굴 밖으로 뛰어나왔다. 숨을 씩씩거리며 통통 뛰어서 개울로 내려갔다. 미투리를 신은 발로 개울물에 뛰어들어 철벙철벙 물장구를 쳤다.

한참 동안 개울물을 철벙거리고 났더니 화가 풀리면서 발이 시렸다. 시린 발이 머리 꼭대기까지 치밀었던 부아를 슬며시 가라앉혔다. 스승님이 되어가지고 내가 무엇을 잘못했다고 볼따귀를 올려붙이지? 너무 버릇없이 굴었던 건 아닐까? 그런데 산속에 단둘이 살면서 명감 열매로 귓구멍을 왜 막고 있을까? 내 이야기가 듣고 싶지 않다 그거지. 이야기란 필요 없는 거니까 아무 소리 말라. 그래도 종알거리니까 귀를 막아버렸다 그 말이지. 이젠 노인 곁을 떠나자… 구원은 그렇게 생각했다. 이대로 노인의 곁을 떠나게 되면 갖고 있는 보물을 알아내기는 영 글렀다는 생각도 들었다.

구언은 발을 씻고 밤이 이슥해져 굴 안으로 돌아왔다. 무릎을 꿇고 앞에 앉았더니 노인이 언제 그런 일이 있었냐는 듯 씩 웃었다.

"내가 사달이 생긴다고 했더니, 사달이 무엇이냐고 물었더냐?"

구언이 고개를 끄덕이자 노인이 다정한 목소리로 대답했다.

"사달이 무엇인고 하니, 우리 몸뚱이란 성가신 것의 뿌리다 그 말이야……"

조용조용 이야기를 들려주었다.

"사람을 성가시게 하는 뿌리를 뽑기 위해서는 우선 눈에 보이고, 귀에 들리고, 코로 냄새를 맡고, 혀로 맛을 보아 아는 그것을 먼저 없애야 하는 게지. 그래서 눈, 귀를 꽉꽉 뚜드려 막고 있어야 해. 그래도 거기에 몸뚱이라는 간살맞은 놈이 있어 가지고 추위와 더위와 시원한 것을 알기 때문에 난 아예 바람도 없는 바위굴에서 사는 거다. 그러고도 코를 막지 못한 것은 숨을 쉬어야 하기 때문이고, 입을 막지 못한 것은 먹지 않으면 숨이 끊어지기 때문이지. 알아듣겠느냐?"

"예!"

"눈, 귀, 코, 입 다 뚜드려 막는다 해도 아직 구멍이 두 개나 더 있다. 뒤에 있는 구멍은 별로 먹은 게 없어도 매양 냄새가 나 쉬파리가 들끓는 뒷간에 가 앉아 있게 만들고, 앞에 있는 구멍은 시도 때도 없이 오줌을 누게 하지. 그것도 참으로 성가신 일인데, 앞엣구멍은 또 한 가지 고약한 골칫거리가 더 있어. 이건 오줌만 누는 것으로 끝나는 구멍이 아니라 암컷을 보면 해괴한 번뇌를 일으켜. 그놈의 번뇌는 암놈 구멍 속에 들어가 미쳐 있지 않고는 깨어나지 못한다 그 말이다."

뭔가 알 것도 같고 모를 것도 같은 노인의 이야기가 계속되었다.

"그놈의 번뇌를 버리기가 참으로 어려운 게야. 설령 버렸다고 해도 또 응큼한 생각이란 놈이 따로 있어 가지고 눈을 감아도 소용없고 귀를 막아도 소용없어. 생각이란 놈은 땅도 뚫고 지나가고 바위도 뚫고 지나가고 어둠도 뚫고 지나가는 놈이어서 그거 참 처치곤란이지. 생각이란 놈이 노루가 오면 노루만 생각하고 바람이 불면 바람만 생각하고 꽃을 보면 꽃만 생각하면 참 좋으련만, 암컷을 보면 그냥 암컷만 생각하는 것이 아

니라 암컷을 요리조리 벗겨 보아야 직성이 풀려. 그래서 생각
이란 놈이 암컷을 보면 꼭 치마 밑을 떠들어보게 되어 있어. 그
래야 속이 시원하거든. 아니지, 치마 밑을 떠들어보는 것으로
끝나면 참 좋겠는데, 거기에 푹 빠져 들어가려고 해. 거기에 푹
빠지면 그것으로 끝나는 것이 아니라 자꾸 목이 말라. 그게 인
생을 망치는 게지…… . 그런데 천만다행인 것은 생각이라는 놈
이 부처를 보면 부처를 생각하게 되는데, 오로지 이게 딱 한 가
지 희망이니라."

그래서 노인은 작게 먹고 숨을 아껴 쉬며 준엄한 채찍질로
부처만 생각하면서 산속에 들어와 살고 있다는 것이었다.

그렇게 해서 얻어내려고 한 것이 무엇이냐고 물었더니, 노인
은 눈, 귀, 코, 입, 몸뚱이, 그리고 생각이란 놈들을 단단히 훈련
시켜 야무지게 다스려놓으면 세상에 더없는 풍요와 안락을 누
릴 수 있는 거라고 말했다.

"그리되어야 몸뚱이가 생각의 종 노릇을 면하게 되는 게야."

"그런데 스승님?"

이야기를 듣고 있던 구언이 노인을 불렀다.

"그래 뭐냐?"

"알고 싶은 게 딱 한 가지 있어요."

"그게 뭐냐?"

"전에 가지고 계시던, 숲속 깊이 감추어두신 그거⋯⋯."

노인이 구언의 말을 잘랐다.

"그걸 꼭 보여달라 그 말이냐?"

"네!"

구언의 대답에 노인은 한참 생각을 해보다가 다시 물었다.

"여기 와서 나랑 함께 산 게 삼 년 되었냐?"

"재작년에 왔으니까 꼭 삼 년이네요."

"그렇다면 보여줘야겠구나."

노인이 선선히 대답하고 자리에서 일어섰다.

"여기서 잠시 기다리고 있거라. 내 숲속으로 가 감춰둔 걸 가져올 테니."

그러고 굴 밖으로 나갔다. 구언이 밖으로 나와 보았더니, 노인이 산비탈로 올라가 능선 너머로 사라졌다. 그리고 한나절쯤 기다리게 한 다음 바위굴로 돌아왔다.

"구언아!"

노인이 굴 밖에서 불렀다.

"예!"

대답을 하고 밖으로 나갔더니, 노인이 오른쪽 손을 불끈 쥐고 굴 앞에 서 있었다.

"굴 안은 어두우니 보물은 밝은 데서 보아야 한다."

그러고는 주먹을 흔들어 보였다. 주먹 안에 든 보물이 과연 무얼까. 잔뜩 호기심에 부풀어 있던 구언이 가까이 다가가자 노인이 말했다.

"거기 앉거라."

구언이 돌 위에 앉자 노인이 주먹을 코앞으로 불쑥 내밀었다. 구언은 뛰는 가슴을 가라앉히고 노인의 주먹만 바라보았다. 노인의 팔목에는 다 떨어져 너덜거리는 옷소매가 중간쯤 내려와 있었다.

노인이 다시 물었다.

"정말 이 안엣것을 보고 싶냐?"

"네! 보고 싶어요."

"그럼 보아라!"

노인이 꽉 쥐고 있던 주먹을 코앞에 쫙 펼쳐 보였다. 주먹이 다섯 개의 손가락으로 펼쳐졌는데 손 안에는 아무것도 없었다. 혹시 눈에 잘 보이지 않는 무엇이 있나 싶어 찬찬히 들여다보았으나 그것은 틀림없는 빈손이었다.

구언은 아찔했다.

"아무것도 없네?"

크게 실망한 구언은 한 톨의 먼지라도 찾으려는 듯 손바닥 안을 보고 또 보았다. 구언은 산이 무너진 듯한 실망감으로 앞산을 바라보았다. 붉게 물든 단풍나무 사이로 파란 하늘이 구멍처럼 뻥 뚫려 보였다. 뻥 뚫려 보이는 하늘에서 구언에게만 들리는 소리가 내려왔다.

"없는 것, 그것을 찾는 것이 부처를 찾는 것이다."

구언은 다음날 머리를 깎고 사문이 되었다. 그리고 구언이라는 이름을 버리고 영관이라는 새로운 이름을 얻었다.

영관은 나이 열일곱 되던 해 신총법사에게 나아가 교학을 익혔다. 다시 위봉대사를 찾아가 선학이 무엇이며 깨달음의 요체가 무엇인가를 배웠다.

깨달음의 핵심은 마음을 쓰는 데 있었다. 마음을 급하게 쓰지 말아야 한다는 것이었다. 마음을 급하게 쓰면 고요하고 깊은 맛이 달아나고 물질적인 것에 동요되어 병통이 생긴다는 것이다. 그렇다고 너무 느슨하게 해도 느슨함으로 해이해져 집중력을 잃고 혼침에 빠진다는 것이다. 혼침에 빠지면 잡념이 일게 된다. 문제는 마음을 어떻게 요령 있게 잘 쓰느냐 하는 것이 핵심이었다. 참으로 옳다고 믿고 정성을 다해 간절하게 마음을 일으켜 세간에서 가졌던 잡된 생각을 다 버리고, 고요하게 깨어나 있는 마음으로 빈틈없이 깊숙이 들어가면 저절로 집중이 된다는 것이었다.

그렇게 하려면 어떻게 해야 되느냐. 처음 앉을 때 정신을 바짝 차리고 상체를 쭉 펴 단정히 앉아야 한다. 등을 구부리지 말고 머리를 똑바로 세워 눈망울을 움직이지 말아야 한다. 눈은 평소에 하던 대로 똑같이 하고 앉아 있으면 몸과 마음이 저절로 고요해진다는 것. 그렇게 고요해져야 모든 것이 평정해지면서 집중이 시작된다는 것이다.

그러한 자세를 유지하기 위해 숲속으로 들어가 띳집을 엮어 살기도 하고 바위굴 속으로 들어가 고달픔과 즐거움이 교차되어 흘러가는 세월을 그대로 내버려 두라는 것이었다. 그러다 보면 하염없이 자유로워져 자연의 본질과 합일이 이루어지면서 성품이 마치 연꽃처럼 되는데, 그렇게 되었을 때 산에서 내려와 밑바닥 없는 배를 타고 그 흐름을 따르면 미묘함이 저절로 생겨난다는 것이다. 그리해야 이 세상과 하늘 세계에서 노니는 깨달은 자의 주소에 이름을 올릴 수 있다는 것이었다.

이제 영관에게 남은 것은 실천이었다. 그는 구천동으로 들어가 깎아지른 듯 드높은 벼랑 아래 손수 암자를 짓고 구 년을 머물렀다. 옆구리를 자리에 대는 법이 없이 항상 앉아서 보냈고, 지팡이가 산 밖으로 나간 적이 없었다.

# 물에 빠진 달

이쯤 되면 사람이 저 무심한 바위처럼 되거나 나무처럼 희로애락의 한계가 무너져버릴 법도 하건만, 영관은 그렇지 않은 것 같았다. 저절로 마음속에서 나타남(自心所現)이 어떤 기준에 의해 똑바르게 그 한계를 드러내는 것 같기도 했는데, 그것마저 믿어지지 않았다. 어떤 때는 바가바의 가르침을 이야기할 때 그 뜻의 똑바름이 굽이굽이 물결치는 백만 이랑의 파도처럼 변화가 무쌍하기도 했고 끝이 없이 넓기도 했다. 그러하나 선지(禪旨)를 굴릴 적에 깊고 뛰어난 지혜는 깎아지른 천 길 낭떠러지처럼 한량없이 느껴졌다. 하지만 영관은 늘 아니라고 고개를 저었다.

그렇게 구 년을 보냈는데, 이렇다 하게 달라진 것이 없었다. 나무는 여전히 나무였고 돌은 여전히 돌이었다. 이름도 바뀌지 않았고 방위도 바뀌지 않았다. 바뀐 것이 있다면 나뭇잎이 피었다가 지고, 졌다가 피기를 되풀이한 것만 아홉 번……

　육긍이라는 사람이 남전화상에게 물었다.

　"저희 집에 돌덩이가 있는데, 어떤 때는 앉고 어떤 때는 눕습니다. 불상을 새기려 하는데 되겠습니까?"

　"된다."

　육긍이 다시 물었다.

　"안 되겠지요?"

　남전이 고개를 끄덕이며 대답했다.

　"안 되겠다."

　운암이 곁에 있다가 뚱딴지같은 소리를 했다.

　"앉으면 부처고 앉지 않으면 부처가 아니다."

　그 소리를 들은 동산이 말했다.

　"앉지 않으면 부처고 앉으면 부처가 아니다."

　이게 무슨 소리인가. 구천동 바위는 그 자리에 우뚝, 물은 졸졸, 그대로 흐르는데, 나뭇잎만 피었다 졌다……. 도대체 이게 무슨 조환가?

　영관은 벌떡 일어나 용문산으로 조우선사를 찾아갔다. 선사 앞에 무릎을 꿇고 물었다.

"선사님, 되겠지요? 그러면 되고, 안 되겠지요? 그러면 안 되는 도리가 무엇이옵니까?"

조우선사가 껄껄, 소리를 내어 웃었다.

"이 사람아, 봄에 나뭇잎이 핀다, 그러면 피던가?"

"아니요."

"허면 가을에 나뭇잎이 진다, 그러면 지던가?"

"아니요."

그 대답이 떨어지자마자 조우선사가 탁자를 사정없이 내리쳤다.

"예끼, 이 사람! 봄에 나뭇잎이 피고 가을에 잎 떨어지는 건 세 살 먹은 아이들도 아는 일을 '아니요'라? 무엇이 아니온가? 어디 한번 일러보게!"

"나뭇잎은 피어라 해서 피는 것이 아니고, 떨어져라 해서 떨어지는 것이 아닙니다."

"그렇다면 그것이 작은 것인가 큰 것인가?"

"크다면 큰 것이요, 작다면 작은 것입니다."

조우선사가 잠자코 듣고 있더니 다시 물었다.

"장자를 읽어보았는가?"

"아직 못 읽었습니다."

"장자에 보면, 꼬리가 몇 천 리나 되는지 모르는 곤(鯤)이라는 것이 있다네. 그게 변해 붕새가 되는 게야. 그래서 붕새의 등도 몇 천 리나 되는지 알 수가 없지. 이 새가 기운을 내 한번 날면 날개가 하늘을 덮고 남쪽 바다로 날아가는데, 회오리바람을 타고 구만 리를 올라가면 파도가 삼천 리나 일어난다네. 그러고 육 개월을 쉰다는구먼. 그러면 붕새가 크다 할 수 있겠는가?"

"하늘보다는 작으나 크다 할 수 있겠습니다."

"종달새가 붕새를 보고 웃는다지, 아마?"

"웃을 수도 있겠습니다. 종달새 눈에는 붕새가 안 보일 테니까요."

"장자를 아직 안 읽었다니, 노자도 안 읽었겠구먼?"

"네, 읽지 않았습니다."

"노부자께서 골짜기에 죽지 않은 괴상한 물건이 있다 그랬지. 그것은 텅 비었는데 신령스러워 모든 것을 만들어낸다 그랬어. 그게 하늘과 땅의 뿌리이지만, 보이지 않아 없는 듯하면서 있는 건데, 그 작용의 조화로움이 끝 간 데가 없다 그랬지. 그렇다면 그 괴상한 물건은 큰 것인가 작은 것인가?"

"없는 듯하면서 있고 보이지 않는다면 조화라 할 밖에, 크다 작다 할 수 없겠습니다."

영관의 그 말에 조우선사가 흐흥! 흐흥! 콧소리를 냈다.

"그 대목이 함정이군……."

하나 영관은 그 함정을 발견 못했다. 그래서 거기 남아 여가를 내 장자와 노자를 읽어 알음알이 바탕을 쌓았다. 그리고 다시 청평산으로 학매대사를 찾아갔다.

"육긍대부가 남전화상을 찾아가, 되겠습니까? 그랬더니 되겠다 그러고, 조금 있다가 안 되겠지요? 그랬더니 안 되겠다 그랬습니다. 운암이 거기서 앉으면 부처요, 앉지 않으면 부처가 아니라고 했고, 동산은 앉지 않으면 부처고, 앉으면 부처가 아니라고 했습니다. 이 도리가 무엇입니까?"

영관의 그 말에 학매대사가 껄껄 웃었다.

"옛날 중국에 후백이란 사람이 있었다네. 우물가에서 후흑이라는 사람을 만났지. 원래 후흑이란 자는 거짓말을 잘해 사람들을 밥 먹듯 속이는 놈인데, 후흑의 표정이 귀중한 물건을 잃어버린 것처럼 그러고 있단 말이야. 뭘 잃어버렸느냐고 물으니, 값이 백금이나 나가는 귀걸이를 우물 속에 빠뜨렸다는 거야. 그러면서 하는 말이 만일 우물 속에 들어가 그걸 찾아주면 값의 반을 주겠다 그러거든. 후백이 솔깃해 그러자고 하고 옷을 벗고 우물 속으로 들어갔지. 사실은 후백이란 자도 속이 새까만 놈이어서 귀걸이를 찾으면 감추어두고 못 찾았다고 핑계를 대 통째로 먹으려 했는데, 후흑이 나는 놈이면 후백은 기는 놈

이라. 후백이 옷을 벗고 우물 밑까지 내려가는 것을 보고, 후백
의 옷을 들고 달아나 버렸어……. 그래 어떤가? 후흑과 후백,
그놈이 그놈 아닌가?"

"네, 그놈이 그놈입니다."

"바로 그걸세."

영관은 거기서 무릎을 쳤다.

"남전이 원래 도적인데, 남전을 알아본 것은 천하의 대도적
이 알아봤군요."

"어허허……!"

학매대사가 큰소리로 웃었다.

영관은 거기서 심원한 불교의 미묘한 이치를 터득하고, 금강
산 대존암으로 들어갔다. 댓 걸음에 조운대사 방으로 뛰어 들
어가 다짜고짜 물었다.

"남전이 천하의 대도적이라는데, 남전의 물건을 챙기는 자가
있습니까?"

그랬더니 조운대사가 대번 죽비를 집어 들었다.

"이놈이 대존암으로 도적질을 하러 왔군!"

"저는 도적놈을 찾으러 왔습니다."

"이놈아, 남전은 허수아비였느니라."

"어헛……!"

영관이 거기서 무릎을 탁! 치면서 크게 웃었다.

"허허허! 네놈이 육긍이로구나!"

조운대사가 큰소리로 함께 웃었다.


영관은 조운대사로부터 인정을 받고 대존암에서 두어 여름을 보낸 뒤, 표주박 하나에 가사를 어깨에 두르고 미륵봉 내원암으로 들어가 문에 시를 한 수 써 붙였다.


유유한 세월 헛되이 보내면서 소림을 생각했으나

떠도는 사이에 이렇게 머리털만 세었다.

옛날 비야리의 소리와 냄새는 없고

그때 마갈타의 메아리도 없다.


말뚝 같으매 거뜬히 분별하는 뜻을 막고

어리석음에 맞서 틀림없이 시비하는 마음을 막는다.

짐짓 허망한 헤아림으로 산 밖을 나니

온종일 세속을 잊고 푸른 산을 마주한다.


그러고는 먹과 붓을 불살라 버렸다. 두 번 다시 이따위 문자 장난은 하지 않으리라 결심했다. 그날부터 입을 꾹 다물고 묵묵히 앉아 구 년을 보냈다. 누가 찾아오거나 지나가는 길손이 들르면 손가락으로 문에 써 붙인 시만 가리켜 보였다.

그러다가 옛 고향 남강 건너, 여름이면 연못에 연꽃이 피던 마을을 생각해 냈다. 어릴 적 소담스런 연꽃 속으로 들어가면, 틀림없이 그 속에 안이 밖이고 밖이 안인, 안팎 없는 그런 세계가 있으리라 믿었다. 그런 세계에서는 무엇을 얻으려고 허둥거리지 않아도 저절로 얻어져 스스로 만족하게 되고, 또 시새움으로 대립이 없어진 해방된 세계가 있으리라 믿었다. 어릴 적 그렇게 꿈꾸었던 믿음이 불현듯 아버지와 어머니의 모습이 되어 나타났다.

영관은 경인(1530)년 가을 아버지와 어머니를 못내 못 잊어 산을 내려왔다. 그제야 부모의 그지없는 은혜를 갚을 생각으로 흰 구름을 바라보며 크게 한숨을 내쉬었다.

영관의 발걸음이 남강 진촌을 생각하면서 영남으로 향했다. 차츰 고향이 가까워지자 산들이 낯이 익었고, 언덕 위의 나무들도 옛 모습과 다름없었다.

그는 강안에 다다라 해가 지는 강마을을 창연히 바라보았다. 그때 홀연히 소를 끌고 이쪽으로 걸어오는 노인과 마주쳤다.

영관은 노인에게 정중히 절을 하고 물었다.

"이곳이 진촌입니까?"

영관이 묻는 말에 노인은 이상한 느낌이 들었던지 도리어 영관을 보고 되물었다.

"그걸 왜 묻소?"

"제가 태어난 곳이 이곳인데, 제 아버님이 살아 계신지 몰라 묻습니다."

"그대의 어릴 적 이름이 무엇인고?"

"어릴 때 제 이름은 구언이고, 저의 아버님 성함은 원(袁) 자 연(演) 자 원연이라 하옵니다."

영관의 그 말에 노인이 쇠고삐를 집어던지고 손을 덥석 잡았다.

"오늘에야 비로소 그토록 소원해 왔던 아비가 아들을 만났구나. 네 어릴 적 이름이 내 아들이 틀림없고, 네가 찾는 아비의 이름이 바로 내 이름이다. 허허, 네가 나를 버리고 달아나 너를 찾으려고 산천을 헤맨 지 수십 년이 지났거늘, 결국 찾지를 못해 한 세월 시름으로 보내며 이제나저제나 기다렸는데, 삼십 년이 지난 오늘에야 나를 찾아왔으니 내 소원이 이루어졌구나."

노인이 스님을 끌어안았다. 스님도 노인이 아버지임을 알자 슬픔과 기쁨이 한꺼번에 쏟아져 눈물을 흘렸다. 아들을 찾은 아버지는 한참 동안 목을 놓아 울다가 옷소매로 눈물을 닦았다.

"아버님 절 받으세요."

스님이 길바닥에 엎드려 절을 올렸다.

"길에서 절은 무슨 절이냐?"

노인이 스님의 손목을 잡아 일으켜 세웠다.

"어머님은 잘 계십니까?"

"십 년 전에 네 어미는 먼저 세상을 떠났느니라."

스님은 가슴이 철렁 내려앉았다. 삼십여 년의 세월을 산간에 가 있었더니 두 번 다시 어머니의 얼굴을 못 보게 되었구나. 쏟아지려는 눈물을 눈시울로 지그시 눌러 참았다.

"누이는 출가를 시켰습니까?"

아버지는 또 고개를 흔들었다.

"네가 집을 나간 날 저녁부터 문을 닫고 눕더니 시름시름 앓다 죽었고, 네가 기르던 삽살이도 네가 집을 나간 후 해만 바라보고 앉아 있다가 이레 만에 죽어서, 오르매 네 누이 무덤 곁에 나란히 묻어주었느니라."

모래가 하얗게 깔렸던 개울을 건너려고 할 때 거기까지 뒤를 따라온 삽살이, 등을 쓰다듬어 돌려보낸 삽살이가 서쪽으로 기운 해를 바라보면서 주인이 돌아오기를 기다리다 이레 만에 죽었다고 한다. 아무래도 짐승이 하는 짓이 아닌 것만 같았다.

스님은 집을 나간 후 누이도 죽고 삽살이도 죽었다는 이야기를 듣고, 회한에 사무쳐 지그시 입술을 깨물고 눈물을 흘렸다. 아아, 인생의 무상함이 흩어지는 연기와 다르지 않구나……

"주인댁은 다 무고하시겠지요?"

"아니다. 주인댁도 칠 년 전에 상처를 했지."

삼십 년이란 세월이 이토록 변화무쌍할 줄이야. 마을에는 옛날 남자아이들이 모두 노인이 되어 있었고, 여자아이들은 노파가 되어 있었다.

이튿날, 스님은 아버지와 함께 주인을 찾아갔다. 형세당당하던 주인 역시 백발이 성성한 모습이었다.

"네가 어릴 적에 구언이란 말이지?"

스님이 그렇다고 고개를 끄덕이자 머리가 하얗게 센 주인도 눈물을 흘렸다. 주인이 스님에게 마루로 오르기를 청했다. 스님은 머뭇머뭇하면서 오르기를 사양했다.

"소천은 주인을 등지고 어버이를 저버렸으니, 그 죄 하늘도 용납 못할 것이옵니다. 그래서 가산을 모두 바쳐 속죄를 하고 출가사문이 되어 도를 닦아 그 은혜를 보답하려 하옵니다."

"집을 떠나서 어떻게 은혜를 갚겠는가?"

스님은 옛 선지식의 말을 들어 대답했다.

"출가한 사람은 세상을 뒤로하고 숨어서 본래의 마음을 구해 세상을 달라지게 하는 것으로 도리를 다하는 것입니다. 세상을 달라지게 한다는 것은 그 세상의 법도와 예의를 함께하지 않고, 숨어 있어도 세상의 형적을 고상하게 만드는 것입니다. 사람이 삼승(三乘)을 통달하면, 하늘의 눈이 열려 오족과 육친을 구제하는 것은 손바닥 뒤집는 것과 같습니다. 그러하므로 내용상으로는 천륜이 정한 일에 어그러진 것 같으나, 효도에는 어긋나지 않고, 사회로 볼 때도 주인을 받드는 예에 모자란 것 같으나, 공경을 잃지 않은 것이옵니다."

주인은 이야기를 알아듣고 마루에서 내려와 스님의 손을 잡고 함께 오르면서 대답했다.

"사문은 세상 바깥사람이라 당연히 예의는 버려야 한다."

말은 그렇게 하면서도 차후 한집에서 먹고 자는 것을 함께하면서 머물러 있기를 권했다. 하나 스님은 그 청을 사양하고, 두 번 절한 다음 주인 집에서 물러 나왔다.

스님은 곧 아버지와 하직하고 두류산으로 발길을 향했다. 곧바로 칠선계곡 건너편 지엄대사가 머물고 있는 벽송의 문을 두드렸다.

"영관이 바람을 따라 멀리서 달려왔습니다. 원하오니 받아주소서."

지엄대사가 문을 활짝 열고 대답했다.

"영(靈)도 감히 오지 못하는데, 관(觀)이 어디로부터 왔느냐?"

스님이 대사 앞으로 달려가 합장을 하고 말했다.

"청하옵니다. 살펴주소서."

대사가 웃으면서 대답했다.

"독수리가 알을 깰 만한가?"

이튿날이었다. 대사가 물었다.

"암두가 덕산의 일할(一喝)에 문득 일어나 절을 했는데, 암두가 절한 것을 두고 동산이 내가 그때 한 손은 올리고 한 손은 내렸느니 했거늘, 자 일러라!"

영관이 대답했다.

"손을 올리니 불성이 있음이나 손을 내리니 불성이 없음이오."

"뱀에 물린 사람은 끊어진 두레박 끈을 보고 놀란다."

"바른 것이 거꾸로고 거꾸로가 바른 것이오."

"무사하기를 바라면 당장 집으로 가 앉아 있으라."

대사의 그 말에 스님은 벌떡 일어서서 후원으로 가 돌확에 넘쳐흐르는 물속에 손을 집어넣고 무엇인가 건져 올리는 시늉을 했다. 마루로 나온 대사가 그 광경을 보고 큰소리로 웃었다.

"허허허, 영관이 허공에 말뚝을 박았구나."

"물에 빠진 달을 건지려 함이오."

"어헛!"

대사가 손에 들고 있던 불자를 휙 내던졌다. 영관이 공중에서 떨어지는 불자를 낚아채 대사의 발 앞에 올려놓고 그 자리에 무릎을 꿇었다.

"저의 참스승이옵니다."

마치 큰 골짜기에 층층으로 쌓여 꽁꽁 뭉쳐 있던 오래된 얼음덩이가 봄볕에 녹아 와장창 무너지듯, 모든 의심이 한꺼번에 풀렸다. 스님은 그 자리에 엎드려 큰절로 예를 올렸다.

마조께서 어느 곳에도 머무르지 않는 것이 마음이고, 어느 누구도 붙잡을 수 없는 것이 마음이라 했다. 또한 어느 장사도 쫓아낼 수 없는 것이 마음이라고 그랬다. 벽송은 그날 영관이 이십 년 동안 갖고 있던 마음의 안개를 깨부수게 해 깨달음의 바다를 쏟아놓았다.

그 후 영관은 지엄대사를 모셨다.